里是新疆丛书

木垒的眼神

刘亮程 ◎ 主编

新疆文化出版社

图书在版编目（CIP）数据

木垒的眼神 / 刘亮程主编. — 乌鲁木齐：新疆文
化出版社，2024.6
（这里是新疆丛书）
ISBN 978-7-5694-4367-7

Ⅰ.①木… Ⅱ.①刘… Ⅲ.①散文集—中国—当代
Ⅳ.①I267

中国国家版本馆CIP数据核字(2024)第029218号

木垒的眼神

MULEI DE YANSHEN

主　编／刘亮程

责任编辑　陈晓婷　　　　　　　　装帧设计　李瑞芳
责任印制　刘伟煜　　　　　　　　版式制作　田军辉

出版发行　新疆文化出版社有限责任公司
地　　址　乌鲁木齐市沙依巴克区克拉玛依西街1100号（邮编：830091）
印　　刷　永清县晔盛亚胶印有限公司
开　　本　787 mm×1 092 mm　1/16
印　　张　15.75
字　　数　200千字
版　　次　2024年6月第1版
印　　次　2025年1月第2次印刷
书　　号　ISBN 978-7-5694-4367-7
定　　价　48.00元

目 录

第一辑　　　　3 /　菜籽沟：在土地上的睡着和醒来 / 刘亮程

木垒的眼神　　24 /　圆圆的毡房旧址 / 夏木斯·胡玛尔 / 文　穆塔里甫 / 译

　　　　　　　31 /　芥子之灯 / 李敬泽

　　　　　　　34 /　咬牙沟 / 李　健

　　　　　　　39 /　一碗泉 / 刘予儿

　　　　　　　59 /　木垒长眉驼 / 王　族

　　　　　　　71 /　马场窝子 / 黄　璨

　　　　　　　87 /　乌孜别克乡的传说 / 萧　云

　　　　　　　91 /　木垒的眼神 / 何　英

　　　　　　　96 /　岩画的告白(外一篇) / 余　玦

第二辑　　　107 /　从三个泉到色皮口 / 杨　镰

木垒河诗篇　120 /　木垒的城 / 王　晨

　　　　　　128 /　四道沟：古人类的温暖家园 / 关学林

　　　　　　134 /　木垒河诗篇 / 碧小家

145 / 解读照壁山 / 李玉广

151 / 大南沟，小南沟 / 李岐山

158 / 小城木垒，当与君相见（外一篇）/ 严　萍

第三辑
木垒的静

169 / 母亲的守望 / 张景祥

176 / 小城书屋 / 陈　霞

184 / 走进咬牙沟 / 香成文

187 / 木垒之"和" / 朱建新

194 / 母亲的世界 / 王旭忠

204 / 木垒的静 / 陈　颖

210 / 我的小叔和四姨 / 谢耀德

219 / 贾家沟，我生命的母体 / 贾智宏

224 / 老房子 / 陈　琳

230 / 英格堡，美丽公主的家园 / 李玉广

236 / 马号巷子 / 陈　刚

240 / 水磨河印象 / 李永晖

244 / 我爷爷小的时候 / 孙　月

第一辑

木垒的眼神

菜籽沟：在土地上的睡着和醒来

刘亮程

一、菜籽沟的早晨

我要在一山沟的鸡鸣声里，再睡一觉。布谷鸟、雀子向小河对岸大声喊叫，都吵不醒，满坡疯长的红豆草、野油菜、麦苗和葵花也吵不醒。山梁呼噜噜长个子，在我傍着它均匀的鼾声里，有一匹马和小半群绵羊，打耳畔走过。行到半坡拐弯处，一只羊突然回头，对着我半开的窗户，咩咩咩叫，仿佛在叫它前年走失的羔子。我就在那时睁开眼睛，看见在被一只羊叫醒的另一世里，我跟着它翻过了山坡。

二、乌鸦

我认识乌鸦中的老者。它们一伙儿在杨树梢呱呱叫时,我听出它苍哑的嗓音,像一个八十岁老人在喊叫。我不知道它在喊谁。我听见了,它就是在喊我。我朝树下走几步,想从一树黑乌鸦中认出老了的那只。可是,乌鸦再老羽毛也是乌黑的,它们不像人,活到头发花白。

我住的菜籽沟村最多的是白发老人,那些沿路零散排开的老宅子里,有的住一个老人,顶多住两个。住两个的过一阵剩下一个。村委会上班的也是老人,村支书都老了,每天到办公室开会,讨论菜籽沟未来发展的事。

乌鸦在讨论什么呢?它们在树上开会,听上去每只都在呱呱叫,只有我在树底下听。我听了半辈子乌鸦叫,还是不知道它们在叫什么,但我终于听出一只老乌鸦的叫声。在一树黑压压往天上飘的叫喊中,有一个粗哑的喊声往地下落,好像尘土里有什么被它喊出来,只是我仍然辨不出哪只是它。我头仰得脖子都酸了,满耳朵是它们的嘈杂喊叫。

我一冲动,扯着嗓子对着树上大叫几声,它们全惊飞起来。

它们飞过书院菜地时,我认出那只老乌鸦了,飞在最后面,迟缓地扇动翅膀,脖子伸得长长的,像人老了一样,身体走不快了,头却慢不下来,使劲往前伸。它明显跟不上疾飞的鸦群。它们飞过河沟和马路,飞到那片长满藏红花的山坡后,不见了。

那只老乌鸦留下来,落在溪边的榆树上。它没叫,朝这边看我,可能它听出我的声音跟它一样老。

乌鸦在天上,很容易看见我老了的样子,驼背、脖子伸长、眼睛望着山坡果林,嘴里有啃一口苹果的渴,腿却挪不动。它会看见我头顶变白,手背在后面,一只抓住另一只。在我早年的记忆里,村头、路边到处站着拄拐杖的白头发老人，眼睛盯着路上的行人，见人就问从哪儿来的，到哪儿去，路上没人时就对着尘土喊叫，我一次次被他们从尘土里喊出来。

那只老乌鸦真的被我喊住了，它停下不飞了，眼睛直勾勾地看我。也许它在天上飞累了，也想到地上来。它的眼睛也许早花了，辨不出我是一个人还是一只乌鸦。也许在它眼里我就是一只老乌鸦，弓着腰，背着膀子，匍匐在地上。它看了我好一阵，"呱呱"叫了两声。我知道它是叫我的，我没好意思再学乌鸦叫。多少年了我跟着乌鸦学它们叫，已经学得像一只乌鸦。我担心把它从树上叫下来。万一它真飞下来，落在我身旁，跟着我走，我会把它领到哪儿去呢？

三、鸽子

一只灰白鸽子，站在屋檐上看我们在院子里做饭，大案板上摆满青菜、肉和醒好准备下锅的拉面。大概它看得嘴馋，咕咕叫，我抓一把苞谷撒过去，它跳开几步，眼睛依然盯着我们锅里的饭。

我们坐在锅头边的案子上吃饭时它落下来，小心地朝饭桌旁走来，走两步，偏着头望一阵，又走几步。那感觉仿佛认识我们中的谁，前来打招呼，又好像是我们丢失很久的一个孩子回家来吃饭了，我们忘了给他摆筷子，忘了给他留位子，忘了做他的那份饭。突然，我们全停住筷子，看着它一步一步地走过来。快到跟前时，它停了下来，依然偏着头望，像一个一个认它久别的家人。

我妈说："给它撒点米饭，鸽子爱吃米。"

方起身拿米饭时，它飞走了。

它朝屋后的麦田飞去时，连头都没回一下，仿佛它真的跟我们没有一点关系。

四、木匠

赵木匠家兄弟五个，以前都是木匠，现在只剩下他一个干木匠活。菜籽沟村的老木匠活儿只剩下一件——做棺材。这个活儿一个木匠就够做了。做多少都有数，只少不多。村里七十岁以上的，一人一个。六十岁以上的也一人一个。算好的。也有人一直活到八九十岁，木匠先走了，干不上他的活儿。这个不知道赵木匠想过没有。也有人被儿女接到城里住，但人没了都会接回来。

赵木匠的工棚里，堆了够做几十个寿房的厚松木板，一个寿房五块板，所谓三长两短。我在里面看了好一阵，想选几块做书院的板桌，又觉得不合适。那些板子在赵木匠心里早有了下家，哪五块给哪个人，都定了。做一个寿房多少钱，也都定了，不会有多大出入的。

村里的老人或许不知道赵木匠心里定的事。有时哪家儿子看着老父亲可能活不过冬天，就早早地给赵木匠搁下些订金，让把寿房的料备好，到时候很快能装出来。更多的时候是赵木匠自己做主，把他想到的那些老人的寿房都定制了。早晚都是他的活，人家不急他急，他得趁自己有气力时把活儿先做了，万一几个人凑一起走了，他又没个打下手的，那就麻烦了。

赵木匠心里定了的事，旁人不知道。

我们的大书架、板桌和木桥，原打算请赵木匠做的，问了下工钱，也不贵，但最后请了英格堡乡打工的外地木匠。原因是想着赵木匠二十年来只做寿房，他把菜籽沟的门窗、立柜、橱柜、八仙桌，还有木车都做完了，一个老木匠时代的活，都叫他干完了，我不忍再往他手里递活儿。另一个就是考虑他脑子里下料、掏卯、刨木花时可能都想的是打寿房的事，我不能让他把这个活儿干成那个活儿。

赵木匠到我们书院串过几次门，跟我们说着话，眼睛盯着院子里成堆的木头和木板，他一定能看出这摊木活儿的工程量。

他没问我们要干啥，我也没给他说我们要干啥。赵木匠耳朵背，我怕跟他说不清，我说这个，他听成那个，所以啥都不说。赵木匠是个明白人，他心里一定也清楚，一个木匠一旦干了那个活儿，也就不适合干别的活儿了。对木匠来说，干到可以干那个活就简单了，所有以前学的花样都不用了，心里只有三长两短的尺寸和选板的厚道。赵木匠是个厚道人，我看他备的松木板，一大拃厚，看了踏实。

我们来菜籽沟的头一年，村里走了三个人，外面来的小车一下摆满了村道，仿佛走掉的人都回来了。

冬天的时候我不在村里，方如泉说菜籽沟办了两场葬礼和十几家婚礼，礼钱送了好几千。我交代过，只要村里有宴席，不管婚丧嫁娶，知道了就去随个份子。

村里出去的孩子，即使在城里安了家，结婚也都回村里操办：老人在村里，养肥的羊、喂胖的猪在村里，会做流水席的大厨子在村里；再有，家人大半辈子里给人家随的礼账子也在村里，要不回村里操办酒席，送出去的礼就永远收不回来了。

五、麦收

昨天午后，拉了高高一垛苞谷秆的拖拉机"突突突"地打书院门外驶过时，我突然觉得院子少了一车什么。书院菜地的苞谷秆稀稀拉拉地站了几行，没来得及吃一口青玉米棒它们就老了。刮风的夜晚，苞谷叶子干燥的响声传入梦中。我们忙活半年，好似只种了一地干渣渣的风声。

从麦收开始，先是拉麦捆子的拖拉机，一座山一座山的，从书院门口驶过，接着是拉豆秧和苞谷秆的车。

菜籽沟的秋收漫长到下雪，那些坡地上的麦子，都要一镰一镰地割，从路上望去，人像小虫儿爬坡，一点点地蠕动，动一天，坡地就凹下去一块。扎捆的麦子成行竖摆在麦茬地，远看像一块粗针脚补丁。

从七月到八月，沟里都在收麦子，这个季节找个干活的人都困难。前面雇的七个人，六月初都回家割麦子了。他们把盖了一半的房子扔下，把我们预计八月完工的计划扔下，说要回老家割麦子。

"不回行吗？"

"不行。"

"为啥不行？这边挣钱，在老家雇人割麦子，不一样吗？"

"雇不上人，家家的麦子都熟了，谁有空给你干活？"

盖一半的房子扔了半个月，他们一起回来了。回来的时候是黄昏，从拖拉机上下来，个个脸色像饱满的麦子。第二天，他们的身影又晃动在墙头，还是那些人，接着半个月前那个茬往上垒墙，只有我知道，那个茬再也接不上了。首先砖缝很难完全对上，即使后来勾了砖缝，我也能一眼看出他们停顿又续接的缝隙。更重要的是活搁了十几天，房子主人的想法变了，原先定的木头架房顶被钢板替代，木工活儿被铁活替代。事实上，盖出来的房子变成了另一栋。半个月前他们因为回家割麦子而耽搁的那个砖混木框架的房子，永远都不会再盖出来。

那些人把老家的麦子割完了，新疆菜籽沟的麦子才开始黄。坡地陡，收割机上不去，全靠人工用镰刀割。一人一天顶多割一亩地，一家种几十亩，就得一个劳动力起早贪黑累一个多月。这一个多月书院的其他活耽搁下来，哪都找不到给我们干活的人。这个季节，哪有比割麦子更重要的事情呢？我们只有眼巴巴地看他们快快收割，而我们院子里的活儿停了下来。多好的太阳，多好的白云，多好的月亮和星星，我们干等着，看他们收获。我们挖管沟、盖房子、收拾院子的活儿，放一年也没事，房子不盖也没事，哪有比割麦子更大的事呢？

地上收麦子的季节，天上星星月亮都闲着。地上的麦香往星空里飘，那里有一层人，每年这个季节让麦香熏醒，他们眼睛朝下看，跟我们朝上望的目光相遇，仿佛黑夜里面对面走来的亲人。

我在这样的夜晚清闲下来，躺在靠椅上看星星。夜空像茫茫戈壁一样，那些朝黑暗里走远的人们，夜夜回头，我在书院的松树下，等候他们回望的目光。迟早我也要加入其中，在奔赴无尽黑暗的路上，我夜夜回头，那时坐在夜空下看星星的人是谁呢？谁能从茫茫星空里辨认出我微弱而深情的目光呢？谁的思念会让我醒来呢？

在书院的松树和杨树上面，在稍远的山坡上面，星空荒芜着。它底下的山坡沟底，年年种麦子土豆，年年丰收。

六、叮叮当当的狗

太阳把铃铛丢了，他从坡上凶猛地跑下来时，像另一条狗。

我妈去英格堡赶集，见有铃铛卖，老式黄铜的，顺手摇一下，有她早年听熟的声音，就买了两个，太阳月亮脖子上各拴一个。月亮的没几天丢了，她不喜欢这个乱响的东西，自己甩掉了。我妈拾回来再给她戴上，第二天，她又脱掉。她当着我妈的面脱掉的。她用一个前爪蹬住脖圈，头往后缩，脖圈就掉了。然后，她衔起带铃铛的脖圈，一路响着跑到屋后面，在我妈看不到听不见的地方转了好一阵，无声地跑回来。她把那个讨厌的铃铛藏起来了。

太阳的铃铛一直戴着，他喜欢那个声音。他个头比月亮小，但他觉得自己比月亮多一个声音。他经常晃着头在月亮面前摆弄自己的响声。

他成了一条叮叮当当响个不停的狗，跑到哪儿我们都能听见。

夜里他的叮当声成了院子里最清晰的声音。我们从来不知道夜晚的院子里发生了什么，半夜被狗叫醒，侧耳朵听听，是月亮在南边大叫，或许是进来人了，或许是一只野猫或是獾猪。有时开灯照一下，若是小偷，看见窗户亮，也就跑了。我们并不出去看个究竟，上百亩地的大院子，交给两条一岁多的狗或者交给一条半狗。太阳只是条小宠物犬，秋天抱来时浑身精光，担心过不了冬，果然，天稍一凉他就往屋子里钻。每次我都毫不客气地赶它出去，我要让他习惯日渐寒冷的天气。菜籽沟已经是冰雪世界了，他的毛还没有完全长出来。天亮前那阵子外面最冷，听见他在门口叫，拿头顶门，门缝露出的一丝温暖会被他的身体接住。金子一起来就开门放他进房子，让他暖和一下。我坚决赶他出去。我不能让他依赖了屋里的暖和，他得在漫长冬天的寒冷中长出自己的暖。

他的铜铃铛声在冬夜里听起来尤其寒冷，我们抱火炉取暖，他戴着冰冷的铃铛在寒风里来回跑。他不跑会冻死。月亮不怕冻，她是藏獒和牧羊犬的后代，身上有厚厚的绒毛。天冷前给他们俩挨着修了狗窝，里面垫了厚厚的麦草。太阳不敢自己在窝里，放进去就跑出来。他往月亮窝里凑，一进去就被月亮咬出来。月亮真是条守原则的狗，白天跟太阳如何打闹都可以，晚上就是不让太阳进自己的窝。

后来不知为什么月亮也不在窝里待了，可能狗窝在院墙边，太阴冷。我在门口用纸箱给太阳做了一个小窝，纸箱侧面掏一个洞，上面用砖压住，里面和洞口处铺上麦草，太阳晚上住在里面。这次月亮随了太阳，卧在洞口的麦草上。那个纸箱做的窝盛不下月亮，她只好给太阳守窝。

我们在菜籽沟的第一个冬天，太阳终于在漫长寒冷的冬天里长出一身细绒毛，接下来的冬天，他将不再寒冷，不会在冬夜里不停地响着铃铛跑。我们也不再寒冷，书院在建锅炉房，到时候每个房间都暖暖的。

月亮大叫的时候，我们听见太阳的铃铛声跟在后面。太阳很少叫，他知道自己的叫声太小，吓不住入侵者，他让响亮的铃铛声跟在月亮后面助威。

多少次深夜醒来，我听见太阳的铃铛声绕着房子转，他不睡觉，也可能他闻见我醒来。我醒来和睡着时气味不一样。他把铃铛声摇遍书院的每个角落。月亮只有自己的汪汪声，有时她在北边杏园叫，那里有一只大白猫，夜夜惦记我们伙房里的肉。有一个夜晚，后窗户没关，大白猫进来，把案板上的一块骨头偷走了，月亮闻着那块骨头的味道追咬到后院墙边，白猫越墙跑了，月亮在院墙边狂叫。

我隔着菜地看见过一次大白猫，它修长的身子在杏园来回走动，还停下来看我。我从没见过这么大而纯白的猫，打问是谁家的，都不知道。

丢掉铃铛的太阳没有声音了，他一路跑，一路往后看，好像那个叮当响的自己在山坡上没有下来。跑到坡下的又是谁呢？他跑一阵，回头朝坡上汪汪几声。那个刚刚还在叮当响的自己，在山坡的草地上转一圈后突然不见了。往山下跑的是一条没有响声的狗。

月亮也觉出太阳不对劲，对着他咬，好像要把他咬回去，把那个叮当声找回来。

第二天一早，我扫院子时，突然听见铃铛声，太阳嘴里叼着系了绳子的铃铛，从山坡杏园里狂奔下来，一直跑到我身边。

他自己把丢了的铃铛找回来了。

从那以后，他又成了一只叮当响的狗。

深夜醒来，又听见他的铃铛声绕着房子转。他真的能闻见我醒来的气味吗？像一棵树从冬天的沉梦里醒来的味道，像一戈壁的草在雨后返青的味道。我从未站在屋外的黑暗里，闻见我自屋里醒来的气息。

我只闻见我睡眠的气味，像一堆被梦之手倒腾开的陈年麦秆，像一间老房子的门被沉沉推开，全是过去的味道。那个在梦里游走的我，带着一缕不散的旧气息。此刻他回来，站在窗外，他要在我醒来前回到我的睡眠里。这是他的睡眠，我并不认识梦里出现的那个我。我不知道他在下一个梦里会干什么，我并没有一只可以醒着伸到梦里的手，去安排黑暗睡眠里的生活。我活了五十年，至少有二十多年，活在不能自已的睡眠里。

睡眠是我生命的另一场醒来。

我曾在这个黑暗世界中一遍遍地醒来。

我醒来和睡着的气味，被一只叫太阳的小狗闻见了。

七、月亮在叫

那一夜刮风，我听见三层声音。上层是乌云的，它们在漆黑的夜空翻滚、碰撞、挨挨挤挤，像往更黑暗的年月里迁徙搬运。中层是大风翻过山脊的声音，草、麦子、野蔷薇和树梢被风撕扯，全是揪心的离散之声。我在树梢下的屋子里，听见从半空刮走的一场大风，地上唯一的声音是黑狗月亮的吠叫。她在大杨树下叫，对着疯狂摇动的树梢叫，对着翻滚的乌云叫。紧接着，我听见她爬上屋后被风刮响的山坡，她的叫声加入到山顶的风声中，在更高的云层中也一定有她的叫声。她在那里撕心裂肺地叫。我不知道她遇见了什么。对一条狗来说，这样的夜晚注定不得安宁，从天上到地下，所有的一切都在发出响动，在丢失。她在狂风中奔跑狂叫，像是要把所有离散的声音叫回来。

另一夜我被她的狂吠声叫起来，循声爬上山坡。我猫着腰，双手爬地，在她走过的草丛中潜行——她沉浸在自己的吠叫声里，不会听见背后有人爬过来。我在离她不远的草丛停住，看见她伸长脖子，对着天上的月亮吠叫。我像她一样伸长脖子，嘴大张，却没有发出一丝声音。

满山坡的白草，被月光照亮。树睡在自己的影子里，朝向月亮的叶子发着忘记生长的光。我仰起的额头一定也被月光照亮，连最深的皱纹里都是盈盈月光。

这时我听见远处的狗吠。先是山坡那边泉子村的，一只嗓门宽大的狗在叫，像"哐哐"的拍门声，每一声吠叫都在敲开一面漆黑的大门。紧接着，村子北面的几条狗在吠叫，南边大板沟的狗吠声也隔着山梁传过来。

此刻我们家的牧羊犬月亮，正昂首站在坡顶明亮的月光里。

我站在她身后，一声不吭。

我们不在院子的多少个黄昏和夜晚，她独自爬上山坡，用一只母狗的吠叫，唤起远近村庄的连片狗吠。然后，她循着一个声音跑去，每跑过一片麦田，每爬上一座荒草山顶，都停下来，回头看身后的院子，听后面的动静。她对这个大院子的不放心，使她一夜夜地不曾跑远，那些夜晚的风声带着满院子树叶掠过屋檐的响声，把她唤回来。她回到自己的院子里吠叫，把远近村庄的狗叫到书院四周。他们进不了院子，不知道院墙上她独自进出的狗洞。

那样的夜晚，院子没有人，月亮的叫声悠远孤高。她不是叫给我们听的。她知道自己的主人在听不见狗吠的远方，她在院子里闻不到主人的气味，从远处刮来的风中也没有主人的气息，整个院子是她的，悄然矗立的房子是她的，寂静移动的光阴是她的。

又一个夜晚，我听见她吠叫着往山坡上跑，一声紧接一声的狗吠在爬坡，待她上到坡顶，吠叫已经悬在我的头顶。我仰躺在床上，听见她的叫声在半空里,如果星星上住着人,也会被她叫醒。

接着我听见她的叫声跑下了山那边的大坡,那个坡似乎深不见底,她的声音正掉下去。其实那边是泉子沟的山谷,不深,只是月亮的吠叫深了,我再也听不见。

我担心地躺在床上,不知道什么声音把她喊走了,想起来去看看,又被沉沉的睡意拖住。

那样的夜晚,天上的月亮从东边出来,翻过菜籽沟,逐渐移到后面的泉子沟。这只叫月亮的狗,跟着天上的半个月亮,翻山越岭。

她可能不知道天上悬着的那个也叫月亮。但她肯定比我更熟知月亮,她守在有月亮的夜里,彻夜不眠。在无数的月光之夜,她站在坡顶或草垛上,对着月亮吠叫,仿佛跟月亮诉说。那时候,我能感觉到狗吠和月光有彼此能懂的语言,她们彻夜诉说。我能听懂月光的一只耳朵,在遥远的梦里,朝我睡着的屋檐下,孤独地倾听。我的另一只耳朵,清醒地听见外面所有的动静里,没有一丝月光的声音。

她一定知道我在听。

她听见屋后山坡上的响动:有时是一场大风在翻过山顶;有时是一个人悄然走过,踩动草叶的脚步声被她灵敏的耳朵听见;有时是她听见黑云贴地,从后山压过来,比前半夜更黑、更冷;有时是听见最黑的夜在走来,走进这座山谷。

她知道我的耳朵听不见黑夜到来的声音。她先在我的门口叫,在窗户边叫。她要先叫醒我,让我知道夜已经变得更黑更阴冷。

有时她叫得紧了,金子会喊我出去看看。更多时候我懒得出门,打开手电从窗户照出去,光柱对着两侧教室的门窗扫一圈,对着高高的白杨树和松树扫一圈,对着孔子石像前的台阶照下去,大门和外面的马路,都被树挡住。

看见手电发出的光她会回来,站在光柱里,扭过头看。我打开窗户,探出头去,喊一声"月亮"。我的喊声在她停息吠叫的大院子里,空空地响着。在后半夜的梦里,我悄然走在有她陪伴的月光里,她对着月亮叫,那声音却像是我的,我听见自己的叫声像繁星一样密布在夜空。多少年来,我并不比一只狗喊叫得少。

有时她的叫声在院子外面,在屋后的山坡上,我手电的光穿过树梢,朝她照过去。这一束来自地上的光,和跟在其后的目光,在遥遥的月亮上,和一只狗的仰望交汇。

有一夜,她不停地叫到天快亮,我睡着又被她叫醒。金子一直醒着,过一阵对我说一句:"你出去看看吧,院子可能进来人了。"

我说:"没事,睡吧。"

说完我却睡不着,满耳朵是月亮的狂吠。她嗓子都哑了,还在叫。

我穿衣出去,手电朝她狂叫的果园照过去,走到她吠叫的教室后面,对着穿过林带的小路照过去。月亮亲热地往我身上蹭,我摸着她热乎乎的额头。她叫了一晚上,就想叫我出来看看。许多东西在夜里进了院子,但我看不见她所看见的。我关了手电,蹲下身,耳朵贴着她的耳朵静听了一会儿,又打开手电。天上寥寥地闪着几颗星星,光亮照不到地上。树挤成一堆一堆,感觉那些高大的树都蹲在夜里,手电照过去的一瞬,它们突然站了起来。

果真有人进了院子。那是另一个夜晚,我掀开窗帘,看见一个人走进大杨树下的阴影里。我赶紧起床,开门出去,手电对着那块阴影照。什么都没有。月亮在我前面狂吠,顺着穿过白杨树阴影的小路往上走,前面是一棵挨一棵的大树，那个人不见了。

我回来睡觉。过了会儿，月亮又大叫起来，我掀开窗帘看见刚才那个人正从大杨树的阴影里走出来。这次我看清了，他肩上扛着东西，还打着一个小手电。月亮只是站在台阶上狂叫，不接近那个人。

我出门喊了一声。那人站住，手电照过去，看见他肩上的铁锹。

是书院后面的邻居，他夜里浇地，水渠穿过我们的大院子，他正沿渠巡水。

月亮见我出来胆子大了，直接扑上去咬。我喊住月亮，和那人说了几句话，仍然没认清他是谁。

这时东方已经泛白，从对面山梁上露出的曙光，还不能全部照亮书院。我喜欢这种微明，天空、树、房子和人，都半睡半醒。

我们家那只大公鸡先叫出第一声，接着，一山沟的鸡都开始叫。

看看手机，早晨六点，我还有三个小时的回笼觉。得把脑子睡醒，不然一天迷迷糊糊，啥事情都想不清楚。

另一夜，大风进了院子，呼啦啦地摇着白杨树和松树，摇着苹果树和榆树。月亮在铺天盖地的风声里听见一个人的脚步声，她对着果园狂叫。我也隐隐听见了，像是多少年前我在那些刮大风的夜晚回家的脚步声，被风吹了回来。

我起身开门，顶着凉飕飕的秋风，走进月亮吠叫的果园。这时候大风已经把天上的云朵刮开，我带着月亮穿过秋风呼啸的果园。果园不时有熟透的苹果落下来，有时好多个苹果落在身边。我慢慢地走着，弓腰躲过斜伸的树枝。我想会有一个苹果落在我头上，我猛地被砸醒，发出疼痛的"哎呀"声。

在无数个刮风的夜晚，她彻夜不眠，风进院子了，树梢在动，影子也在动，所有的东西都发出声音，连死去两年的那棵枯杏树，都在呜呜地叫。

黑狗月亮的吠叫淹没在巨大的风声里，仿佛她也被风吹着叫，她的叫声也成了风声的一部分。在她过于灵敏的耳朵里，风吹树叶的声音一定大得惊人。那时候，在自己辽远的睡梦里，我偶尔的一两句梦吃飘出窗户，被她听见。

八、等一只老鼠老死

我妈种的甜瓜，熟一个被老鼠掏空一个。去年老鼠还没这么猖獗，甜瓜熟透，我们吃了两茬，老鼠才下口。可能这地方的老鼠没见过甜瓜，我们让它尝到甜头了，今年老鼠先下口，就没我们吃的了。

"白费劲，都种给老鼠了。"我妈说。

老鼠在层叠的瓜叶下面，一个一个摸甜瓜，它知道哪个熟了。瓜熟了有香味，皮也变软，我也是这样判断甜瓜生熟。老鼠早在瓜苗开出黄色小花、结出指头大的瓜娃时，就在旁边的洋芋地里打了洞，等甜瓜长熟。老鼠饿急了才吃洋芋，生洋芋不好吃。

甜瓜的甜确实连老鼠都喜欢，它吃香甜的瓜瓤，还嗑瓜籽。有时老鼠把一个熟了的甜瓜咬开，只是为了嗑里面的瓜籽，把整个瓜糟蹋了。我们没办法跟老鼠商量，瓜熟了我们先吃瓤，瓜籽留给它们吃。事实上，我们所吃的西瓜籽、甜瓜籽，都扔在外面喂老鼠和鸟了。老鼠明明知道我们不吃甜瓜籽，我们只吃瓜瓤，瓜籽迟早会丢在地上给它吃，它为啥就不等一等，非要跟我们过不去，让我们想方设法灭了它呢？

瓜糟践完就轮到葵花苞米。秋天收葵花时才发现，那片低垂的葵花头几乎没籽了，老鼠老早就顺着葵花秆爬上来，一粒一粒偷光了葵花籽。

我提着镰刀在葵花地里找老鼠漏吃的葵花头，掀起一个，下面是空的，像一张没表情的脸。

我们种的葵花有一人多高，它们得爬上爬下，每次嘴里叼一个葵花籽，得多久才能把脸盆大的一盘葵花籽盗完，又要多久才能把一地葵花籽盗走。老鼠也许不用爬上爬下，它用牙咬下一颗，头一歪扔下来。上面有老鼠往下扔葵花籽，下面有家人往洞里搬运。老鼠甚至不用下去，沿着那些勾肩搭背的阔大叶子，从一棵转移到另一棵。它们挑拣着把籽粒饱满的葵花头盗空，把没长好的留给我们。

最惨的是玉米，老鼠爬上高高的玉米秆，把每个玉米棒子啃一顿。我妈说，老鼠啃过的，我们就不能吃了，只能粉碎了喂鸡。

老鼠赶在入冬之前，把地里能吃的都吃了，吃不了的也啃一口糟蹋掉，把能运走的搬进洞。我们收拾老鼠剩下的，洋芋挖了进菜窖，瓜秧割了堆地边，豆角和西红柿架收起来，码整齐，明年再用。不时在地里遇见几只老鼠，又肥又大，想一锹拍死，想想又算了。老鼠在洞里储足了粮食，或许就不进屋里扰我们。冬天院子里寂静，雪地上一行行的老鼠脚印，让人欣喜。老鼠在大冬天走亲戚，一窝和另一窝，隔着几道埂子的茫茫白雪，大的领着小的，深一脚浅一脚，走出细如针线的路。

那个时节，村里的一半人进城过冬，一宅宅院子空在沟里，留下的人喂羊养猪，各扫门前雪，时有亲戚上门，吃喝一顿。

还是有一只老鼠进了屋子，它在外面没有家，或许我们住的屋子就是它的家。它在屋顶的夹层里啃保温板，掉下一堆白色颗粒落在炕上。最难忍的是它晚上咬炕头的大木头磨牙。大炕是我设计的，用一根直径半米的大木头做炕沿。木头原是人家老房子屋梁下的担子，表皮油黄发亮，似乎那家人百年日子的味道都渗在木头里。炕面是木板，贴墙顶天立地一架书。书架用的圆木也是老房子拆下的料。

当初用木板一格格地封住炕面时，就想到了这个空洞洞的大炕底下，很可能就是老鼠的家了。老鼠不早不晚，等到我们睡下，屋子安静了，它开始咬木头，咯吱咯吱的声音就响在枕头底下。它在咬炕沿的老木头磨牙。我烦极了砸几下床板，它停住，我头一挨枕头它又开始咬。

我在它咬木头磨牙的声音里睡着，有时半夜醒来，听见它在地上走，脚步声轻一下重一下。

我从厨房带两个土豆过来，在炉子里烧一个吃了。第二天，剩下的那个土豆不见了。一个拳头大的土豆，它怎么搬走的？又藏在了哪里？

一次我们离开半个月，它把屋里能吃的东西都搬走吃了，或藏了起来。客人带来的两包小袋装的鹰嘴豆，它从一个角上咬烂，全搬空了。我只在炕边的洞口处，看见一堆吃空的小塑料袋。

它可能真的饿坏了，我在书架上摆放的一大束麦子，全被它掐了穗头，连插在花瓶的一大把干野花都没放过，有籽的花秆都咬断了。

一篮子苹果，吃得一个不剩。

厨师王嫂说，他们家灭老鼠，一是投药，二是放夹牢，三是布电线。

我们院子不投药，因为有猫有鸡有狗。况且，凡是跟药沾边的我们都不用，村里人打农药、用除草剂、上化肥，我们全拒绝使用。

夹牢买来一个，铁丝编的方笼子，诱饵挂里面，老鼠触动诱饵，出口"啪"地关住。当晚在诱饵钩上挂了半个香梨，因为上次回家留在书房的半箱子梨都让老鼠吃了。老鼠果真进了笼子，咬梨子时触动机关，铁笼子"啪"地关住。我们睡着了没听见笼子关闭的声音。可能没关死，老鼠硬是挤了一条缝逃了，把几缕灰色的鼠毛留在铁丝上。接下来的几天几夜，诱饵依旧是香梨，夜里老鼠依旧在床板下啃木头磨牙，就是再也不进笼子了。

我想菜籽沟的老鼠被各种各样的夹牢灭了几十年,早认下这个东西,知道它的厉害了。为了迷惑老鼠,我把那个黑铁丝笼子拿白纸包住,诱饵放在里面——老鼠记住的也许是那个黑色的方笼子,现在笼子变成白色的,它就不觉得危险。

可是,老鼠依然不上当。

我把夹牢移到隔壁房子,想这只老鼠不进笼子了,别的老鼠会进。结果换了几间房子,还在常有老鼠出没的鸡圈放了几天,笼子里作诱饵的香梨都干了,也没一只老鼠上钩,好像书院里所有的老鼠都知道这是夹老鼠的夹牢,绕着走了。

夹牢没用,便花五十块钱买来一个电灭鼠器。那是一个简易的盒子,我研究半天没敢用。那个电灭鼠器太玄乎,它直接将铁丝接上电源,拉在距离地面十厘米的高处,铁丝上吊着诱饵,老鼠看到诱饵会立起身去吃,或将前脚搭到铁丝上,只要一挨铁丝,立即被电死。

我问王嫂,他们家的电灭鼠器电死的老鼠多吗?

"电死好几只。"王嫂说,"就是操心得很,人不小心挨上也危险。"

我们没有别的办法,只能等这只老鼠老死。

我堵住所有朝外的洞,不让其他老鼠再进屋,这只也跑不出去。老鼠的寿命也就两三年,这只老鼠有两岁了吧,去年冬天它啃木头的声音好像更有劲,我们忍过来了。春天正在临近,夜晚屋子里没以前冷了,它啃木头的声音也变得迟钝。随着它进入老年,也许会越来越安静,不去啃木头磨牙,它的牙也许在开春前就会全掉了。它会不会变得老眼昏花,分不清白天黑夜?会不会糊涂得不再躲避人,步履蹒跚地在地上走?如果它真的那样,我们怎么办?我是说,如果那只老了的老鼠,真的不再惧怕我们,跑到眼前,我们该如何下手去灭了它?

这真是件麻烦的事情。

在它老死之前,我们和它共居一室的日子,好像仍然没有边。我已经习惯它咀嚼木头磨牙的声音,习惯了它留下的一屋子老鼠味儿。每次回到书院,金子都先打开所有门窗,把老鼠味儿散出去。我甚至在夜里听不见它磨牙的声音了。是它不再磨牙,还是我的耳朵聋了再也听不见?要说衰老,或许我熬不过一只老鼠呢。在它咯吱磨牙的夜晚我的牙齿在松动,我的瞌睡越来越多,我在难以醒来的梦中长出更多皱纹。还有,在我逐渐失聪的耳朵里,这个村庄的声音在悄悄走远,包括一只老鼠的烦人响动。

终于,我们和一只老鼠一起熬到了春天。院子里厚厚的积雪已经融化,冬天完全撤走了,把去年的果园、菜地、林间小路都还给了我们。金子打开前后门窗,在明媚的阳光里,要把一冬天的阴气和老鼠味儿全放出去。

这时,我看见那只和我们折腾了两个冬天却少有谋面的大老鼠,摇摇晃晃走出来了。它迟钝地迈着步子,往敞开门的光线里走。

我喊金子,喊方如泉,喊王嫂,喊烧锅炉的老爷子。

大家全围过来,看着一只大灰老鼠,颤巍巍地走出门。它显然不是因为害怕而颤抖——它老了。它费劲地翻过门槛,下台阶时摔了一跤,又缓慢爬起来,走到春天暖暖的阳光里。它可是一个冬天都没见到太阳了。它好像晕了,朝我脚边跌撞过来,我赶紧躲开。它在我们讨论要不要打死它的说话声里,不慌不忙,朝有鸟叫和水声的院墙边走去。它或许记得两年前走进这个院子的路,那里有一个排水洞,通到院墙外的小河沟,过了河沟,就是"年年人种老鼠收"的旱地麦田。

九、醒来

在我不曾醒来的早晨，你们挖开渠口，往我半个月前浇过的菜地放水。你们低声呵斥月亮别叫，把渠边那根大木头抬到后墙边，又担心我醒来看不见木头，四处找。你们把地边的草割了，晾干码成垛，在我让老王架起的草垛木棚上，你们又往高码了半个夏天的干草。你们中的谁爬到垛顶，低声喊月亮太阳，它们俩欢蹦着朝上吠叫，又更低声地似乎正在心里喊我的名字。在连狗都听不见的那声呼喊里，我早年的醒又醒来一次。我看见那时的我，好多个我，从菜地、从果园的浓密绿荫下、从门外的大路、从我一次次睡着的西北间的屋子、从山坡、从和谁的匆忙握别里，朝那个声音走去，步子轻快，眼睛朝上，耳朵侧着。那些走来的身影里有三十岁、二十岁、十五岁的我，亦有五十岁、八十岁的我。他们在谁的一声呼唤里来了，他们一步步往草垛处聚拢。在渠边，十五岁的我好奇地看着五十岁的我，八十岁的我像一个孩童，蹦蹦跳跳地超过十岁的我，然后，他们到了草垛下面，似乎草垛又摞了好多个夏天的干草。我看见它高入云端，他们也仰头看，又好奇地相互看。那个呼唤声没有了，草垛上只有一个梯子，高晃晃地竖立着，我认出那是我后父家的梯子，他们也都认出来了。在我们早年的记忆里，那个上房的梯子总是短一截子，下房时一只脚探下来找梯子，身体害怕地趴在房檐上，这个记忆延伸到无数的梦里。他们围着梯子，谁先上去呢？已经站在高高草堆上的又是谁呢？他朝下看，看见我各个年岁里朝上仰望的眼睛，那是他们中间的一双，早早地到了高处，星星一样静静回望。

在我不愿醒来的那个早晨，你们收住渠口。地里的菜都已长熟，我最喜欢吃的茄子、西红柿、芹菜长得尤其好，它们从来没有长得这么好过。

在一个又一个早晨的无边长睡里,你们起来摘菜做早饭,喊干活的人吃饭,大声地喊,我安静地听着。突然地,谁的一声喊到了我,又突然停住。她意识到自己喊错了,可声音已放出去,收不回来。所有人都听见了,都停住,走路的停住脚步,吃饭的停住筷子,太阳月亮也愣住。我欣喜地听着,用我长长一生里所有的耳朵,去追那个散远的声音。我等着谁喊第二声,等她声音再大点喊我一声,等她没有声音地在心里唤我一声,喊第三声,像她习惯喊我的那样。她早已习惯了连喊我三声,我早已习惯了在她的第三声里起身。我等她的第三声,她喊了我就起来,出门左拐,到餐厅,到她喊我去的任何地方。

可是没有,她只喊了一声,突然就没声音了,所有人都没声音了,月亮太阳都不叫了。我就在那时,装糊涂地没有起来,没去吃那个早晨的洋芋面条,没去走那个上午的路,没去晒那个下午的太阳。然后,我听见刮风了,满天空的落叶声,一层一层树叶,给大地盖上被子,我暖和地闭住眼睛,想着一百个一千个秋天的金黄落叶会是多么的温暖。

圆圆的毡房旧址

夏木斯·胡玛尔 / 文
穆塔里甫 / 译

今年的春天来得格外早。虽还是四月中旬,但那连绵不断的山坡阴面的刺梅和绣球树都已花开枝梢了,那沟沟壑壑的灌木枝头,也满是嫩绿的芽儿,蜿蜒而去的山泉细流旁,也抹上了一层淡淡的绿色。这里已是春的世界。这满山满坡的春的气息,顿时给我注入了一种喜滋滋的心情,我贪婪地吸吮着故乡清新怡人的空气。细一算,我竟有十年没踏上这片亲切的木垒乡土了。

弟弟得知我要回故乡看看,便特意托人给我牵来了这匹褐色马。这坐骑太合我意了,没等我扬鞭,它便躐开四蹄驮我上路了,一阵儿慢行颠跑,一阵儿放缰奔驰,不觉间,路已走了大半。正走着,眼前猛然冒出单峰驼背似的褐红色的山峰。我情不自禁地勒紧缰绳站定,久久地凝视这座突兀的红峰。哦，我的童年。不！不光是我的童年呀！甚至我的整个青少年时期都是在这座红峰脚下度过的！那时，这山梁可是一派缤纷的世界，一片又一片翠绿的爬地松、枝繁叶茂的忍冬草和鲜艳的金银花，将这里装点得郁郁葱葱。举目四望，如今这里已全无那种"风吹草低见牛羊"的美景了，满山像是屡遭雪崩似的，一道一道、一片一片的，从沟到顶全都裸露着铁灰色的地皮，只有东一块、西一片的花草树木稀稀拉拉地点缀着秃山荒岭。我感到，似乎只有那些裹满红绿苔藓的卧石依然如故。

我又朝前走去。路旁的灌木丛中，不时荡来隐隐约约的民歌声。当我的两眼深情地搜寻我所熟悉的一切时，不知不觉我已来到红峰北坡那片芳草丛生的泉水旁——我们家曾搭过圆圆毡房的地方。我急切地扭头向山泉东侧望去，心猛地一颤，在略斜的坡面上清晰地显出四顶毡房的圆圆旧印。那个妈妈常熬制奶酪的火灶，如今已被雨水冲刷成了一个浅浅的小坑。虽然我要到达的村落已在眼前，但我还是想让马在这里吃一阵青草，自己在"旧营盘"多待一会儿。在山泉下方的沼泽地旁，一群消瘦的牛犊摆动着尾巴在吃青草，稍远的两拨羊羔之间，有一帮打闹的孩子。在西边的斜坡上，盖起了现代时髦的清一色的红砖房，过去那些低矮的泥巴窝棚已不见了踪影。那些明亮的新校舍、新住宅使我为之赞叹。站在毡房的旧址上，我欣赏着这些崭新的面貌。我放缰由着马去吃草，像是遗落了什么似的，围着圆圆的毡房印迹又转了一圈，那块用于拉绳加固毡房的大青石，依旧摆在那里。

那还是我不曾入学的岁月，刚接完春羔，出生不久的小羊羔聚在小丘上欢蹦乱跳，每户门前的大火灶中升腾着袅袅炊烟，大锅里熬制的尽是奶酪。这天，我站在年近九旬的奶奶身后为她挠背，太阳已爬得老高，我从揭起的毡门，瞧见三四个人路过门口，像是进了叔叔的家。过了一阵，这些人便将在沼泽地里小憩的、我们四家仅有的一群马赶到门前对面的峭壁之下。奶奶下意识地拉了拉淡绿色的长裙角，盖住膝盖说："他们这是要干什么，大中午的把马围起来，是不是要抓转场的驮畜呢？"奶奶说着，转过头望着我，我摇摇头表示不知道。奶奶用她枯瘦的手撑起身子，艰难地从她的铺上挪到毡房正中坐下，或许她是想看个清楚。门外传来孩子的喧闹声，我按捺不住跑出门去。原来我和奶奶什么都没看到，在叔叔家门前，早已点燃了一堆熊熊大火。那些人脱掉外衣，在火堆旁捣鼓着什么。过了不久，父亲带着一两个人套住一匹匹马，然后牵向火堆旁。有人从火堆中抽出烧得通红的烙铁，猛地朝马的左后大腿烙去。从没尝过这种火烙之苦的牲畜，坦然地站在令人毛骨悚然的通红烙铁前。当烙铁烧透浓毛、烫到皮肉时，它们才感到灼疼难忍，于是猛地一跃，但是太晚了，它们的躯体已留下了今世不可磨灭的烙印。

"奶奶，奶奶！他们给马群烫火印呢！"我嚷嚷着跑进屋对奶奶喊道。

"那不是咱们褐儿马群嘛！"奶奶眯着昏花浑浊的双眼说道。我看到那匹威风凛凛的褐儿马，正抖动着束束鬃毛暴躁地独自横在马群旁。奶奶的脸色苍白，满脸的皱纹更深了，那双深陷而又浑浊的眼睛露出一种不安的神情。

奶奶揪住带有小花的淡绿色长裙，呆坐了一会儿，然后用湿漉漉的双眼盯着我问道："你爸爸阿斯哈尔也在那里？"

"就是我爸爸带着他们在给马群打印呢！"我对父亲的果敢行为感到自豪。奶奶听后，用她那双枯瘦的手死死扯住裙角，一下僵住不动了。自打记事以来，我还是第一次看到奶奶如此生气。我已感到奶奶是极不希望给马群打火印的。我忙跑到爸爸身旁，想告诉他奶奶生气了。我张了张嘴但没说出口，因为轮到给我家那匹抖动雄狮般鬃毛的高大的褐儿马打火印了。这匹褐儿马，暴烈得令人难以置信，它绷紧结实的肌腱，硬是不让烙铁挨着自己。那具结实的铁脚绊，被它绷成三截在三条腿上摔来摔去。打印的几个人与褐儿马拉扯着，偏偏又正好扯到我家门口，我慌忙跑进屋，躲在奶奶身后瞧着。看到这搏斗的场面，奶奶的脸色更加苍白，嘴唇都发紫了。奶奶嘴里嘟囔着什么，像是着魔似的用手不停地拍着地毡。奶奶早已不能行走了，牙齿的脱落使她口齿不清，显得老态龙钟。气郁心头的奶奶，此时只发出哼哼声，并不时地用手指着门前凶猛地、扬蹄拧耳与打印人抗争的褐儿马。褐儿马重又被几个玩弄惯马匹的老手团团围住绊紧四蹄，而后用木棍将它的双唇死死拧了起来。可是，只要打印人稍一近前，褐儿马便拼命左躲右闪，不让烙铁挨着身子。站不起身的奶奶随着褐儿马的挣扎，一会儿向左，一会儿向右。那双皱纹横生的眼睛，浸满一片凄楚怜悯的泪水。我感到，此时烙铁若是烙着褐儿马的一根鬃毛，也就深深烙进奶奶的心口。我想对父亲大喊："奶奶哭了，不要打印了！"就在此时，那个手持烙铁、身穿白衬衣的人向褐儿马逼来，褐儿马猛然挣断脚绊，雄狮般高高跃起，用前蹄对那人当头就是一蹄。连拧着马耳朵的父亲也被甩出老远，半天爬不起来。褐儿马像是终于获胜了。人们慌慌张张地把那个满脸是血的人抬进那边的毡房。褐儿马拖着长长的缰绳，威风凛凛地跑回马群。

奶奶对褐儿马未被征服和没挨烙铁之事感到十分欣慰，不时地向前伸出枯瘦的手，想站起来。但有什么办法，如今没两个人的搀扶，她已站不起来。

过了一阵，奶奶指了指卷在屋角的两块毡子，对我命令似的说："把那两块毡铺在地上，接到门口！"我拖拖扯扯地好不容易才把两条毡子对接到门口。奶奶挣扎着慢慢挪到门边，她把右肩靠在一侧的门框上，向外看了许久。奶奶歪斜的套头巾前露出的几缕稀疏的银发，在微风中飘动。这时,那些打过印的马离开石崖,一匹跟着一匹朝下面的沼泽地走去。

"努尔江,努尔江!"奶奶喊叫着母亲。母亲正在不远处把熬制好的奶酪装进两个麻袋中,收拾家什呢。听到奶奶的喊声,母亲回过头来,看到奶奶倚门而坐,便慌慌张张地跑了过来。

"阿斯哈尔在哪里?"奶奶指着马群问道。

奶奶再也说不下去了,憋得脸色发紫,双眼又含满了泪水。

"我的好妈妈,我的好妈妈呀!"母亲单膝跪在奶奶面前,用手整理奶奶歪斜的套头巾说。奶奶的耳朵有些背,母亲又大声说:"算了,所有这些马明天就要被牧人赶走了。阿斯哈尔也要去参加修水库的劳动了,我们也不用搬到夏牧场了,就留在这里,那些马群您就别操心了。"

奶奶用她磨得快破了的衣袖擦拭着浑浊的泪水。

父亲回到家里,他的一只手被烧伤了。此时,奶奶已蜷缩成一团躺在床上。母亲沉着脸生气地说:"你们大中午的把牲畜围在这里,难道就找不到其他地方啦?看把这里的老少折腾成什么样子了!"

"什么事也没发生呀!"父亲漫不经心地答道。

"谁说什么事都没发生?"母亲扭头朝蜷缩的奶奶望去。父亲像是感觉到了什么,脸色苍白,只是一个劲儿地挑着指旁的肉刺,过了一阵才勉强露出笑容望着母亲。

"我们应该赶着马群到下面那个阿吾勒打印才是,谁想到妈妈……"

几天之后,大叔和小叔的毡房搬走了,二叔和爸爸两人也到远处劳动了,这里只剩下我们和二叔的家。我们和二叔家的十几只山羊,在空荡荡的羊圈里撒欢。我们两家只有我一个小孩,那时我只能和羊羔玩。

真正的冷清还是在日落西山之后,我们家的大黑狗和二叔家的大白狗,从平时清点牲畜入圈的傍晚时分开始,便围着羊圈一个接着一个不停地哀吠起来。

"噢，真可怜！它们是在寻找牲畜啊！"两条狗的吠叫声，一声接着一声，整整持续了一夜。

四五天以后，两条狗不见了。

"唉！这些可怜的，是去找羊了哟！"奶奶叹了口气说。

我拖着马鞭，又围着圆圆的毡房旧址转了一圈后，来到吃了好一阵青草的褐色马旁。此时我看到，在山沟这边的小丘上聚了几个人，他们可能是对一个陌生人在这里默默地转悠感到奇怪吧！我跨上马朝那边走去。走近时我才知道他们都是熟人：一个是我的弟弟，他后面站着的那个老人原来是阿克巴依，阿克巴依旁边站着的是老牧马人卡吉泰。阿克巴依和卡吉泰可都老了！我跨下马来，上前同他们一一握手问好。从他们那愉悦的神情里，我感到新时代畅心的春风，早已吹净了过去的无数辛酸。

"阿海，身体好吗？听说你要回来我们都聚在这里等你。上次你回来时，由于穷得连口茶都没有，才没敢请你到家里来。现在可大变样了，圈里有的是羊。你别担心，刚开春羊瘦，但我们每家都有一两只喂养一冬的、健壮的料羊，我是来请你到家里坐坐的，无论如何要到我家宰只羊吃过再走。"阿克巴依老人恳切地对我说。

"你出门很早吧？怎么这么早就到啦？"牧马人卡吉泰问道。

"我出门倒不早，全靠这匹好马啦！"我兴奋地答道。卡吉泰瞥了几眼褐色马后说："这是你们家那匹早年的褐儿马的后代，仅传下这么一匹，还是重新分到了你们家。"

褐儿马！我的心猛地一颤，那匹倔强的褐儿马哟！我走近又仔细瞧了一遍这匹褐色马。

是的,它很像曾经的那匹褐儿马。此时,我的脑海中又浮现出奶奶的身影,我真想伏在褐儿马颈上痛哭一场。假如奶奶的游魂也回到这里,要是看到她的后代骑着褐儿马的后代奔驰,该有多高兴呀!

芥子之灯

李敬泽

在此之前，我不知道木垒，只听说过菜籽沟——新疆的一个山村，刘亮程在此"落草为农"。那天飞了半日，到了乌鲁木齐，问道：菜籽沟在哪里？答曰：在木垒。再问：木垒有多远？人家说，不远。好吧，这个不远的地方昨天开车跑了三百千米。

在菜籽沟，亮程办了一个木垒书院。我算是识得几个字的人，昨天一下车，就看见"木垒书院"四个字刻在门口的石头上。闲站在门口端详这几个字，看着看着，就觉得这个"垒"字有意思。这个"垒"是个繁体字。祖先造字原本是有道理的，比如这个"垒"字，繁体字中，应该是上面三个"田"，下面是"土"。木垒这个地方，它的意思是什么呢？是土地上，人们通过耕作和劳动开出的田，然后这片田上又长出了"木"，生长着草木和作物。可叹后人怠懒，凡事图省事，现在那三个"田"，就被"厽"代替了。

说起这个，是因为想到了我们的木垒菜籽沟文学艺术奖。今天，贾平凹老师获奖。乡村里有养鸡专业户，有养羊专业户，有种菜专业户，平凹老师是获奖专业户。我呢，我是评奖和授奖专业户，评了很多各种各样的文学奖。昨天晚上，有朋友问我，说我们这个奖，在中国算一个什么样的奖呢？我喝了几杯酒，管不住舌头，一张嘴就说这个是中国最高的文学艺术奖。朋友们听了很高兴，当然，他们也知道，我是在借酒胡说。但是，后来看着"木垒"两个字，我忽然想到，这个菜籽沟奖，它其实是低到了泥里土里，低到了田地上，低到了村庄里的一个奖。

这泥土，这田地，这村庄，是我们所有人的故乡，是中国文明得以生长存活的真正的土壤。

这个地方名叫菜籽沟，是天山余脉的一条山沟，据说当年逃难的人们躲到此地，定居生息，种了漫山遍野的油菜，由此得名"菜籽"。这是很家常、很平易的一个名字。在佛经中，形容事物的极微极小，常用的一个比喻就是"芥子"，芥子之微啊，不能再小了。这个芥子也是菜籽，我们的这个菜籽，而且是沟，也正是芥子之微。但是，佛经中还有一个说法，"以须弥之高广，纳芥子中，无所增减"。须弥就是世界之大，一枚芥子中，可以包容大千世界。我想，钱穆先生所说的中国之灯，也就在这芥子之中。在古代中国，很多的村庄就是这样明亮的芥子，它不仅是生活场域、经济聚落，还是文化保存、传承和生长的地方。

问题是，这样的芥子，它现在是不是还活着？它还是一盏灯吗？

昨天亮程带着我们在村里四处闲逛，他告诉我，这里原来有个庙，那里原来有个庙。当然，现在都没有了。

文人的感慨苍白无力。我也不过是感慨几句，然后坐上飞机，一飞十万八千里，按下云头，就是北京。但是，好在还有亮程这样的人，他在菜籽沟，让乌鲁木齐的家荒着，鱼缸里的鱼饿死，他在这里种地、办书院，天天和老乡打交道、喝小酒。他还把画家、摄影家、诗人带到这里，他还办了一个菜籽沟文学奖。

这样的事意义何在，我看不清楚，看不到它的深处。但是至少我认为，它可能使一个村庄重新成为一个有机村庄，使它成为与外界发生文化交换的有机体，一个活的、有文化生命的地方。在古时，一个村庄之所以成为一盏灯，很重要的原因就在于，它和外界存在有效的文化交换。一个读书人，从这个村里走出去，走得天远地远，但最终，他会回来的，他要携带着一份增值的文化回到家乡。这曾经是一种自然的文化循环，就像叶落归根。但现代以来，这个循环被切断了，远处的巨灯召唤着，游子一去不复返，村庄承受单向的、无休止的流失，村庄成为出发之地，而非安居之地。

中国有无数菜籽沟，却没有无数的刘亮程。现在，刘亮程挽起袖子，干起来，摸着石头过河，过得去过不去先迈开腿再说，这本身就是努力地在点一盏灯。他写过《一个人的村庄》，他现在正在写"一个村庄的灯"，未必是写在纸上，而是写在田地里、村庄里。

这里是菜籽沟，小如芥子，中国不在别处，就在此处。照此说来，这个奖是菜籽沟的，是中国的，是最低的，其实也是最高的。

咬 牙 沟

李 健

老辈人说:过咬牙沟是要咬着牙的。

其实,咬牙沟不远,也非荒僻不毛之地。向西出木垒镇,过已干涸多年的木垒河古河道,然后,爬上一道慢坡,有条梁沟便呈现在面前,这条沟就叫咬牙沟。之所以叫咬牙沟想必是因其荒寂,人迹少,且早年又有土匪出没,路过这里,需咬着牙,鼓足勇气,才能走出这令人森然的地方。

早年的咬牙沟一片荒凉。沟两侧土梁如浪,一层一层向外翻卷,小块小块的旱田散落在一道道梁弯的缓坡上,稀稀疏疏的庄稼、灰蒙蒙的绿色更显出一种柔韧又憋闷的荒凉。一条路顺咬牙沟向西北蜿蜒而去,这条路是古丝绸之路新北道的一个分支,是绥新驮运的"下八站"之一,是小草地、大草地及南路的要冲。当年,商贾旅人、驮夫贩卒,拉着一链一链的骆驼,在叮当叮当的驼铃声的牵引下,从哈密到镇西过色皮口、大石头、一碗泉,到木垒城,稍事休整后,再经咬牙沟去奇台,去孚远(今吉木萨尔县),去迪化(今乌鲁木齐),去中亚,去欧洲……中原的茶叶、丝绸、瓷器、日用百货,木垒河的皮毛和各种土产,从这条道走向世界。

咬牙沟有三个出口:第一个出口离沟口不远,是两个土梁的衔接处,过沟口顺一条蜿蜒向南的路,至东城四道沟原始村落遗址。这个遗址发现于20世纪70年代中期,出土了石杵、石锄、石纺轮、骨针、骨饰、土陶等,尤为珍贵的是出土了一状似生殖器的石祖。一群学生在老师的带领下修整一块土地时,旧石器出现了。这时候,阳光直射下来,一个学生举着石祖,虚幻的光笼罩着它,四周是一层一层围观的人。他们不知道这是什么,但都认得它的形状。"挖出石球咯,挖出个石球咯。"那举石祖的孩子张着双臂,迎着太阳、迎着风跑了。

在此之前的三千年左右,也是这样一个场面。一个高大雄壮的男人,高举着石祖,将它供奉于高台之上,身后是一群身裹兽皮、手执弓箭和石锄的男人,他们一脸虔诚地匍匐于地,拱手膜拜。在他们身后不远处一片茅草屋掩映在高大的树荫下,女人们脖子上挂着骨饰,摇着石纺轮,遥望着远处男人们的仪式,孩子在她们身周追逐嬉戏。溪水绕过茅屋汩汩而去,鸟雀在树间啁啾,更远的梁坡上,野花馥郁,小块的田里,麦子正在拔节……

那时的咬牙沟应该不叫咬牙沟,它应该是先祖们的衣食之地。天太高远,地太广袤,他们不需要走出这里。在这片土地上,上苍赐给他们的,已经足够享用。

另一个出口在咬牙沟中段,一个叫井井弯的地方。这里有一小片开阔地,开阔地的南面有一口井,井旁边有一个干打垒的小土屋。小土屋又低又矮,没门没窗,是夏收时"户儿家"的临时住房。开阔地西北角的梁弯里有一缓坡,爬上缓坡有条向西的土路,至东城。这条路沟深坡陡,透着霸气和韧性,在一个个山梁上直上直下,是牛羊及夏收时"户儿家"走的道。当年,每至夏收时,梁坡上的旱田里,一群男女赤膊挥镰,收割完的旱田里有羊群如水般缓缓流过。梁弯的土路上,一辆牛车拉着满满一车麦捆,咯咯噔噔地悠悠而行,赶车的农人坐在车辕上,身子隐在麦捆里。

天蓝得映出一层虚光,太阳热辣辣的。热浪裹着苍劲如石的歌声在梁坡上、梁沟里翻滚,招引得旱田里干活的男女都停下手里的活计,手搭凉棚张望着渐行渐远的牛车。

三十多年前,那时我十余岁,随姨妈家的二姐和表弟坐毛驴车经过这里一次。那次是随姨妈家的姐弟去东城。姨妈家没什么吸引我的,可离姨妈家不远处的高家果树园子是一处快乐之地。每年夏天,园子里的果树上结满累累果实,实在是一种难以抗拒的诱惑。更有趣的是一群娃娃相约着钻过干打垒院墙下的水渠,匍匐在墙下的草丛中,两眼滴溜溜地搜寻,若不见守园子的孟奶奶,便似一群猴子般扑上一棵棵果树,揪扯下尚未成熟的果子塞满裤兜、衣兜。若是看到孟奶奶来了,便一个个溜下树,四散而逃。然后站在远处,啃着酸涩的土果子,手抚着被树枝刮破的肚皮,嬉笑着看孟奶奶跺着一双脚骂人。其实,孟奶奶也不是真想逮住我们,她只是心疼还没成熟的果子被我们糟践了。那种土果子比起今天又大又脆的红富士、青香蕉之类的苹果,实在是算不了什么,况且还没成熟,吃起来又酸又涩。但在当年,对我们来说就是稀罕物了。最主要的还不是这些,而是一群泥猴子似的娃娃上墙爬树、掏麻雀窝、掏老鸦蛋,似一群叽叽喳喳的麻雀如风般呼啦啦地在空旷的田野里疯跑。到晚上,累得像一摊烂泥瘫在炕上,一觉到天明。我怕经过咬牙沟,怕那一段令人脊背发凉的路,又实在经不住那一份快乐的诱惑。那天,我没让二姨家的姐弟怎么哄骗便自己爬上了去东城的毛驴车。我们自木垒镇出发时已是午后,走到井井弯时天就黑尽了。四周一片寂静，驴蹄踩在土路上的噗踏噗踏声，驴车的胶轮碾轧着土路的沙沙声，都透着冰凉，有种阴森森的味道。天又高又深，星星疏朗，下弦月挂在西边，映得四下里影影绰绰，似有无数影子向你扑来。这时候表弟忽然颤抖地指着不远处的梁弯说："看，看那有火呢。"我低头觑着四野，没看到表弟说的火，只感到背脊上凉森森的，不由得往二姐的身上挤。二姐不出声，伸手把我和表弟都搂在怀里，越搂越紧。其实，二姐才比我们大两岁。我们谁都不再说话，出发时的种种热烈的向往，早不见了踪影。姐弟三人紧紧地靠在一起，直到看到灯火，才舒了口气。这时候，我才感到自己的胳膊疼，二姐把我的胳膊捏出好大一片青紫，而表弟那次尿了裤子。

最后一个出口就是东城口了。这里以前叫东城馆馆子，想必现在除了一些老人，年轻一辈中知道这个名字的人已经很少了。东城馆馆子地处隘口，早在明清时期就有驻军。沟口南面的一处高台就是当年驻军的地方，故而当年驻军的高台就叫营盘梁。

据老辈人说，东城口是个腰站，往来客商都要在此打尖休整。那时，东城口方圆几千米内街市井然，商铺林立。金店、银店、杂货铺、饭馆、酒肆、典当铺、戏院、书场，还有酒坊、油坊、铁匠铺，做什么的都有。馆馆子，饭馆店铺多之意，东城馆馆子也因此得名。老辈人每说完这里的繁华，总忘不了感叹一句："东城口是个宝，引来凤凰气死了鸟。这是块生财聚宝的好地方啊！"

传说当年有个姓郭的山西人，在这里一家叫三粮烧坊的酒坊打工，因为勤勉，又能吃苦，很受东家喜欢。后来姓郭的山西人挣了钱想回老家，可东家不准。这个姓郭的山西人只好留了下来。没过多少年，老东家死了。临终前，把三粮烧坊交给姓郭的山西人，希望他能继续把这个烧坊发扬光大。姓郭的山西人不负老东家厚望，把个烧坊打理得井井有条，越做越大。可姓郭的山西人老是不忘家乡,想着家里的婆姨和娃娃,就和两个过路的山西老乡相约返回老家。这年秋天,他关了烧坊,买了两匹马,一匹骑乘,一匹驮着这些年挣的钱物,上路了。走到塘坊门时,从路边的草丛中蹦出两只白兔子惊了他的马,他从马上摔了下来,两匹马脱缰而去。此时,天色已晚,他只好循着马跑失的方向追,不多久,他就迷失了。这时,远远地传来马的嘶鸣声,他又摸黑循着马的嘶鸣声追下去。就这样,每当他辨不清方向时都能听到马的叫声。到天明时,他发现自己又回到了烧坊,两匹马就立在院门口,马上的钱物也安然无恙。他又惊又喜又奇怪,思量再三,放弃了返回故里的打算,留在东城口,继续开他的烧坊。自此他乐善好施,周济乡里,还在离烧坊不远的梁坡上修了一座三间面阔的关帝庙。

出咬牙沟后,路一分为二,一条拐个弯,转而向南至东城,一条继续向西,过西吉尔、双大门、塘坊门到靖宁城。靖宁城是古地名,就是现在的老奇台镇。

奇台古有旱码头之称,作为旱码头的前站,东城馆馆子的繁华也就理所应当了。想想看,一队孤旅咬着牙走过咬牙沟,来到一处繁华之地,要壶酒、二斤牛肉,酒足饭饱之后,去澡堂子泡个澡,然后去戏院、书场看一场戏、听一段书,以解一路困乏。

咬牙沟的兴衰往事早已湮没在历史的烟尘中。现在,吐乌大高速公路已延伸到奇台,而木垒至巴里坤的高速公路也已贯通,这更让咬牙沟这条商贾古道陷入冷清。然而它却不再阴森荒僻,一条柏油路贯穿其中,两旁的土梁植满了榆树、桃树、杏树和沙枣树。夏季郁郁葱葱,秋天满沟红叶,树荫间新修的徒步道上,三三两两的游人漫步其间。当年需要咬牙才能走过的荒僻之地如今已成休闲游乐之地,而咬牙沟这个地名则成了这块土地上的一个印记。

一　碗　泉

刘予儿

一、饥渴之泉

有一些年里，泉水油汪汪的，像森林的眼，从深山里淌到山口处，再从丘陵一直淌到戈壁边上。它们的清凉一直伸进夜晚，伸进地下最深处，够得着一颗柔软的心脏了。

它们甚至还不甘心，又一直向北流进了沙漠里。泉水在这片大地上的路真长，把各个乡都联系起来，把高处和低处也联系起来。水草就各处长起来，送过去一程一程的风，气息里甘美葱茂，夏有夏的样子，秋有秋的样子，木垒除了几条季节性河流外，也就有了不枯的活命的水。

靠近山里的乡，泉眼都多。博斯塘有四百多眼泉，滚绣球一样，咕嘟嘟地终年冒出绿来，让人觉得，夜晚也像醒着。照壁南山里据说光是石人子沟就有七十二眼泉。它们作为水源之一汇向最大的龙王庙水库。白杨河乡的地下泉水就更多了。各种沟汊中涌出的泉水,梳理着山石,凸出的红色山崖,无时不流过那些大大小小的石头。太阳和泉水是石头的叫声。尤其从春天到夏季,经过村庄的水流速越来越急,流水溅在石头上,就碰出阳光的火花,就像一个人年轻的时候。还有许多无名的泉群,像古代的无名氏一样。所以,就有人在文史中总结说:"木垒土沃泉滋。"其实,木垒原本是汪洋一片,曾经的蒲类海变成了现在的巴里坤湖,面积确实缩小了十几倍。这缩小在时空中经过了几千年的时间,也许只是一滴水的瞬间。木垒这个名字有可能就来自"蒲类"的转音,泉水是这因果。泉水聚成了湖泊,又流成无数小溪、小河,滋养出一片片美丽的草地。羊群总是吃着绿色的草,后来,人又幸福地吃着一只只羊。木垒的羊也出名了。

过了木垒的东大门大石头,风就渐渐小下来,平原近处的山地逐渐开阔,闻名的一碗泉就流淌在由木垒到巴里坤公路边的一处沟口中。

这是一眼过路泉。无数人西出阳关经它而过。它映出的是失魂落魄者的面容与饥渴的心灵。

因为处在咽喉要道上,与三十里烽燧相望,村子周围地下挖出的麻钱和坛坛罐罐多,挖出的铅弹也多。

这眼终年不枯的泉水,养活了一碗泉村的半村人、半村牲畜和半村水地。

大概清末民初年间,终于有人在泉边停下脚步,在古驿站的遗址上开起了车马店。后来又经战祸,这户人家也不知所踪。

在村里老人的记忆里,最终在泉边的坡地上安了家的是户回族人。一碗泉村真正冒出炊烟,成了一个有三百多口人的村庄,是又过了几十年的事情了。

在泉边住了半辈子的马奶奶,有时会瘪着没牙的嘴低声嘀咕:"这眼过路泉,照见的亡灵多,救活的路人多。"

那些走到一碗泉边的人,都是有福的人。

近百年前,住在白杨河和照壁山南庄湾里的小孩子,常常看见附近山头上两伙人打仗,有时是几伙人。这些大大小小的队伍,有的从最南边的达坂翻过来,有的从东边的关口冲进来。他们在木垒河边打,也在山梁、山脚下打,一直打到平原戈壁上。夜里,厮杀声、枪炮声,贴着地皮传过来,火光隔着火焰传过来,黑被压实了,一村人都喘不过气来。人们藏进山洞里,藏进自家的地窖里,藏进粮仓里,藏进白天夜晚找不见的地方。这些人总是突然出现,又突然消失。一股风般吹来荡去,把自己的黑影子留在风里。听他们召唤的那些人,也像被风卷着跑。有人死了,他们胯下的白马、黑马、枣骝马,却定定地站住不动,像给死亡竖的一面旗子。失败的一方从大石头的山口处往回跑,打胜的人就往西开进。

他们打来打去,却没有人注意到这些一直流到路边上的泉水。他们顾不上润一下喉咙,顾不上听听水流声。

活着的人只顾争斗,死了的人身体和心灵都不再饥渴。

而在更早前,一程一程的烟火时常在古丝路中道和北道上,连起一幅奇异的图景。

在另一个时空里,那些停下来的人,他们饥渴的身体发现了山里生长四季的草木,发现了隐隐流淌的不竭水源,发现了可滋养粮食生长、羊群觅食的大好山河,发现了一种更大的历史之外的生命力。

他们终于住了下来,春种秋收,生儿育女。木垒就有了一个个靠着一眼泉水生活的村庄。那些早年看见战争的孩子,在东天山的庄湾、山沟里,也已经荫下了一大家族人。

二、迷失之泉

一碗泉村的另外半村人则由猫猫泉养活着。

那天,一碗泉村的村长掐指一算,猫猫泉已经又流淌了三年,今年正好是第四个年头了。

猫猫泉在西面,一碗泉在东面。东西两个泉各养半村人。最初一边十八户,不多不少,就像从中心掰开的两个半圆似的。

猫猫泉是我私下里给它起的名字。靠它养活的半村人,总是对这眼泉迷惑不解。他们说,这是一眼怪泉,历来干三年,流三年。到了那个时间的口子上,泉水就一截截消失了,像一股烟一样蒸发在大地上。春天,别的泉水、溪水、小河水在欢快地流淌,照出野花野草的样子,猫猫泉却连水的记忆都不曾留下。

可是,过了那神秘的时间,它又隐隐出现在沟谷的缓坡中,发出动听的水流声。

它不出现的那些年,这半村人就靠一碗泉做饭、饮牲口、浇地。泉脑里剩下的一弯水,只够人舀着喝。

这让住在一碗泉边的人家,更不放心了。尤其遇到干旱的年份,总担心这碗口大的泉水,会流干,会趁着一村人夜里睡着时,突然就枯竭了,只剩了空空的碗底。一村人的童年都在这担心中度过。于是,就换着人家看守泉水。

离泉边最近的是刘家。有一年,太阳很毒,热辣辣刺人的眼。房后的麦子地要灌浆了,刘家老二不放心,先是睡在房顶上,后来就铺了毡子睡在泉眼边。等新麦磨成面粉,刘家老二也落下了心病,在梦里也竖起耳朵听泉水的动静。哪一时,水流速急一点、缓一点,他都要记在卷烟纸上。

后来，耳朵里就哗哗直响，像水灌进耳朵，听不清别人喊他犁地磨面的声音。他的耳朵成了泉水的命路。

很多年里，一碗泉就吊在一村人的心口上，幽幽地，有时冷，有时热。

信因果的人去泉脑里挑水时，也总要默默念叨一番。

猫猫泉的泉脑在山梁上，一路几百米长，浇两边的槽子地和河坝里的水地。

往年降雨量好的情况下，山坡上的旱地一亩地也只能打三百斤麦子。但这样，人们依然活了下来。

村里人，多少年都生活在一种矛盾中。

只要是雨水多的年份，猫猫泉就干了。而眼见泉水旺的时候，天就越来越旱了。村人不愁旱地愁水地，不愁水地了又愁旱地。他们说这是一眼喜欢和老天爷捉迷藏的泉水。

村里的张木匠是20世纪60年代跟着父母从甘肃老家来的。他和村里的铁匠谢里甫一起，给村子做有铁轱辘的牛车、驴车。不做木匠活的时候，张木匠就变成了张羊倌，天天跟在羊群后头，羊群就绕着泉水吃草，羊群在草地上像云影般缓缓移动时，张木匠就发起了呆。

有一年，张木匠想要解开这个困扰村人多年的谜。从春天到夏天，他都赶着自家的羊群，从泉水的高处往低处走。

别人家的羊群都进了山里的夏草场，他的羊群依然在猫猫泉周围转悠，不着急育肥长膘。山里天气多变，几百米外有阴有晴。他在等一场一场的雨，然后又在等一场一场的雨过去。

那个春夏，猫猫泉头上的天总共下了三十七场雨。一下雨，张木匠的眼睛就睁得比雨大，雨一停，他就跑到泉边紧张地观察。

张木匠终于发现,只要下一场雨,泉水的某一段就没了,水一截一截往回缩,很快细成了一条银线,像蛇一样钻进了地底下。

几十场雨下过,泉水就一段一段全没了。

他把这个重大发现告诉了麻寡妇,麻寡妇只是撇了撇嘴。他又告诉了路上遇到的光棍马三,马三搓着胳肢窝嘿嘿地笑了。

张木匠决定把这个重大发现藏在心里,再也不告诉别人。天上一场雨水,地上一段泉水,它们在互相喊唤。泉水不是整体变浅消失的,而是被一场一场的雨带回了天空。

猫猫泉消失的年份里,有人不甘心,想要掘地三尺把水挖出来,结果越挖越没水。

村里曾在那儿挖过两个坎儿井,后来也废弃了。

很久以前,还有人在附近发现过一个老庄底子,据说和嘉峪关的城墙有点像。一个小城墙进去再是一个大城墙,有五千平方米那么大。

在过去的许多年里,村里暗暗地流传着一些流言蜚语,说这泉水扭结着村里人的命运。

总有些人是留不住的,他们突然到来,又突然离开。有些人把家安到一半,地种到一半,就像这猫猫泉一样消失了。

高石匠就是其中之一。没有人记得他的名字,只知道他是从肃州(今甘肃酒泉)老家来的。他独自一人,走进村子时,将近四十岁了。他从不说老家的事,只是住下来,给村子里的人锻磨,做打场的石磙子。

这样在村子里生活了十几年,石匠也越来越老了。村里人也用惯了石匠的手艺,听惯了他说话的腔调,谁都以为,石匠再也不会跑到别处去了。

可是,有一年,柳树窝子的吕家在方圆百里外抢回了一个寡妇,没多久,石匠就和寡妇突然一起消失了。有人说看见他们骑着一匹骟马,翻过白杨河的大山走了,只给村里人留下了一屋子做石磨的工具。

张铁匠也没了。他来新疆的时候一个担子挑着两个娃娃,老婆跟在后面,担子里挑着吃饭的锅碗。从河西走廊步行两个月,到达木垒。把家安下后,就在村里支起铁匠炉子,打马掌、打锄头,打的苗子枪尤其漂亮。据说张铁匠身上有武艺,有人见到在离村很远的戈壁滩上,他嗖嗖地舞着一套拳脚,月夜下带起一股子旋风。

没几年,木垒奇台一带因为战乱闹起了瘟疫,张铁匠的老婆孩子和村子里的大多数人都跑到老奇台避难,结果还是染上瘟疫死了,只活下张铁匠一人。有一天夜里,张铁匠收拾了打铁的工具,将院墙推倒,悄悄离开了村庄。

在荒天野地间,那一股子泉水流着、淌着,它不管人的命运的无常。天黑它亮着,天亮它也亮着。

也有人住着住着,就去干了别的营生,从此再也没有返回村庄。村里人说,这都是有想法的人,他们不愿意朝着一个方向活,就像那口干三年、流三年的泉水,它从自己的想法中溜出来,就把自己跑丢了。

现在,泉不用再养地了。有了水库,有了新建的村子,老村没剩下几户人家了。再也没有人担心泉水的事了。流淌在未来与过去间的一碗泉水,也许又会成为过路泉。

通往人的路越来越近,通往自然的路却越来越远。

那天,我试着掬起一捧冰雪层下的泉水,清凉立刻流进了喉咙,我却品不出它的滋味。

也许,在那看不见的三年里,这股泉水会在别的地方出现,养活另外一些生命。

三、听钟

钟匠翻过山梁,站在天山道上,偏过脑袋仔细地听。他先是听到流水样淌过松树的风,又稠又密,接着嗅到一股松针的味道,凉凉的,带些去年腐叶的气息,又听到刺啦啦刮过榆树枝的风,粗皮显露。风吹来它们的形象。他又听了一会儿,风由高向低刮,刮出南面山谷他刚刚离开的一座村庄。

羊头泉子村,孤零零地被撂在山洼里。泥巴墙、土坯房,一溜一溜的杨树、榆树、柳树,它们都长在土里。一丝渺渺茫茫的绿和每日屋顶上飘出的一缕炊烟,一起往抱着它们的山顶上飘。

钟匠前后在这里待了两年。为了做这口大钟,他先是熟悉养育村子的气候,又摸熟这儿的水性和土性,这对于成功地铸出一口好钟都是至关重要的事。

接着,为了取得做模范需要的熟土,他又造了一口"假钟"出来。

钟匠耐得住性子,他知道,钟声是被时间养活的。

村里人也耐得住性子。为了造这口钟,羊头泉子的人从一千多千米外的山西老家请来了钟匠,村里最多的就是甘肃人,也有山西人和陕西人。钟匠在这里能听到乡音。

以前,他们都是听着其他地方传来的钟声,越过几座高山,把黄昏撞响,把鸟叫撞飞。西边旱码头传来的钟声尤其洪亮动听,那里的村庄几乎都有一口属于自己的钟。

那时,有水的地方就有村庄,有村庄的地方往往就有庙。有庙就要有钟。热闹的市镇上,也有各地的会馆,会馆里也会挂一口钟。重要的日子里,敲响钟声是召唤也是祈福。

他们想听到自己村庄里传出的钟声。

他们给钟匠提供吃住,让他安心造钟。也有可能,钟造好了,钟匠也就不走了。有一阵儿,钟匠就住在庙里,造好的钟就准备挂在那里。

庙西边有好几棵大柳树,几百年前,羊头泉子人来的时候,柳树就在。后来村里的老人一直念叨,在木垒的地面上,再也没见过那么大的柳树了。

柳树老得只剩下薄薄的一层干皮,像人老了以后,血脉筋骨都干枯了。村里的小孩子常常把柳树骨髓与血肉化成的粉末掏出来,在庙墙上画画玩儿。

就这样,大柳树依然年年发芽。有月光的晚上,柳树惨白。

终于,到了钟匠动手铸钟的日子。

他先是做好内模,等了一个星期,又做好了外范,然后将村里捐造人的名字一个个印刻在上面,最后将冶炼好的铁水从泥范上的小口徐徐浇铸进去。明红的铁水顺着那些名字流下来,像一条红色的泉水河。

一口重五百千克,比八个男人还粗壮的大钟造好了。这口大钟要挂在村里的老庙梁上,钟上用繁体字刻着捐造人的名讳,长长的,从钟顶到钟檐。

当钟被撞响的时候,那些个名字也会被撞响。它们像一些扑棱棱的黑色的鸟,从庙檐下飞出。钟声嗡嗡地,像一条河从山顶的草木间冲刷而去,让那些草木都跟着"嗡"地一亮,发出金属声。可是,挂钟的那天,出了问题,这口生铁铸造的大钟太沉太大了,几个后生用杠子勉强抬起来,可是离大梁还差了好远。

最后,村里的长者让人先用土一层一层把钟垫起来。土足足垫了有两张八仙桌那么厚，这才把钟吊到松木梁上。

可是，钟声还没有被正式敲响，钟匠却要启程了。

村里人留不住钟匠，他说村里有石匠、木匠、铁匠、皮匠就够了，一口钟足够敲过一世人。钟匠没说是回老家还是去哪儿，但他说自己只会造钟。他喜欢听沉沉的钟声在大地上起飞。

临走时，钟匠告诉送行的村里人，等他翻过山梁，到了东边大石头的地界上，再把钟敲响。钟造得好不好，要看声音传得远不远。

现在，他站在天山道上，路斜斜的，整座山也斜斜的，是起飞的姿势。可是山哪儿也不去，就稳稳地长在那里。有多少人在这山路上，好不容易稳住心神，稳住脚步。

钟匠听了一会儿，脑袋从风里收回。他听到，所有的声音都被风养活，被泉养活。就在此时，一阵钟声，越过山梁传来，村里人没等钟匠走到大石头，就着急地把钟敲响了。钟声宽宽的，似乎浑圆，似乎昏暗，冲破风声而来。钟匠听到，村里人的名字就跟在这声音里，像漫长岁月里长长的祷文。

钟匠无法印证自己造的这口钟到底是不是一口好钟了。判断一口钟铸造得好不好主要看余音能传多远。

他从祖辈手中继承的技艺，钟声能传二十千米远，钟声和钟声又会穿透时间连起来，成为一个声音的完整世界。可是现在，这钟声却被阻在了山路上。钟匠长长地叹了一口气。

很多年里，钟声引着羊头泉子人一次次地往天上望，他们被这钟声供养着。借着钟声，寂寂无闻的羊头泉子村被传到很远的地方去，他们不知道钟匠的遗憾。

后来，庙毁了，这口钟被取下来挂在队部的大梁上，集体开会时就敲钟通知大家。听到钟声，远近的村民就骑上马、套上驴车，向钟声敲响处集中。人们依然听着钟声的召唤生产生活。再后来，钟被重新扔进了熔炉里，锻成了犁铧。钟鼎上那些羊头泉子人的名字也消失在红色的铁水中。

一个时代的钟声结束了。那时，钟匠想要听到的余音似乎仍在山路上回荡着。

四、泉水路

那天夜里，天上像下霜。马三湖和他的二十几头驴就在霜里，黑黑的不言传（方言：不吭声）。

马三湖是来贩卖棉花的。他总说，他的驴驮着天上的云朵来了。

不知从什么时候起，马三湖就一个人住在脚户沟山那面的碱泉子，一个人守着一眼泉，周围再没人家。那里原来是个荒滩，碱地里长满了芦草，一到秋天，芦草就把马三湖的院子埋住了。人在芦草中喊人，声音毛毛地飘起来。

碱泉子的水是从木垒的山头上流下去的，一直流到鄯善的山脚下，又从沙漠边冒了出来。经过一座山的阴阳两面，碱泉子的水就变成了一股碱水。

两地从中间的高山分开，鄯善是南坡，水往南淌；木垒是北坡，水都往北淌。

有了水和山，也就有了风路、鸟路和水路。一地的风物气息就在人的脚下和头顶上连起来，世界也就连起来了。天山里有许多这样通气息和语言的路，是人们在许多年里蹚过水、翻过山走出来的。

深秋的那天，马三湖动身迟了一些。他和伙计翻过脚户沟的达坂，走到雪台子，已经是两天后了。月光让雪台子变得浑圆，好像另一个星球的发光体,驴蹄子走在上面不停地打着滑。驴最怕过这段路。一川的白杨将影子投在上面,就像一群做梦的鱼。

马三湖听到水流声大了起来。泉水溪流汇成了一条浅浅的河,在夜里黑亮黑亮的。鹅卵石铺成的路就躺在水下面,驴蹄子碰在石头上,发出电光火石的声响。

哈萨克族牧民把这条沟叫驴子沟,一条使用了上千年的牧道就从那里穿过。牧道上半截是木垒的,下半截是鄯善的。每年都有几万只羊从牧道上过,两边的羊常在这条路上迷路。春天,鄯善的羊就赶到这边吃草产羔,冬天,木垒的羊就到那边的棉花地、瓜地里觅食。

走着走着,鄯善羊就变成了木垒羊,木垒羊也总有几只变成了鄯善的羊。

脚户都选择走水路。这条沟就是一条泉水路。这个秘密只在脚户和牧人间流传。他们来回一趟要走好几天,就怕路上缺水。马三湖和别的脚户一样,一路上也都带着葫芦舀子,渴了就喝脚下的泉水。

从火洲(吐鲁番)过来的脚户都是贩运棉花和瓜果的。有些脚户一次只吆一头驴,驴两边的驮筐里装十二个真正的哈密瓜,或一筐鲜杏、几串刚摘的葡萄。路上带两个馕,一天吃一个。很长时间里,东天山的人就吃着脚户们翻悬崖、走远路带来的瓜果。

过悬崖时,悬崖上只能站下一头毛驴。脚户先蒙住驴眼睛,让几头驮货的驴过去,然后又牵着自己骑的那头驴小心通过。

马三湖矮小的身子,贴在突出的岩壁上,已经练得像蛇一样灵活。也有骡子和驴掉下去的时候,但依然阻止不了人走。

马三湖瘸腿骑个枣红马。他的枣红马不喂青稞,三天两天不吃草,是用生肉调喂出来的,夜里站着,就像发光的红宝石,给三匹耕田的马都不换。

每次来了,马三湖都挨着有泉水的庄子住,西泉、三个泉、羊头泉,他数着泉水的路住下。夜里,听绕过村子和山坡的流水声,水在夜晚比白天更明。明明的流水声把耳朵里的风声、树叶声都刮去,把人的鼾声、狗吠声都冲到更黑的地方去。一村庄的梦都被流水声哗哗地拨响。其实,马三湖是借水流声,听拴在树下和槽前的驴有什么动静。水流声可以遮蔽一些声音,也可以让杂声显出来,他怕夜里有人动他的驴。马三湖给泉水村的人捎来白棉花。一到深秋,马三湖就吆着他的二十几头驴,沿着沟里的泉水路走一趟。在那些村庄里,留下天上的白云朵,也留下晒了一个夏天的阳光味道。村庄里的人用棉花纺织又密又白的大布,他们还用棉花做成暄软的被子,冬天最冷时盖在身上。

后来,马三湖就在碱泉子开起了车马店,再也不吆驴贩棉花了。他还养起了骆驼,很少再翻过达坂、蹚过泉水路到山这边来了。

马三湖的车马店名气越来越大。从这边翻达坂过去的人,经过两天三夜的路程,走到鄯善的山那边,见到的第一个人就是马三湖。他们在马三湖的车马店里歇上一晚,再继续赶路。据回来的人说,马三湖当年是带着妻儿,从宁夏赶着骡子打敦煌走到这里来的。在紧挨着木垒的山那边,他停了下来,把自己变成了一个鄯善人。

他的儿子们都说鄯善当地话,新起的大院子在芦草中埋得更深了,外面扎着高高的白杨树。

几十年过去,那个地方成了一个有几十户人家的热闹地方。

五、麦客

麦子成熟的季节,木垒的山就变成了一座一座的粮仓,微微晃动。一场一场的风,将麦香吹过东疆一带,那些地方的人头顶上麦芒闪耀。接着,风再将麦香继续吹送到天山以南的地方。

麦客的耳朵隔着山水就听到麦子成熟的消息,嗅到麦香一阵阵往天上飘。夜晚,一阵麦香就是一束光,它们都朝着天空。山成了金山,戈壁成了金戈壁。眼睛用眼睛说话,鼻子用鼻子说话。麦客用眼睛和鼻子来传递消息。一个晚上过去,南边巴扎上的人就都知道了。

麦子的成熟让麦客心焦。他们不由深吸一口气,伸长了脖子往东天山的方向望。

于是,麦客们便一起行动起来,他们将去年就挂在院墙上的镰刀重新打磨,带上刚出馕坑的热馕,向远方赶去。

每年,东天山上和戈壁上的麦子成熟时,鄯善、哈密、和田的麦客就赶来了。他们就像候鸟一样,翻过天山雪线,朝着北边大地上的金黄麦穗拥来。

那些年里,木垒、奇台一望无际的麦田,一起都包给这些麦客收割。

他们沿着麦田住在村庄里。靠山的村庄,有一半的麦子都种在山上。后来,戈壁上的麦子也越来越多。整个七月到九月,村庄里都说着滚烫的异乡话,像五色混杂的石头挤满山岗和河滩。晚上,由北向南刮的风里,也多了一种火焰的气息。

他们成片包下麦地,割麦子时头也不抬,黄熟的麦田已经将戈壁平原淹没,他们在波浪中弯下腰,仿佛是一枚更重的果实落入其中。麦子的路变成了一条条金色的水路。

等到一座座山割过去,麦捆朝上,码放整齐,打下的麦草、鹰嘴豆秆也呈放射状摊放在山上,就好像山张开了嘴,深深地,向着天空,却没有发出一点声音。

颗粒归仓后,光秃秃剩下麦茬的山,仿佛被握镰刀的手在织布机上重新织出来似的。

胡玛尔每年都和村子里的小伙子来白杨河一带割麦子,西泉、上泉、羊头泉子村,每个村都有上万亩麦田,也种鹰嘴豆、糜子和胡麻。麦子把风都留在一株株的麦穗间,风稠得刮不过去,把白天也留在麦穗间,白天就变成了一颗金灿灿的露珠。胡玛尔手慢,割麦子、割胡麻,别人一天能割三亩地,他勉强能割五分地。麦客的工钱一般用粮食和牛羊来计算,有时也给现钱。手快的麦客,一天能割三亩多地,割完了日头还没下山。

夏收结束后,给麦客们结算了工钱,雇主家里就用新麦推磨、打馕,让麦客带上几个馕回南边。那时,家乡的棉花和高粱又在等着他们收获。

胡玛尔每次干得少,分到的却和别人一样多,这是麦客的规矩。一拨拨的麦客离开了村庄,胡玛尔也不着急。他想实在不行就等第二年的收获季节到来。最后刘茂林着急了,他把自己的一头牛给了胡玛尔,又给胡玛尔打了几个馕,胡玛尔才和其他的麦客一起踏上了回家的路。

还有些鄯善东边的麦客,来得更早。每年春天一过,他们就翻过达坂,往常落脚的村庄里走。他们住下来,帮人脱土坯、盖房子,一直等到麦子黄熟的时节。北边的村子也有到山那边换工的人,泉沟的罗响水从二十岁起就年年往鄯善跑,春天去帮当地人开葡萄苗,到了深秋又去埋葡萄。葡萄是一墩一墩的,开出来埋上都是苦力活。遇上大墩的葡萄,一天只能开几墩。葡萄给当地人带来了财富,一个葡萄园养活几代人,这种力气活鄯善人自己不愿干,都找山这边的人干。羊头泉子的娄兴春,去那边的葡萄园帮人种葡萄,后来娶了一个鄯善女人,还有了一个大葡萄园。村里人再去时,看见他和鄯善人一样经常躺在葡萄架下,吃拉条子、薄皮包子,看天上有没有五色鸟飞过。山北的人到了那边都用坎土曼干活,而南边的人到了这边,依然带着自己用顺手的工具,偶尔,还会给村子里的人打制一两把。

来得更早的是南面的和田人。一过了正月，他们就吆上几头骡子，结伙到木垒、奇台的山里买麦子。路太远了，要翻的山一座又一座，驴走不了那么远的路。

他们不驮运瓜果，只带钱来。要把骡子的力气留下驮粮食。他们是闻着北面东天山的麦香来的，走时，一个骡子驮一麻袋半的麦子，再翻山越岭地将这些粮食驮回当地。一年到头，就用这山北的麦子打馕吃。

还有一些靠山的贫穷人家，没有骡子也没有毛驴，买了麦子只能步行，背两袋粮食，来回要走二十天左右。累了就住沿路人家。深山里面没有住户，晚上就住在牧民废弃的羊圈里，有时就在树底下、石崖底下挨过一晚。

还有些麦客住下来，一直到来年的收获季节，后来就再也没走。

普拉提的爷爷，就是这样留在了平顶山村。普拉提的爷爷做过铁匠、木匠，在鄯善有一个大的葡萄庄园，是个风趣快活的人。每年，他都会赶着羊群，翻过木垒的达坂，到山这边放牧。后来，绿毯子一样的草原越来越浅，金灿灿的麦田越长越多，平顶山成了麦子的湖海，一浪一浪顺着山头起伏。普拉提的爷爷从春天待到夏天，等到平顶山麦子成熟的时候，想起父辈讲过在这里做麦客的往事，他鬼使神差地拿起镰刀，加入了麦客的队伍中。他想把山上的麦子都收割干净，其他的麦客都笑他。一茬麦子，一茬牧草，这天山山脉的往事就是被层层的麦子和牧草覆盖的。

有人见过普拉提的爷爷，骑着一头黑驴，一年过去，驴色落霜，七年过去，驴背上的黑毛脱尽，竟然长出了红毛，成了一头红背红耳朵白肚皮的毛驴。普拉提的爷爷说那是故乡火洲的颜色。

至今，几世同堂生活在老村的普拉提还说，他是被麦客的往事留在这里的。

六、活

　　蝗虫群龙卷风一样扑过来时，毡匠陈生水正在场院里弹毛。他左手握着弓背——那张大弓超过两米长，右手操着用牛皮做成的拨子上下拨动弓弦。随着弓弦的颤动，一千只羊的羊毛飞起来，仿佛一千只羊在羊头泉子的上空咩咩地叫着。

　　黑头羊、褐毛羊、大尾羊，公羊、母羊，每一绺羊毛都是一条细小的河流。夏草油、秋草疾，河流梳理着天空，天空慢慢变得蓬松如羊毛。毡匠闻到了羊走过的那些地方和吃过的每一口青草的味道。

　　就在这时，天空像起了大片的黄斑，日头一下黯淡下去。沿西北方扑来的蝗虫群，嗡嗡响着，落在庄稼上，再飞起时，麦子、胡麻已瞬间变成了光秆，穗头落了一地。然后，这股旋风再"轰"地冲向另一片等待收割的大地。

　　田野上的乌鸦也被吓住了，不知在叫什么。它们从来没见过这么大的会叫的蝗风。大人小孩哭叫的嘴都朝向天空，恨不得天裂开一个口子把这股蝗风都吞进去。靠山的泉水村，蝗灾最猛烈，好像这些蝗虫格外喜爱泉水养出的粮食味道。

　　毡匠陈生水放下手中的长弓，和村里人一起卷入这股蝗风中。

　　那年，全县抽调了几千人，都拉到羊头泉子周边的野滩上，搭起帐篷，要"人蝗大战"。人以大博小，挖条坑用土埋用麦草点火烧。三四天，换一批人，过三四天，再换一批人。蝗虫死一批，又飞来更大一批。蝗虫飞来时，带着刀子样的力度，还带着一股潮腥味，人被刮得头晕腿软，蝗风却没见减小多少。

　　羊头泉子的泉水只有指头粗的那么三股，慢悠悠地淌着。村庄几百口人,上千头牲畜就靠这泉水生活,现在一下子来了这么多人,村里人开始不担心蝗虫了。他们中有人专门盯看泉水,担心蝗灾没灭,泉水会被这几千人吃干。

原来,山里的这股野泉和人没什么关系。几百年前,周边的野生动物,就喝着这股泉水。那时,这片山坳还没有人烟,盘羊、羚羊、黄羊最爱到山梁上的泉脑边饮水。泉水原来隐而不露,水的凉爽气息从地下冒出来,这水气就是水的语言。它们就用蹄子刨,渐渐地刨出一个坑来,从此,这些野盘羊就常来泉边喝水,一天总要来好几次。它们用蹄子、用嘴认下这口泉,后来渐渐老死在泉边。

多少场风吹过,只剩下一堆堆的野羊头留在泉脑边。一代一代的盘羊都死在故乡的泉边。又过了几百年,有人发现了这些野羊头,然后找到了泉水的踪迹,就住下不走了,后来渐渐形成了村庄,就叫羊头泉子村。

最早在羊头泉子生活的是马家、李家、刘家、徐家和张家。

自从马氏高祖带着家眷从陕西扶风县辗转甘肃来到这里,在这片仿佛与世隔绝的山野里,家族已荫下十八代四百多口人。现在的后人大多都已远离羊头泉子。马家最后一任族长马松山,在传续往事时提到,在马家祖太爷手上,从木垒老城,也就是芦花河翻涌着白色浪花的地方,到白杨河再到羊头泉子,整个地界都是马家的。

后来,马家将一碗泉的地方给了孟家。孟家是马家祖太爷的干儿子,又把西泉给了娄家,将石家庄子分给了石家,石家和娄家都是马家的女婿。当时,马家光是骆驼就有两千峰。

早先来到这里的人家,看到的是大片无主的土地。也许在这荒山野水间,忽然就有了一种使命:给后来的人挑选生活的位置。当然要先给自己选好位置。最早的耕占,就是占水、占草、占地形。那时候,准备将生老病死都安顿在一个地方前，都要先看山、看水，看风从哪里刮过来，看一个地方的气数。尽管一生的时光有限，但总觉得子子孙孙会在这里生活下去。

不知道马家是不是最早发现羊头泉子的人家。

连着三年的蝗灾，羊头泉子冒出来的那一点水始终没有被吃干。几百人吃不干，上千人也吃不干。

附近草场的哈萨克族牧民都说，羊头泉子的水好，人吃上不老，羊吃上有劲，做成烧酒人喝上就好像永远年轻似的。有了这股泉水，村里的烧坊、油坊、磨坊，在上百年间都兴旺不绝。

村里人扳着指头数过来，没有九十岁以下去世的人。

当人烟稠密起来，人语黑黑地压着大地，像割不完的麦草时，动物们就都朝南跑了。羊头泉子就归了人和家畜，那淌不完的几股水就成了人的故乡之源。

很多年后，毡匠陈生水想起那时，自己手中停下的弓弦，那戛然而止的动作，想起眼瞎的老父亲让自己牵住水命的用意。

陈生水的父亲，十几岁时就一个人跑到新疆，在眼睛彻底看不见前，在北山煤窑挖过煤，也在金沙沟淘过金子。

有一次，他们向下挖了有三十米深。轮到他下井，还是孩子的他站在煤筐里，紧紧地握住绳子，仿佛下沉到另一个世界里。在那幽深的地下，呼吸是黑的，比周围的煤炭还黑。他半蹲着，在狭窄的前方，掏出黝黑的煤，挂在坑壁上方的油灯，只能映出眼白。地上的世界变得比灯芯还小，只有煤的黑是无边的。陈生水的父亲点起一根香，用来计算将要度过的三个小时的时间。

好像从那个时候起，他就预感到自己有一天会失明。金沙子的光芒也没有让他觉得心里踏实。后来,他用自己攒下的一点钱,到处打问,在泉水长流的地方,为自己买下了一块地,盖起了房子。房子盖在坐西向东的坡上,房前是一道泉水。儿子出生后,他的眼睛就渐渐看不清了,他用风生水起的意思给儿子起名。他说,日夜听到水流的声音,心里就像有光亮流过。

在天地间漫流的水,有时是不听人使唤的,人可以择水而居,水却不会为人枯竭或长流。

一百多年前来到平顶山河坝沿村的刘双虎家,祖太爷生了九个儿子,九个兄弟最终只活下一个。

民国三十五年(1946)的夜里,木垒河突发洪水,冲下来的木头和石头碰得震天响。河坝里修的水磨被拉走了,山上的房子也被拉走了,山谷和河滩里的白杨树皮都被剥光了。刘家老七被水拉到一棵几百年的大白杨树跟前,人趴在树杈上蹲了一天一夜,水退了,才被人骑马救下来。

刘家九爷刘向平一家五口都被拉走了,就剩下一匹黄马和一头青乳牛活下来了。那场猛水退后,人骑在马上胳膊举起来还够不上水拉在大树上的印子。如今,当年刘家活下的唯一的儿子,在平顶山已经繁衍了五百来口人。

那些在大地上生活的人,似乎都有在荒天野地间开辟自己命运的勇气。这股勇气流淌在历史和世事之外,泉水养活的也许正是这种永远不灭的生命力。

木垒长眉驼

王 族

骆驼中的美人

在哈萨克族牧驼人叶赛尔家,我耐心等待着他家的长眉驼从沙漠中归来。

我来看长眉驼,是因为几张照片引出的一次惊喜:妻子为她所供职的报社去木垒哈萨克自治县采访,见到了长眉驼,拍了几张照片带了回来。我第一眼看见的时候,便惊讶不已:这些长眉驼真是太美了,眉毛又细又长,自眉角向两颊垂下,将脸庞围拢得如同一轮圆月。长眉驼的眼睛与普通骆驼的眼睛不一样:普通骆驼的眼帘有两层,可很好地防风沙;长眉驼的眼帘有三层,使一双眼睛显得又大又圆，颇含传情之态。关于长眉驼之三层眼帘，是一个新鲜的话题，让人觉得深藏于沙漠中的一种稀世物种突然浮出了水面，而且还像一位美人，正用含情脉脉的目光注视着你，等待着你前去与它相认。它们身上的毛也很长，自上而下细细密密垂落得像流苏。因为眉毛长，人们干脆不叫它们骆驼，而是称它们为"长眉驼"。人们说"长眉驼"这三个字的时候，语气间充满了赞赏之意。

妻子还带回了消息，长眉驼在中国也就三百多峰，比国宝大熊猫还少，而牧驼人叶赛尔家就有近二百峰。她说，木垒的人只要提起它们，就特别强调它们叫长眉驼，不能笼统地把它们称之为骆驼。我想，在平时，骆驼给人们留下了持重、沉稳、执着、坚强、沉默、冷峻的印象，关于骆驼的形象大多是硬朗的，似乎更趋向于雄性化。而这些长眉驼却显得阴柔，一副亭亭玉立、温柔可爱的模样；尤其是分外细长浓密的眉毛，更是显出了几分娇柔的姿态。

我决定去看长眉驼。本来高贵得超群绝伦的长眉驼就已经让人内心激动，现在又有了比普通骆驼多一层眼帘的话题，一下子便让人内心犹如沸腾的水一般不能平静了。如此情形，岂有不去看之理。

去木垒的路上看见了骆驼。仔细看过几眼后，发现它们是普通的骆驼，而不是长眉驼。沙漠、骆驼、初显绿意的春天，在车窗外慢慢被抛在了身后。这是一些没有超出想象的景象，只要有沙漠的地方就有骆驼，因为它们从不跟别的牲畜争草场，习惯于在干旱的荒漠地区生活，这便让它们长期享有"沙漠之舟"的美誉。这一美誉背后似乎隐藏着一些沉重，比如骆驼能够忍受干渴、饥饿和炎热等。牧人们常年在这里放牧，有水了吃清炖羊肉，没水了吃干馕，那一群群骆驼被他们赶到沙漠中去觅食，他们渐渐地形成了独有的生活方式——牧驼。

我们的车子从木垒县城出发，行进了两个多小时，到了托拜阔拉沙漠草场。托拜阔拉犹如一块被时间浸染的琥珀，没有人知道它的确切历史。夏天，这里是黄绿相间、亦沙亦草的沙漠草场；冬天，这里会积上厚雪，雪地上只有一条人畜踩出的路。在这样一种地理环境中，一切都没有了，只有一样东西占据着人心里残存的意识，那就是路。路可以主宰人内心所有的时间和空间。

下了车，感到一股干燥的冷气掺在空气中，风起时，便猛地抖出一声声响，粗硬得如刀子一般割着脸颊。举目四望，只见铁青黑硬的砾石成滩成片地铺向远处。远处，便是沉寂模糊的山峦。干旱、赤裸、蛮荒、贫瘠……该怎样形容这个地方呢？

下午，我在叶赛尔家听见外面传来了牧人低低的吆喝声，便出门跑到他家屋子后面的沙包上，看见庞大的骆驼群朝这边走来了。一群高大的身躯在沙地中缓缓走动，掀起的沙尘把茫茫荒滩和灌木丛都裹了进去，驼群身边升起一道黄色尘雾。

我吃惊地看着，很快，一大群骆驼走到了我面前。怎么说呢，最吸引人的仍是它们长长的眉毛，又浓又密。有风刮过，它们身上下垂的毛便随风飘起，像有无数细丝在飞扬。风停后，一根一根长眉缓缓落下，像柔软的手臂一般围护在了双眸周围。也许是这些毛太细太长的缘故，被遮掩在里面的双眸显得更大更幽深了。

我走过去，本来想看它们的长眉，但却从一峰长眉驼大大的眼睛里看到了我的影子。这一刻，我和它都盯着对方一动不动，我觉得它的眼睛像一面镜子，似乎照透了我，让我有一种赤裸感，加之它的眼睛是那么美，顿时又让我有了几分羞怯感。我因为紧张，不自然地动了一下，我看见我的影子在它眼睛里倏然不见了。

细看，它们确实有三层眼帘，比普通骆驼多了一层。来之前就听人说了，这三层眼帘除了好看之外，抗风沙的能力要比普通骆驼强得多。美而且实用，我喜欢这样的东西。当然，它们身上的毛也颇为引人注目，当它们弯下脖颈的时候，身上纯白或金色的毛像光滑的绸缎一样流泻下来，真像一位雍容华贵的美人啊！以前，当地人称它们为"狮子头骆驼"，长眉驼则是它们后来的名字。因为它们血统珍稀，加之外表又奇美，所以当地的牧驼人便顺理成章地叫它们"长眉驼"；又因为它是木垒所独有的，后来在名称中加了地名，叫"木垒长眉驼"。

天已黄昏，它们一一归圈。一走动，这些很有美人气质的长眉驼变得有几分阳刚。它们的身躯是庞大的，在荒野中随时可以踏过草丛，而这会儿地上的积水则在它们蹄下被踩成泥泞。它们行路时昂首的神俊与骑士的精神气质是多么相似。我突然觉得，看它们站立不动的美人之姿和走动时的阳刚气度都是一种享受。这就是它们在蛮荒之地生存的一种姿势、一种力量，也是生命的一种例证。

长眉驼，静若处子，动若勇士。

述说和倾听

第二天，我才见到了阿吉坎·木合塔森老人，他瘦削而蜡黄的脸上，细密的皱纹无处不在，尤其一双浑浊得有些暗黄的眼睛，微微眯成了一条缝，或许已经看不清东西了。我想，他的眼睛是被一年一年的风吹老的。细看他，我突然觉得，似乎在哪里见过这位老人，而且好像还很熟悉。也许是我近二十年在新疆游荡的经历，便对这些面孔有了熟知感。我甚至熟悉他的背影、他上炕的姿势、他咳嗽的声音……中国人素有"面熟"这一说，想来还是有一些道理的。

他是哈萨克族，讲哈萨克语和汉语。他讲的哈萨克语我很难听懂，需要他三十多岁的儿子翻译一遍。从他的神情可以看出,他的儿子只能翻译其中的一小部分,大部分只能翻译出大概的意思,无法准确转述。于是他有些着急,便用不太流利的汉语开始和我们交谈。应该说,这位老人是语言天才,他知道用汉语无法向我们表达清楚,便使用了一些形象语言。比如说到母驼下崽,便说是完成公驼交代的任务;说骆驼耐力强,便说它身体里有十峰骆驼的力气;说骆驼的速度快,便说它把藏在身体里的翅膀拿出来用了一下;说骆驼因为累而变得很瘦,便说它把身上的肉交给了脚下的路……慢慢地,他放松了,也兴奋了,妙语连珠,多出现引人捧腹之语。

人们相信骆驼与其他动物一样,与人的心性是相通的。那些牧驼人说起骆驼时,语气中都有几分特殊的亲昵。老人说骆驼像牛和羊一样,是从不睡觉的,一辈子没闭上过眼睛。听他这么一说,我觉得它们正因为不睡觉,看到的世界一定比需要睡觉的动物多得多。

牧驼人把骆驼看成是上天的礼物,一种神圣的动物。他们吃骆驼肉、喝骆驼奶,骆驼的毛细软,还可做成各种耐用的织物。在古代新疆的诗歌中,脚力迅速而又安全可靠的骆驼是作为慈善和高贵的牲畜出现的。骆驼沿着古丝绸之路走到了今天,曾掀起过历史的波澜,把我们带到了时间深处,它无疑是文明生活的使者。

不知不觉夜已深了,阿吉坎的儿子和孙子都打起了哈欠。他示意了一下,他们便获得了解放,一一去睡觉了。老人意犹未尽,拿出了珍藏的一块保留了长眉的骨头让我看。可以肯定这块骨头是长眉驼长眉毛的那个地方的。骨头很白,摸上去像玉一样有几分细润之感,至于驼毛,明亮而又笔直,触之柔软细腻。

从阿吉坎对这件东西爱不释手的情形可以猜出,这是他的宝贝。我们俩躺在坑上,他说起了这件宝贝的故事。他曾养过一峰漂亮的长眉驼,它很聪明，能听懂他的话，他一呼唤，便马上跑到他身边。有一段时间，他外出牧驼时总是和它在一起，大家开玩笑说那峰长眉驼是他的老婆，他听了嘿嘿一笑，并不生气。一天，他的这峰长眉驼走失了，被一群狼围住，咬伤了身上的很多地方，不光腿无法站稳，就连脖子也血流如注。它挣扎着跑到了一棵胡杨树前，把自己的头颅伸上去架在一个树杈上，然后便不动了。狼群一拥而上，撕咬它的身体，甚至咬断了它的脖子，它庞大的身躯轰然倒地。阿吉坎找到出事点后，看见它的头颅仍架在那个树杈上，那副漂亮的长眉和头上长长的驼毛完好无损，正随风飘拂。他爬上树将它的头颅取下，一路抱着默默回家。他知道，它在生命的最后时刻已无惜自己的躯体乃至生命，但却一定要保护住长眉。它知道自己的长眉很美，人们很喜欢，所以它选择了那样的死亡方式。它死了，但它的灵魂没有死，因为它把美留下了，它的灵魂会因美而永生。

阿吉坎讲完这个故事，便睡着了。作为一个牧驼人，有这样的经历，可谓是精神上的巨大财富。而当他讲述一次后，他的心灵其实也随之进行了一次历练，随后便可酣然入梦。

我作为一个倾听者，似乎也随之领取了巨大的精神财富。恍然入睡之际，我仍在想，有多少昔日发生在荒滩上的长眉驼故事，都已悄无声息地沉浸在时间深处。

名　字

我对阿吉坎说："你的长眉驼不光是木垒之最，而且是新疆之最，全国之最，乃至世界之最。"

他哈哈一笑说："你讲的事情太远了，我不知道。我老了，太远的事情干不了了，我就在这儿放长眉驼，不是挺好吗？"

我问他:"在这一百多峰长眉驼中,如何辨认出哪峰是头驼?"

他说:"没有头驼,每峰长眉驼都有自己的名字,叫名字就行了。"

我细问之下才知道,他家的长眉驼大多都有名字,比如:木卡西,像摩托车一样跑得快的骆驼;苏提皇吾尔,产奶多的骆驼;哈吉提,有用处的骆驼,与叶赛尔家的小男孩同名,因为都是同一天出生的,现在都有三岁半了;吾库楞汗,像新娘帽子上的羽毛一样的骆驼;桑达利,像"二杆子"一样鲁莽的骆驼;沙勒莫音,长脖子的骆驼……

阿吉坎熟悉并了解它们中的每一峰,能准确无误地叫出它们的名字,一点儿都不会错。像人的名字仅仅是一个符号或标记一样,长眉驼的名字也仅为一种符号。阿吉坎不叫长眉驼的名字,就能认出每一峰;甚至听它们走路的声音,也能辨别出是哪一峰,并能猜出它们是饿了还是吃饱了。他与长眉驼一起生活的时间长了,熟悉它们如同熟悉自己的身体一样。

几天后,我和他坐在院子里抽烟,那群长眉驼回来了,他的神情一下子肃穆起来,竖起耳朵听了听,说:"桑达利这个二杆子,今天急着往回赶呢,走在最前面;沙勒莫音的脖子不舒服,可能被胡杨树枝扎了;木卡西今天跑得比平时慢多了,一定没吃饱……"当晚,我和他出去牧驼的儿子一一核实他的倾听是否正确,结果全部应验,很是惊人。

之后,我才知道还有一峰长眉驼与阿吉坎的小儿子同名,叫热汗,今年二十四岁了。不久,我终于知道了这峰骆驼与阿吉坎的小儿子同名的原因。那是1992年的一个冬天,热汗七岁,他这个年纪,已经整天跟在父亲的后面吆(意为赶)长眉驼了。那天,父亲赶着长眉驼一大早就出了门,留下了热汗赶着一群年幼的长眉驼在离家不远的草场上吃草。到了傍晚,暮色渐渐涂上了荒原,天阴了下来,突然,暴雪下起来了。雪在这赤裸荒漠中往往只是一个打前站的,它后面还有风呢! 不久,风就裹着雪刮了起来。风雪一会儿快,一会儿慢,长眉驼们拼命往回家的路上赶,好不容易冲出沙漠没走多远,却很快又被裹在雪里面了。如此折腾几番,长眉驼们有一种被戏弄的感觉,索性放慢脚步,但这时候,暴风雪却神奇地停止了。赤野千里,一片洁白,混沌的天地充斥着死寂的空气。没有了家的方向,热汗迷路了。在这时候迷路是一件很可怕的事情,年幼的热汗从未经历过这样的事情,他哭出了声,希望父亲能突然出现。但厉风在黑夜中呼啸着,像是黑暗中奔跑着数不清的恶狼,所有希望像微弱的小火苗一样,被风雪掐灭。这时候,热汗感到身后有一张喷着热气的嘴顶着他的小小身躯往前面的道路上推,回头一看,是长眉驼。不知过了多久,长眉驼顶着他的小身子,一路上跌跌撞撞地往背风的地方赶,最后到了一个低矮的雪峰下面,卧下了身子。热汗快要被冻僵了的身体被这峰长眉驼紧紧裹在它又厚又密的长毛里,顿时觉得又暖和又舒服。一股浓郁的驼毛味儿弥漫着,很快就淹没了他熟睡的脸庞。

第二天凌晨,阿吉坎带着牧区的人赶来,找到了在驼毛中熟睡的热汗,还有走散的十几峰长眉驼。它们一峰挨一峰形成了一堵围墙,把热汗挡在了风雪的另一面。它们的面前堆着积雪,而里面却不见一片雪。眼前的这一幕让他们惊叹,一种很热的东西在内心涌动,但他们无以言说,最后只能任由热泪从眼眶中涌出。

从那以后,这峰救命的长眉驼就与热汗同名了。如今,二十三岁的热汗已是风华正茂的青年,长眉驼"热汗"却已到暮年。

刚才,叶赛尔从草场那边赶回来的三十多峰长眉驼多是怀孕的母驼,有好几峰就快临产了。带羔的母驼肚子重,每天只能就近吃草,怕走远了出意外。叶赛尔说,长眉驼的妊娠期是十六个月,一般产两胎。这我倒是第一次听说。他看我喜欢听长眉驼的故事,便对我说,每一峰长眉驼的名字背后其实都有故事呢!这六十多峰小长眉驼出生后,恐怕就有六十多个故事，到时候你听都听不完。

我坚信，在托拜阔拉沙漠草场上，一个新生命的孕育以及一个名字的诞生，都必将经历一个令人激动的过程。

长眉驼之死

长眉驼在沙漠中自由自在地吃草，我和叶赛尔闲着无事可干，便又闲聊长眉驼的事情，说着说着，便说到了长眉驼的死。没想到，年纪轻轻的叶赛尔，居然经历了那么多关于长眉驼死亡的事情。

在这里先写他告诉我的一峰病死的长眉驼的故事。骆驼在受伤后会躲在一个不被人发现的地方养伤，养好伤后才会露面。由此我们知道，骆驼只要有力气挪动身躯，哪怕伤口再疼，流再多的血，也还是可以践行避人养伤这一精神旨要的。

在叶赛尔的记忆里，一直觉得那峰长眉驼真的很奇怪，说不行就不行了，趴在地上一动不动，用痛苦的眼神望着人们，似乎乞求有谁能救它。大家猜想，它的身体内部可能得什么病了。每年夏天外出放牧，实际上无医也无药，谁的牲畜要是得病了，只能听天由命。但长眉驼现在已属于稀少动物，所以叶赛尔还是要想办法救活它。于是捎话、打电话，终于弄来药给它喂进了肚子里。第二天，它有了好转，眼睛里不再有那么多的痛苦了，它想挣扎着往前爬一点，但没有成功。没想到，过了一夜它便不行了。早晨人们发现它趴在地上不动，过去仔细一看，它已经死了。它可能是半夜死的，有蚂蚁从鼻孔中出出进进，看着让人骇然。

它趴在那里，像一座倒了的山。平时，它迈着稳健的步伐在沙漠中行走，临死前，想再往前爬一点，都没能如愿。一峰高大的长眉驼倒下后，让人看着伤心。

去年，有一峰长眉驼从山上摔下来死了，那是叶赛尔看到长眉驼最凄惨的一幕。

那天，叶赛尔本不想让长眉驼到山坡上去吃草，但山坡的另一端比较平坦，它们吃着草，不知不觉就到了山坡上。山坡的一端平坦，另一端必然陡峭，等它们意识到危险时，实际上已经站在了陡坡边上，坡下乱石密布，无任何动物涉足的痕迹。叶赛尔着急地唤它们从来路返回，但它们已经慌了，一峰挤一峰，在陡坡边上乱成一团。有一峰长眉驼一蹄子踩空，庞大的身躯顿时像一个皮球一样向坡下滚去，陡坡上的石头一次次将它的身子碰得起起落落。可以看得出，它也想挣扎着站起身，但它的身子太过沉重，加之向下摔出的惯性太大，已无力控制自己，最后"咣"的一声摔在了坡底，被它带下来的几块石头也摔出了声响。它的嘴里和鼻子里都是血，眼睛颤抖着，终于无力地闭上了。

叶赛尔被眼前的这一幕吓坏了，跑过去用手摇长眉驼的头，希望它能从地上爬起来，但它嘴一张，"噗"的一声吐出一团黑血后，就再也不动弹了。

它死了。因为自己的身躯太过庞大，一旦从高处摔出便无法控制。由此可见，重心对长眉驼来说是多么重要的事情。

叶赛尔抱着它的头哽咽着说："你太大了，你太大了……你要是像一只羊那么大多好。"

在这个地方也曾发生过一次牲畜被摔的事情。有一次，他的一只羊从这个陡坡上摔了下来，摔到坡底，它爬起来颇为疑惑地向四周望了望，又去草地上吃草了。

不是所有死去的长眉驼都显得悲怆，有一峰长眉驼的死就很感人。

几年前的一个冬天，一个牧民的一峰母驼生了两峰小驼。母驼带它们出去寻找草吃。其实，冬天的沙漠中没有草，母驼带小驼出去，也就是从冻土中扯出几根草根，喂到小驼的嘴里。它们出去一般都不会走远，主人便也就放心地让它们去了。

这天黄昏，起了暴风雪，天地很快一片灰暗。母驼和两峰小驼迷路了，它们原以为是向着家的方向在走，实际上却越走越远。半夜，母驼为了保护小驼，在一棵大树旁卧下，将两只小驼护在腹间，任大雪一层又一层落下。那是一场几十年不遇的暴风雪，天气冷到了零下四十多摄氏度，而地上的积雪也有一米多厚。风在恣肆，像是天地间有无数个恶魔在吼叫。那一夜间，母驼就那样一动不动地护着两峰小驼。它身上的雪越积越厚，寒冷像刀子一样刺入它的皮肤，继而又刺入了它的体内。不久，那峰母驼感到自己的躯体变得僵硬了，似乎有一个冰冷的恶魔正在一点一点地占据着自己的身体。但它仍然一动不动。两峰小驼已经睡熟了，它用两条前腿和腹部为它们撑起了一个温暖的床。

直到第二天中午，暴风雪才停，人们在茫茫雪野中寻找它们，下午才找到那峰母驼和两峰小驼。母驼已经死了，两只小驼围着它在哀号。风已经停了，但它们的哀号却像风一样在雪野中飘荡。

还有一峰长眉驼的死更感人，它是为寻地下水而死的，牧民们都认为它是那一年所有牧民的恩者。

沙漠虽然干旱，但在沙丘中间却总有小河或海子，是牧民每年放牧的首选。这也就是人们经常说的逐水草而居，古往今来都如此。现在，牧民们都会把上一年有水的地方作为下一年的首选，到了沙漠牧场，便直奔小河或海子。但有一年却发生了件奇怪的事，牧民们进入沙漠牧场后，却到处都找不到小河或海子。水，莫名其妙地干了。牧民们不知道，全球气温变暖已经影响到了沙漠中的小河或海子,水在短短的时间内便已经干枯。没有水,人和牲畜都无法存活,牧民们决定向别处迁徙。但转了好几个地方,看到的却是同样的境况——没有水。

人绝望了,牲畜们发出嘶哑的哀号。有人想出了一个办法,长眉驼可以找到地下水,因为在夏天酷热难当时,长眉驼总是会找到一个有地下水的地方,让自己的身体卧下。所以从畜群中放开几峰长眉驼,它们就会去找水。这个提议让人们像是抓住了救命的稻草,马上从畜群中放开了几峰长眉驼。它们很快就明白了人们的用意,低着头向四周寻去。一天过去了,它们没有找到水。两天过去了,它们还是没有找到水。第三天,人们已经对它们不抱希望了,打算赶着牲畜到另一个地方去。人们已经打听清楚了,有一个地方有水,如果短期内赶过去,牲畜们便不会被渴死。但就在上路的时候,却发现一峰长眉驼失踪了。大家在一起碰头,觉得一峰长眉驼与已经好几天没喝水的畜群相比,毕竟只是一峰,而眼下当务之急是要赶紧把畜群赶到有水的地方去,否则,它们会一个个倒在沙漠中。

经过几天的迁徙,他们到了那个有水的地方。那峰长眉驼一直没有消息,牧民想,它几天后可能会沿着畜群的蹄印跟到这里来。所有的牲畜都集中到了一个地方,谁也抽不出身去找它。

一个多月之后,传来了一个消息,在那个所有的小河和海子干枯了的沙漠里,发现了地下水,不远处躺着一峰死了的长眉驼。是那峰被人们认为失踪了的长眉驼,它找到了地下水,然后便一直在那儿等牧民,但牧民们却一直没有过去,它饿死在了那儿。

马 场 窝 子

黄 璨

一

我第三次去这个村子时仍不能够确定它的位置。

有人说,小时候,无论走到新疆的哪里,天山都一直跟着他。长大了是,现在也是。

这话在我心里停了很久。

村子,正是朝着天山的方向。

一条向山深处生长的路。遇岔道向左,再向左,再向左,叫马场窝子村。向右也岔出一条一条的路,先是生成一个"人"字,接着成一个长倒了的"众"字,到不再生成书上任何一个字的时候,人便开始恍惚,想不起曾走过的那些路。

像浸在时光深处的一棵老树,枝叶稠密,梢杈纵横,一个人要一直走下去,便忘了最初来的那个地方,也忘了最终要去的那个地方。

这样不停地往前,似乎正是为了遗忘。一段,一段,把陌生的自己走完,落成地上的一片枯树叶。

二

"马场窝子村七组在哪里啊?"我们问路边放羊的一对夫妇。

"老汉,你知道吗?"包着花头巾的女人,眼神漾漾地转头问她的男人。

男人像一棵睡着了的树,突然醒来:"这个……可能在这座山那边的沟里吧。"他抬手朝路的右边指,眼睛朝左看着他的女人。

是初春,男人手指的那座山还不曾绿起来。苍枯一片的山坡上,黄白枝干的芨芨草此一处彼一处,旋起一阵又一阵的风,风丝团团,却已显得腰肢柔软了。

终究是春天了。

连天山顶上的雪也开始了低音提琴的萦回,仿佛一辈子都不想结束。

那雪呀,像光一样白。

"那个村子有三户姓方的人家,其中一家的老人九十多岁了。"我对女人说。

"还有姓张的一家。"我说。

"咦,那不就是我们村子嘛!"放羊的女人声调里飘过一阵风,轻轻地,"啪"一下,开出了一朵花一样。

"就这条路,往上走就到了。"她用笑开的下巴指了指左边的这条路。

"不就是我们村子嘛!"她自己又笑了。

我也笑了。

我一样不知道自己来的地方叫什么,也不知道我要去的地方叫什么。

很多人都不知道。

三

村子在路的左侧,路窄得只够三只羊并排,挤一挤,够四只羊。再要有第五只羊硬挤,便是要掉到路右边的深沟里去了。

掉下去,羊保不准会摔断脖子,死了,或者摔断腿。摔断腿,也只能死了。

这是人和羊都不愿意的。

也不是路愿意的。

但鸡不会。鸡有翅膀。虽然飞不了高,可它飞得了低,胡乱扇动一下肥厚的翅膀,胡乱地就连跑带飞到沟底下了。

下了沟,顺右爬上去,便到那阵阵旋风的坡上了。

坡往上,一直到顶,便到被山隔出的那一小块天上了。

这一户方家不想让鸡连跑带飞到沟底下去。在沟底下,或者到对面山坡找一只鸡,比翻种一块洋芋地还吃力。

何况,沟底下那块洋芋地还只翻了一半。新翻出的那部分土一块一块新新地立着,未翻的那部分土一大片旧旧地躺着,让人微微地有些着急。

但还是要休息一会儿的，方家这六十多岁的男人已经低着身子翻了整整一个上午，实在是翻不动了。

连头发都翻白了一大片。

就爬到沟上头的路沿上坐着，像随便立在那儿的一块老石头。

"这山上有野狐狸。"他看着对面的山坡，有一下没一下地，像是在给对面的空气说。

山坡上，那一阵一阵旋着风的芨芨草比刚才更多了姿态。

"早些年，山上还有狼，"他继续对着山坡，"都是一只一只的。有一次，就十来米远的地方，它看着我，我也看着它。它不动，我也不动。看了好一阵，它转身走了，我衣服也被汗湿透了。"

他脸色淡然，像在说今早吃的啥饭。

一辈子经过的事太多了。

所以，当我正为沟底一块尚未融化的小山一样的冰竟然透着青绿色感到惊奇的时候，他已将目光从那冰上快速滑过，转头去看院门口那些鸡了。

这一个冬天都未曾流水的沟，突兀一块冰出来，且透着青绿色，固然是少见。然而，这跟日子有什么关系呢？

跟日子有关系的是这些鸡。除沟底下那块地里生出的洋芋，沟上头院子菜地里长出的那些菜，以及山坡上正打算冒绿芽的几块冬小麦，在这户方家人的天地里，就这些鸡生出的那些鸡蛋最厚实，也最长人的精神了。

每天早上定数一个荷包蛋，在开水锅里铺得中间白鼓鼓的，边上缀着花，心里那叫一个踏实。

还能存一些出来，万一哪个儿女突然间回来，可以笼好几层在手编的草篮里，让他们带一些回去给孙子吃。

一个鸡蛋尽够孙子一天的营养了,这才是天底下最要紧的一件事。

说到了孙子,又好长时间没见到了。

每天总是想,总是想,把这方家男人想得脸黑皱了不少,胡茬快赶上山羊的白了。

也没见被想回家来几次。

"一打电话就说忙,一打电话就说忙,感觉天底下就数他们最忙。"

"你说,我们也活一辈子了,也没见忙得连回家看爹娘的时间都没有。"

"好像这山亏着他们啥似的。"

男人像终于遇见一个想听他抱怨的人,来不及说似的。

前些日子,他把那些鸡的翅膀从离肉根不远处剪断了,为的是不让它们飞到沟底下爬到对面山坡上去。可自从儿女们的翅膀壮了飞出这深山之后,却很少能见到他们了。

"只能等到我们死,他们就回来了。"男人看着那些鸡,面无表情,又似乎夹着什么表情。

"死了,他们肯定会回来的。"

我有些害怕起他的声调来。

"那就等我们死了,他们回来。"

他加重了语气。

我的心猛地跳了一下,慌忙将视线从那张沮丧的脸上移开。

一阵风过,地上一层浮土,细细地跟着跑。

男人对面,院门旁一个干草顶的土棚上,一扇小小的窗户黑黑的像画在干裂的黄土墙上,旁边用黑黑的粗线写着两个字:羊圈。

"是小孙子写上去的。"他说。

——我仿佛看到一个小男孩正踮着脚尖用毛笔往墙上写那两个字，样子有些吃力。

"他非要写。"

——那男孩固执地抿着嘴。

男人突然又笑了，像揉皱的一团纸瞬间被展开，眼睛亮亮的。

他身边闲逛的那几只鸡可真好看！身子肥肥的，屁股圆墩墩的，像动画片里戴着头巾挎着篮子的鸡大婶。

它们迈着"八"字步，逛到路沿处便自觉地停下来。

它们飞不到沟底了。

它们肯定连飞这件事都忘了。

"等我们死了，他们肯定得回来。"

"从很远很远的乌鲁木齐回来。"

"坐很久很久的车从乌鲁木齐回来。"

"这位女同志，你说乌鲁木齐是个啥样子啊？听说那里一条街就比这山里的一条沟还长，还宽，还有好多好多条街。那得大成啥样，眼睛都不够使吧。"

"你说，都一把岁数了，连乌鲁木齐都没去过。"

"唉，实在是太远了！"

"得赶好几天的驴车——那个时候。我家里那个女人啊，我那几个儿子姑娘啊，好几张嘴啊，等不住那好几天的驴车。"

"都筹划过几十次了，结果一次也没去成。"

我静静地听着。

"那你现在还想不想去乌鲁木齐看看？"当我问出这一句，心里竟有些难过，看对面山顶上的那一块天似乎更小了。

"当然想去了。乌鲁木齐多好啊,那么大的地方。"

他说"那么大"的时候,眼睛里闪过一道细细的光,很快又不见了。

"可惜啊,去不了了。前一阵,坐车到十几里地之外的英格堡乡,一路晃的,把心都晃出来了,老婆子还晕车。"

"唉,这辈子指定去不成乌鲁木齐了!去不成喽!"

男人把那个"喽"字的尾音拉得很长,像一条宽路在眼前被拉得越来越窄,最终窄成了一根线,消失了。

就只能继续在这沟里守着,像那些被剪断了翅膀的鸡。

两只一辈子守着这深山的芦花鸡。

幸而是两只——家里的女人还伴着。

这女人,她年轻时可是村里最漂亮的女人,脸嫩得能掐出一把水,眼深得能把一个男人淹醉,身体柔得像棉花地里长出来的棉花,说话的声音又在这院子里一闪一闪的,简直比春天地里刚冒芽的苜蓿还新鲜。

女人还贤惠。有那么一段日子,家里灶台上黑黢黢的锅无米下炊,一家人的心和身体比锅里那一个空还空,比那无数个空还空,以至于那女人都被风摆成一截枯树枝,立起时比一片纸还要轻了,但仍像老房子中间那根立柱一样立着。

像一根立柱那样挺挺地立着,把老房子一直撑到现在。

如今,女人老了,男人也老了,曾经的那些新鲜啊,受过的罪啊,都化成灰落在了日子底下。有时候,老两口坐在夕阳下的墙根处,感觉脑子里昏昏的,很多曾经的好事情竟都想不起来了。

也就不去想了。

"咦?说好的今天她负责放羊,我挖这块地的,也不知道这会儿她羊放得怎样?背壶里记没记得带水?"

男人站起身，眼睛往院子旁边崖上头女人放羊的那一处看。他其实也是个俊男人，眼睛大而深，眉毛粗粗的，一张线条硬朗的脸，只不过都被皱纹密密地网住了。

又进了院子。

院子里真干净，像一阵劲风刚刚经过。屋子里也干净，像几十年来一直就那样的干净。

"这紧关着门的屋子里是啥?"我问。

男人先是笑着不答，看我一直看他，便开了口:"一个好玩的东西，你进去看看。"

我侧着脸继续看他，摸不准他笑里的另一层意思，但还是进去了。

屋子正中停着一口漆着红面的棺材，面板勾着鲜艳的牡丹花。

我失声退出来，心怦怦地跳。

男人看着我，憨厚地、平静地笑。

我又进到他们睡觉的屋子。屋子有些暗，只炕顶着的后墙上一扇巴掌大的窗户透进一方光。从那一方光看出去，正是那写着"羊圈"二字的土棚。还有旁边的鸡圈、驴圈。尤其是夜晚，这墙后一有动静，欠个身就可以从小窗户看出去。

临出院门，看到铁栅门的底杠上，用草绳绑着一只旧得再也穿不住的布鞋，门开门关都擦着地。

就像一个人想走，另一个人绊脚想把他留住。

又像，你这门啊，把该走的都送出去，把该留的都留下来吧。

走的都走了，留的也都留着，就安心地等某一日去那"好玩的东西"里长睡吧。

在这高高的被山隔成的那一小块天的底下等，在越来越少的话语里等,在渐短渐暗的天光里等。

偶尔生出的一些难过,也让它像闪电一样。

树总有长到老的时候,像从浮土里不小心冒出脸的老树根那样的老。

而人从初次醒来,到最终那一次长睡,也无非是在这样的走和留中,给自己的脸刻上一道道深深浅浅的曲线,给自己的手磨出一个个看不见又很清晰的深茧,到最终睡去的时候,脸上的曲线、手上的深茧都被这平常的散碎的土抹平,每年的几个特定日子,土上面插些绢纸做的花,从远处看,就只"鲜艳"这个词能够确切地形容了。

四

另一户方家的天就更小了,大张着手臂也比不到院子外面去。

男人有一次膝盖磕地,地把膝盖磕裂了。女人有一次摔下坡,坡把一条腿劈开了一条缝。

年轻时干活跑丢的钙,年老晒再多的太阳都找不回来。年轻时父母做主,把他们一起放在这个院子里长;年老时,地和坡做主,把他们牢牢拴在了这院子大的一块天底下。

两张曾经展绷绷的脸,被院子大的这一块天安了一个土黄色的框,挂成院墙上最后两张垂垂的枯树皮。

这些,只有远处琴音一般的天山记得,它用雪把一切都默默地藏起来。

声音却无论如何都藏不住的。

烈烈的吵架声,或者沙沙的吵架声。它们有形,带着棱角;有色,灰色、蓝色、紫色。任再大的雪，它的平铺的厚、它的光一样的白，定然是盖不住的。

老年的女人说，这块洋芋种可以按芽切成八块，让儿子点到八个土窝里，长成八株洋芋苗，到秋天，可以收到至少十六个洋芋。男人说，留出一些地方给那些鹰嘴豆吧，它们也得活。这洋芋种，让我把它切成四块，每块两个芽，让儿子点到四个土窝里，一样可以收到至少十六个洋芋。

就吵起来了，烈烈地那种，灰色的，惹得摊了半院子的已切未切的洋芋种也都哗哗地跟着吵，在男人女人的手底下往左往右胡乱地跳。那些无辜的鹰嘴豆们，则悄悄地藏在储存粮食的那间狭屋子里，一声都不敢出。

院子上头那一小块天听到了，由着他们吵，一会儿飘一朵云过来，一会儿刮一阵风过来，再略略地晴上那么一会儿。

中年的男人说，儿子该让他自己长，上学的路再远也得他自己走，走着走着，他的脚板就硬了，结实了，走哪儿都不怕了。女人说，村子走镇上十几里山路，儿子上一趟学就要走一个多小时，你骑驴捎他一两次能把你累死还是渴死？如果不是嫌路远不再去上学，何至于如今连个大学都没上成，都该娶媳妇了，还这一头那一头地到处找工打。

就吵起来了，沙沙地那种，蓝色的，院子靠崖头那一处杏花的花瓣纷纷地往下落，落一片是他们吵出的一句，再落一片是再一句，等到他们吵乏了，地上已经落了厚厚一层杏花瓣了。

那时，男人女人的腿还好着，头上的天还是对面山顶略大些的那一块天，但离他们有些远，既飘不过来一片云，也刮不过来一阵风，就只远远地瞟他们一眼，该晴还是晴，该阴还是阴。

青年的女人说："我娘把我嫁过来，为的是你人本分，可你成天在外面喝酒、闲逛，家里的事管都不管，昨天那么大的雨，崖头上的土都垮了一院子,再垮就要埋住房子了,你究竟啥时候挖?"男人哈着昨天的酒气,说:"我娶你过来,为的是你贤惠,让你来热炕头的,不是听你说冷话的,赶紧地,给我倒一杯热开水去,早上的饭怎么还不做?"

就吵起来了,先是烈烈地,呛得一屋子的烟火,男人女人嘴里呼呼的。待到女人一扭身要跑出院门,男人赶紧蹭了身子追,硬是给拉回了屋,吵架便成了沙沙的声音。男人觍着脸说,崖头今天就挖,今天一定给挖出来。女人转而嘶嘶地笑,挽起袖子去做早饭了。

一片紫色的云经过,笑了笑,走了。

崖头从还未住进房子时便开始挖了。由父亲那一代开始,从挤不过五只羊去的那条路的边缘,斜斜地沿着山坡挖,挖走一千方土,挖出一块傍着崖头的空地,空地上建起院子、房子、菜地,栽上一棵杏树,成了一个家。

还得继续挖。屋子侧墙那一头的崖,天一下雨就滑坡,土簌簌地往侧墙上撞,桶粗的木头都顶不住。得挖出两堵墙宽的天,给下次来的雨留个通道。这山上的雨可惹不得,急了会骑着坡上的土来压呢。留出两堵墙宽的天,让雨走得心里顺畅些。

雨一顺畅,人也就顺畅了,天也就顺畅了。

一辈子就这一方天,就这一院房。一辈子,也就只为这一方天,这一院房。可这一辈子的雨啊,却从来都多了少了地没有停过。

那一日,老了的男人抬头看着天,轻着声音给老了的女人说:"我呀,和你吵了一辈子架,挖了一辈子崖头。"

那一日,老了的女人也抬头看着天,轻着声音对老了的男人说:"你呀,不吵架,天怎么能快快地黑下来? 不挖崖头,头顶上的雨早就把我们埋掉了。"

五

再一户方家的老人已经不抬头看天了。

九十二岁的年龄,天的大,天的小,对于他早已是无所谓。

他只低头看着地。

他在找地上老祖宗留下的脚印。

据说,那脚印是从南边的浙江一路循过来的。路才走了一半时,那脚印清晰地听到这山上柴火的炸裂声,噼噼啪啪的,震得人心头狂热,就直奔了过来。柴火烧起,旧年清寒的身子很快就回暖了。

然而又不能肯定,因为连他的父亲爷爷对此都有些含糊,总感觉像天边闪过的一道白光。

又说是从甘肃武威那一带走过来的,一样为着柴火的烈。那个时候,武威还是茫茫戈壁,除了遍地石头,木柴少得像大旱时的雨。

也无从实证,为什么口传下来的竟不是武威土话呢?

唯一能够确定的是,加上老人自己,这个村子里的方家,在这儿已足足住过去五辈子人了。

五辈子啊,早成一棵根深万里的大树了。雨啊雷啊撞着它,也不过多了一层护身的甲。

只是,到了他这辈子,眼看着树上的枝叶竟渐渐地散尽,往前伸的枝杈都被厚厚的大雪阻断了。这个曾叫方家沟的村子,二百多户丰腴人家,竟一路走一路丢,枯成了如今只剩四户人家的马场窝子村七组。

老方家一路走来的脚印,九十二岁老人就是趴在地上抠一层土,也难找出它的踪迹了。

九十二岁了,方家的这个老人实在是不年轻了。

他的牙掉了,他的骨头衰了,他的声音哑了。

他说:"你帮我看看,今天下不下雨啊?"

"哦,不下啊,我地里的土豆还没种呢。"

他说:"这清油,我得给你多少钱啊?"

"哦,是送的啊,我今天可是遇上好人了。"

他说:"这满院子的桶啊罐啊瓶啊,都是用来下雨天接屋檐水的,屋檐水是用来洗衣服、喂牲口的。"

"你帮我看看今天下不下雨啊?"他说。

他说这些话的时候,声音散散的,像在一个虚空的梦里。

他说的这些话,都是他旁边的儿媳妇翻传给我的。我听不清他说的话,他像嚼着一嘴的干粮食在说话。

我也听不懂他说的话,既不像浙江的口音,也不像甘肃武威的,更不像来这马场窝子村讨生活的四川人、山东人、山西人的。

经了五辈子的话,每传一辈子都会被风抽掉一些。

等五辈子传完,剩下的话也就不多了。

老人慢慢地转过身,穿过玻璃墙的房廊,进了屋子。

他又去给自己剃头了。就像我刚不小心闯到他屋里,看他赤裸着上身,后背像鱼鳞一样的白而皱,薄薄的一层头发湿湿地抿在头顶。

他还可以自己剃头发,在儿子儿媳忙得腾不出手的时候。

他还愿意多说话,坐在院子一张空空的旧床上,脑子里全是年轻时的那一段东奔西走。

等到有一天,他终于剃不上自己的头发,说不出想说的那些话,这个枯瘦的、常常发怔的、用手指不停地抠着衣襟的老人,就从此不见了。

这个曾用脚丈量过一座山的高度,用嘴清数过一棵杏树上的叶子,用手在一个山坡上勾出一道道细纹的老人就不见了。

这个脑海中曾有一匹马嘶鸣而过,它浑身的鬃毛像天山的雪一样白时,这个老人就不见了。

不会再有人想起他。

谁也不会。

谁也不会想起谁。

六

终有一天,那对路边放羊的夫妇也会不见的。

带着他们在这个仅剩四户人家的村子里唯一的张姓。

是这个张姓,把他们安放在这条向天山而行的深沟里,慢慢地长成了一棵树。

也是这个张姓,让他们在这条深沟的另三户方家人那里,被视为飞鸟不经意携落的一粒种子,虽然生了根发了芽,甚至开了花结了果,终究是轻飘飘地从别处落下来的。

太多人喜欢看着天想事情,好像天上有无数的事情可以想,但真正能让人心安的,却终是地上的那些事。

地上的事是扎了根的,稳、踏实,不易摇动。你说,方家人都把五辈子的根扎在这儿了,凭张家只一辈子薄薄的那点须枝,能比得了吗?

想都不该去想。

张家人知道这个理。

他们从不会触动这深沟里方家的那一个根须。

包产到户分地的事、儿子和方家几个儿子打架的事、自家狗误咬了方家人被方家打断腿的事,七七八八,林林总总,占理不占理的,但凡方家人气势一高,自个儿赶紧就往后退。

这世上的事,哪有那么多理不理的。风刮过来,哪片叶子都躲不过。

保一个平安顺当的日子吧,这才是最大的福。

谁叫村里就只自己一户张姓呢。

就像山顶上那棵孤零零的树。

所以,张家人也就不会太用力记住这村子叫马场窝子村七组。他们连从哪里来这件事也高高地搁起来。曾经那只携他们来的飞鸟,经过这里时连低头看一眼都未曾有过,你说他们能到哪里去想?

无来处,去又那么渺茫,就糊涂着吧。

日子越糊涂越容易过得去。

一个没重量的氢气球,更容易叫一阵微风吹它飞起来。

飞也是一种生活,也是同样的一辈子。

也难免孤独。沿沟绵延几千米,整个村子夜晚的灯光,唯他张家独独地落在山的最深最远处,简直就是这路这沟这山的一个末影子。

且是夜晚的影子,常常与深山重叠在一起,让人总也看不大清楚。清冷、寡淡,连星月都不免要生出一些伤感。

然而又怎样?村子也就只剩几个老人了,每家的屋墙裂了也不会太精心地去修理。

一切都不过一个"等",房子、院墙、铁栅门、羊圈、杏树、草垛、柴火、驴、狗吠……

等这一切都不见了,屋墙的裂纹连成了一大片,不再有炊烟在村子上空升起。

到那时，谁还在乎它冷不冷清呢？

到那时，一切都归于无了。

无花，无风，无茫茫一片。

马场窝子村七组，它哒哒的马蹄声也就远去了。

乌孜别克乡的传说

萧　云

　　清明一过,木垒东南沟的草,就开始绿了。山顶的积雪,也在太阳光强烈地照射下逐渐融化,最后变成涓涓细流,从植物和岩石的缝隙流淌出来,在山中的某个地方,汇聚成一股很强大的水流,带着冬天的体温,一路欢笑着,像一个牧民家顽皮的小男孩,在经历了冬季漫长的煎熬之后,迫不及待地奔向山下的草原,尽情地在山石间和草丛中挥洒自己的快乐。山下草原也开始热闹了,率先从冬牧场搬迁过来的哈萨克族牧民,已经在靠近水源的山坡两边,搭好了白色的帐篷,赶着牛羊进山放牧去了。

　　这是他们的夏牧场,每年的这个时候,牧民们都要带着一家老小,赶着大群的牲畜,千里迢迢从大山另一边的冬牧场,跋山涉水穿过很多荒漠和戈壁,来到东南沟,开始他们整个夏季的生活。这是牧民们最快乐的一段日子,很多人家把娶媳妇和嫁姑娘的时间,都选在这个时间段,在草原上举行大型的姑娘追、赛马、刁羊等传统民俗活动。这是草原上最美好的日子,所有的孩子和年轻的未婚男女,都把激情放在这些日子里澎湃。这是草原的天堂,也是青年男女一见钟情的季节,许多来自四面八方的年轻男女,都开始在这个特殊的时间,选择自己心爱的人儿,开始共同生活。草原上的牛马和牧羊狗,也变得格外活跃了,它们时而跟在主人的身后快活地奔跑,时而安静地站在人群中注视着场内。

这是一个成长的季节,不管山坡上的草还是草原上的人类和动物,都在大自然的怀抱中肆意营造和挥洒着各自生命中的野性,似乎想把这种短暂的时光,活得和其他三个季节有所不同。毡房前的女人们也开始忙碌了,她们把穿了一冬天厚实而笨重的棉衣换下来,在门口的溪水里洗干净,晾在远处的草地上。家里的毯子和被子有点潮了,需要放在太阳下晒晒。冬天出生的小羊羔、小马驹,在棚圈和毡房里关了一个冬天,现在要赶出来让它们撒撒欢。大点的孩子跟着男人们放羊去了,只留下一些年幼的孩子和老人们,帮着女人们照看家和这些跑在外面的小牲畜。孩子们也模仿着大人,手中拿根鞭子或者木棍,跟在牲畜的身后,大声吆喝着、追逐着,一起在门口的绿草地上奔跑。这是草原最美好的日子,似乎所有的快乐,都和这个季节有关。

男人们放牧归来了,女人们立即放下手中的活,来到前几天才刚刚垒起来的土灶前,开始烧火做饭。土灶上的泥土还没有干,一缕缕炊烟就开始在上面升起。当西边的一轮红日,往远处的地平线下落的时候,牧人们已经看到家门口袅袅的炊烟了,奶茶的香味肆意地在草原上荡漾。这个时候,草原的花也陆续开了,有一种野草莓,白色的小花开得一片一片的,小孩子高兴地寻找着,每发现一片,都会发出惊喜的尖叫声。这是夏季赠送给他们的礼物,再过一两个月,这些白色的小花,就会变成一个个红色的小草莓,进入他们的口中。这是孩子们最喜欢的野草莓,那种又酸又甜的味道,让孩子们整个夏天都乐此不疲地忙碌着。他们找到一处,记下一处,以便在草莓成熟的日子,过来摘取。

牧人们回家了,女人和孩子迎在门外,把马鞭从他们的手中接过来,男人们则在牲畜的嘶鸣声和女人孩子的吆喝声中,走进毡房,脱鞋坐在小炕桌前,开始喝奶茶、吃包尔萨克。这是牧民们一年四季都离不开的食物,不管什么季节,只要回来,坐在毡房的小炕桌前,喝一碗香甜的奶茶,吃一口包尔萨克,一天的疲劳就会在一瞬间消失殆尽。这是牧人们几百年如一日的生活,却在一个晴朗的黄昏,被六个骑着驴不像驴、骡子不像骡子动物的男人打破了。

一天晚上,这六个远道而来的乌孜别克族男人,在东南沟的哈萨克族头人的毡房里,受到了前所未有的隆重接待。哈萨克族是个热情好客的民族,他们从这六个远方来的乌孜别克族男人的话语中,听出了要求留在东南沟的意思,当即召开头人会议。他们认为,让这六个乌孜别克族男人留在这里,不但可以帮他们贸易,还可以从他们身上学到很多知识。在大家的一致赞成声中,牧民们七手八脚地帮忙,把这六个男人的毡房搭建在木垒东南沟的绿草滩上,并把大南沟、东沟和开垦河以南的萨特克萨依、塔依唐巴干、穷塔斯、哈因得布拉克等几个地方,划分给他们作为夏牧场,博斯坦以东的地方,作为他们的冬牧场。

六个乌孜别克族男人非常高兴,他们分五批把家族的其他人接过来,开始在东南沟生活。从此以后,东南沟的草原上又多了一个少数民族,他们虽然和当地的哈萨克族牧民语言文字和风俗习惯不同,但却和他们相处得非常融洽。每个夏天的早晨,人们都能远远地看到,新来的乌孜别克族男人和孩子,赶着前几天才从当地哈萨克族牧民家里买来的牛羊,和他们一起进山放牧,而每个冬天的黄昏,他们又顶着暴风雪,跟着这些牧民回家。

不论有什么事,他们都会自发地组织起来,一起过去参加,一起过去处理,不论是他们的婚礼还是葬礼。他们把这些乌孜别克族人,当成自己的兄弟,相互帮助,相互扶持,让他们在东南沟找到了一种故乡的温暖。他们开始安心地在这里居住下来,并在当地哈萨克族牧民的影响和劝告下,放弃以前单一的商业贸易生活模式,开始学着当地的哈萨克族牧民,过起半牧半商的日子。

这些初次来到东南沟的乌孜别克族人,凭着聪明智慧在短短几年时间之内,就在东南沟扎下了根,并快速发展起来。他们不但拥有了自己的家和牧场,而且还购买了很多的牲畜。特别是一个名叫热扫勒的乌孜别克族人,不断地向外发展,在奇台、吉木萨尔、木垒等很多地方,建造了自己的房子和商铺。

两个民族在同一个草原上生活,他们相互学习,互通有无,在长期生产劳动中,结下了深厚的友谊。

木垒的眼神

何 英

在全疆一百多个县当中,木垒差不多是我知道的最早的县。这一知道不要紧,还知道了木垒是全疆六个民族自治县当中的一个,可见事物冥冥当中都是有千丝万缕的联系的。

张铁涛是最后一个来班里报到的。他咧着黑红的大嘴,有些结巴地跟我解释:"校医以为我是肺炎,会传染,让我退学回去治。我回去查了,压根儿不是肺炎,是扬了一季的麦子,肺里吸了太多粉尘的缘故,拍出来的片子是黑黑的一大片……"他灿烂地笑起来,黑红的、有些坑坑洼洼的大脸上,亮闪闪的白牙和麻色的眼睛给我留下了深刻的印象,尤其是那双麻色的眼睛里射出来的眼神。那双麻色眼睛里传达出来的有些直愣、明亮又黯淡的光,让我一下子对张铁涛产生了一种信任感。这种信任感也让我在以后的大学四年中,都坚持举手选张铁涛当我们的班长。而他也不负我望,在稀稀拉拉举起的手当中,很争气地当上了班长。

当上班长的张铁涛多次在各种场合,搓着他很久没干农活而变白细的手,发出甘肃口音又拐带着微妙陕西口音的邀请:"放假到我们那里玩去!"伴随着这热情的邀请还有那双麻色的眼睛,此时,它们直愣、明亮又黯淡地笑着,笑得淳朴而天真。能发出这样自信邀请的地方,一定有着好山好水和好吃的。我因在被邀之列,幸福地憧憬着。

大学毕业之后,我和一个木垒女孩成了邻居,又一次领略到那种属于木垒的眼神。不同的是,当这种眼神从一个妙龄女孩黑乌乌的眼睛里射出来的时候,感觉还是发生了一些变化:张铁涛的直愣变成了吴雁雁的聪慧和主见,张铁涛的明亮和黯淡,也变成了吴雁雁的晶莹和依恋……我到现在也不知道吴雁雁跟她的男朋友成了没有,我只是看到吴雁雁把当导游赚的将近一半的钱花在了给西安工作的男友打电话上。她跑邮局打长途,打得邮局的人都认识她了,她一打就是一两个小时。

吴雁雁除了对爱情执着之外,还是个有主见的女强人。那些年我还懵懵懂懂地在单位混时光,吴雁雁已经开始考虑创业了。她到我家来,一阵儿说她有个姨妈在法国,让她到法国去,而她正考虑要不要去;一阵儿又说木垒的粉条好,但产量不高,外地人也不知道,怎么把这么好的粉条卖出去,开个粉条加工厂怎么样?有一个假期她回来,果然给我带了一包白细的豌豆粉条,我煮汤、凉拌,吃了觉得真的与众不同,这可是吴雁雁从木垒带回来的。

她倚靠在我家厨房门上,教我怎么揪出又匀又薄的面片,做汤饭的材料不过是随手在家里能找到的,西红柿、四季豆、土豆,连肉都没有,但是她娴熟地拈了一小撮花椒扔到油锅里,油温恰到好处,花椒被她炸出的香味渗到汤饭的汤里、面里,又麻又香。后来,她不在的时候,我也试着做过几次这种汤饭，却再也没有吴雁雁做的木垒味儿了。她噘着紫红色的小嘴，黑乌乌的眼睛盯着油锅里翻滚着的花椒，指挥着我往锅里下菜炒。是多么有信心！生活起来是多么热火朝天！多么热爱生活！哪怕做顿没有肉的汤饭，也是这样热火朝天！

在吴雁雁热火朝天的感召下，我也不能再行尸走肉般的混时光了。我根据吴雁雁提供的资料和调查表，写出了大学毕业后的第一篇论文《论新疆民俗旅游业的发展走向》。

再次跟木垒有着明确接触已是距离张铁涛时代二十年之后了。写下这个阿拉伯数字，自己都被吓一跳。二十年，足够一个人生下来，又长成了。二十年之后，我是被李健邀请到木垒采风的。李健如今是木垒的文化名片。当然，他和当年我的大学同学张铁涛有很多不同，单看外表，别指望看到属于在张铁涛同学身上看到的那些特征。李健长得白白净净，戴着眼镜，穿着时髦，打扮得体，开着小车，正日夜为长篇小说《木垒河》的姊妹篇或兄弟篇不知还在哪里飘而忧心。不过，有一些特征还是会永远保留下来。比如，一张嘴，一口木垒话又恍然回到张铁涛时代；一瞪眼，那种直愣、明亮又黯淡的木垒眼神就出来了。

张铁涛践行诺言，领着我们九个同学，来到了我憧憬了半个学期的木垒。大巴车颠簸着驶进了木垒的地界，我们满怀热望——张铁涛的家终于到了，我们坐了整整一天车，腰腿可以伸展一下了。车子蹒跚着拐进了满是秋天已经开始枯萎的草滩。在一眼望不到头的大草滩上，张铁涛安慰着我们："快了，我们家快到了。"在他的话语声中，我们无望地又开始了进入张铁涛的位于某个牧村的家的新旅程。出生在南疆没见过北疆草原的我，吃惊地看着这北疆的大草滩上灰绿的沿着地皮生长却密密匝匝的各种野草和野花，觉得和想象中相差太远。我的想象早被电视上没过人头的那种油绿而柔软、风一吹会倒伏的草地固定，对真实的草原、木垒的草原并不是这样而感到很不习惯。我以质疑的眼光看着这灰绿的草原在秋风中萧瑟，缓慢地倒退着离我越来越远。终于，天完全黑了下来，张铁涛的爸妈和哥哥们都等待着张铁涛领回来的这帮同学。我们在油灯下吃到了木垒农家的大馒头，有小面盆那么大，切成一牙一牙的。为了迎接我们的到来，张铁涛的哥哥宰了一只羊。后面的几天，我们吃到了羊肉焖饼、手抓肉、抓饭、羊肉汤饭……

　　木垒羊肉的名声我是这两年才恍惚感觉到的。我家前面两条街的地方不知什么时候开了一家"木垒羊肉"的烧烤店。店主是一对木垒来的夫妇。男的像张铁涛，厚道、木讷、黑皮肤；女的像吴雁雁，漂亮、能干、白皮肤。也许在张铁涛时代遗留下对木垒的记忆，我鬼使神差地走进了这家烧烤店，要了一条羊腿。这羊腿被他们精心地用保鲜膜包裹起来放在大冰柜的冰鲜层里，红的红，白的白，干干净净、清清爽爽，好像它的主人只是暂时把它寄放在这里。说是烧烤店，其实他们也做手抓肉，我看吃手抓肉的人倒更多，旁边一桌就有三个男的在围攻一大盘手抓肉。老板娘自豪地宣称："只有我们木垒的羊才能煮上吃，其他的羊都只能烤着吃……"我也豪放地煮了一条羊腿。当然是打包带回家，羊肉汤也装上带回来了。后来，那里就成了我经常光顾的地方。那对木垒夫妇都认下我了，一见我来了，就知道要煮肉了。

　　木垒，这个汉时记载为蒲类的古老地方，一茬茬人不过生了死了不留痕迹，留点痕迹的倒是木垒的胡杨，它们被称为中国最古老的胡杨。可不是，哪里的胡杨都没有木垒的胡杨苍老，它们扭曲的粗大的身子总是一身尘土，树干几乎化作了土，旁枝却发出新芽来。有的像一个终于完全弯下了腰的老人，倒伏在地上，腰上却长出了新的枝条；有的整个身子裂开，成两半，却从那一半又抽出新枝来；有的粗粗壮壮地长成一堆，却哪棵也长不高，它们粗壮的身躯与矮而凋敝的树冠完全不成比例，这使它们看起来好像一群怪物——树中怪物。它们实在太苍老了，老得令人心酸。这一群群矮而粗壮、满身尘土、东倒西歪、身子扭曲、树叶焦黄的怪物，难道仅仅是为向我们昭示生命的意义？没错，它们为陪伴我们而来，孤单的木垒人因为有了这群古老的胡杨才世代繁衍，怎样的艰难和绝望都打不倒我们。有胡杨的地方就有生命，有生命的地方就有意义。

木垒的意义在于她的美丽。她那绝世的村姑的容貌识者不多，但知道的人必会万分珍惜。自张铁涛时代我见识过这位绝世村姑的容颜，便在心里为她留下一个位置。她的美是空气、光线、时光、油画、梦境、意外……站在旱田里，都要疑心这是不是当地旅游业闹出来的新把戏，专为游人种出来的这花花绿绿的油画一样的庄稼，一块绿、一块黄、一块金、一块白。天上是海洋扯着白云的帆，地上是这条格抽象画的和田毯，天光流转、五彩流金，人往那儿一站，光线自动漂白了肤色，阴影则又突出了线条。木垒的光线是最适合照相的，不管是景还是人，在这种柔和的光线里有如镀了一层金，变得超凡脱俗起来。冬天的木垒像白雪公主和七个小矮人的城堡，厚厚的鼓膨起来的雪堆在房顶，铺天盖地铺下来，将村庄的各种尖利的、不规则的地方抹得圆圆乎乎。人们戴着毛棉耳套匆匆踏着前人踩出来的脚印相互串门，老人们聚在一起唱秦腔、新疆曲子，年轻人在一起玩电游、打麻将，探讨着明年种什么、干什么，谁贩皮子发了财，谁倒木垒羊赚了钱……

胡杨在雪中静静站立，不想明年的计划。谁也活不过一棵木垒的胡杨树，但谁都比胡杨树想得多。胡杨有胡杨的艰难，人有人的烦恼。胡杨干枯的大眼睛透过纷纷扬扬的雪线看向木垒县城的灯光，羡慕人类的忙碌和烦忧。多么热火朝天，生机勃勃。它那眼睛也透出木垒的眼神，直愣、明亮而黯淡，好像看了千年的世间繁华又转而苍凉，而此时的一派灯火通明是最耀眼的华丽了。

岩画的告白（外一篇）

余 玦

"它透彻、岿然而宁静／以较小的隐喻来说，它更像我的意志／而不像我的心脏：这神圣的容器／正在我胸口砰砰撞动……"夜读骆一禾诗句，好像一把利箭射中了心窝，在令我窒息的怔忪中，仿佛回到了木垒哈萨克自治县博斯坦乡的深山里。我眼前刻画着远古图像的赭红石岩，头顶上空的是蓝色苍穹，放眼远眺，山脉追逐着草的青茂踪迹，直伸向远方。我耳旁刮过的熏风，并非吹自东边的博斯坦水库，也不是来自树梢闪闪的山柏杨林，它像是直接从岩石内迸发，从那群仓皇奔窜的盘羊、北山羊以及举弓搭箭的狩猎先民中间激荡而过，最后扑向三千年后的这个夏日午后，掀起了我诧异的喉咙，使我不由得发出了一声惊叹。

我趋近，无限趋近那一块块静静矗立的山岩，感到那触感粗砺的巨大宁寂背后，翻涌着无数的声音。起先是模糊窃语，野羊踏过干燥灌木、俯向草丛的响动，接着是双峰驼昂首从烈日下走来，然后是游牧人的呼号、猎犬狂吠、马鹿突然惊起回首的动静……那些大小不一的嘈杂声灌满了我的内心，它们是最敏锐的耳朵也难以捕捉到的隐秘声响，唯独对心灵释放。

在博斯坦乡的和卓木沟，我一刻也没有好好走路，不是在山道上跌撞疾跑，就是在岩石间来回地跳。我的脚兴奋得不听我的使唤，直向岩画奔去，恨不得再用力加剧，冲进那远古的场面里头。岩石的温度混合我手指的热流，我恍惚又蠢笨，期待着那一幅幅石刻突然复活。但谁说岩画不是活的呢？它们分明在堆积，在叠变，在我眼前轰轰转动……

在我面前的岩石上，男人挽长弓，头戴尖顶帽，与大盘羊迎面对峙，由红色颜料涂抹成的他赤裸颀长的身子，好像一支蓄势待发的箭。人与羊离得如此近，羊惊立而起，欲逃不得，隐约伴有一声嘶叫。而男人从容镇定，似乎口中念念有词：羊啊，我出洞觅食已近半天，现在天色将晚，我洞中的妻儿族人正焦急等我携肉归来。你死不为罪过，我生不为饥饿，还望你勿怪我心狠。

近旁的岩块到人膝盖高度，凿刻着一幅草原围猎图。两个骑马的男人和一个持弓的勇士，合力将十三只野盘羊赶入草地。一人驾马由西面冲来，将最大的头羊截住，而他的同伴则从北面闪出，把羊群往南赶。当此之际，勇士自东面拉起长弓跑来，他双膝微曲，牢牢瞄准了站在不远处的头羊。在他身侧，两只受惊的小羊掉转方向，拔足奔逃。男人勒马，羊群四散，石头上没有影子留下，却有亮动的光线。我试图在发烫的照射下捉住那围猎过程中的各种嘶喊声，抚触着那早已枯硬的红色线条，好像它们散发的热气，使岩石霎时变成了空旷草场。我身临其境，一颗心悬在喉口，目睹了那场惊险刺激的发生。

在绵延几十千米的博斯坦乡山谷,在和卓木沟里,一天之内我见到了数百只北山羊、马鹿、高地山羊、野骆驼,还有羊角硕大、弯过身长的盘羊,如今它们多数已成国家珍稀保护动物。三千年前,这些动物族群庞大,远超人类,游牧民族不过是草原生态链中脆弱微小的一环,因为当时生存在同地区的还有雪豹、棕熊、野狼、獾猪、野牛。他们在莽原中艰难存活,不单面临残酷的弱肉强食,且要与恶劣凶猛的自然抗争。"今天仍然活着"的意义大于一切。即便生命短促,他们却在学会使用工具、射杀猎物、生火、驯服马与牧犬的同时,创造出了刻画在岩石上的艺术。那些远古艺术家调和出鲜红浓厚的颜料,精准有力地描绘出彼时的生存图景。关于游牧部落的文化形态,依凭最原始的材料和工具在深山中存留了下来。当时绘画的手法已是如此细腻,技艺优雅,他们以此作为某种特殊而恒久的记忆方式,铭刻了自己与万物乃至天地的关系。

当我走进哈沙霍勒沟,女人的声音首次显露,并逐渐高调,完全覆盖了氏族里的男性。那声音与柔顺和弱小无关,宣扬的是绝对的权力和威严。那幅闻名已久的岩画在太阳下丰隆凸现,我看见那个盘腿坐在高处的女族长,她挺立的上身甚至高过了身旁垂手而立的男人。她着格子纹饰衣服,脸孔微侧,朝向底下的子民。前来朝觐的两个骑马人,毕恭毕敬地站在女酋长脚下,一位男人走在他们前面带路,右手高举着,将来人的礼物呈至酋长跟前。这场景发生在部落的尊贵朝堂里,艺术家的笔触充满敬畏,他把他的酋长描画成一个臀部宽大、双腿修长、有五谷丰登般气势的壮健女人,在施予力量的同时她更强地保有了力量。那清晰的暗红色轮廓线,被刻意加粗,岩石天然的裂隙自女酋长的尖顶长帽两边划过,像陡然降下的两束光辉,笼罩着她。我看不清她的五官表情,却可想象出那强烈的骄傲和凛然,使人不得不敛低姿态,去赞美、祝愿,崇敬地仰望。

我还看到了女猎人。在十几只北山羊围聚成群的低地上,站在西南角的女人已拉直手臂,将弓箭对准了离她最近的公羊。另两只远处的、体积较小的羊前后蹄猛然一蹬,做出跃跳之势,优美的脊背线条与头顶弯角相对,如同娴熟曼妙的舞者。它们一前一后,前面那只羊的后腿,与后者的前蹄刚好衔成一条律动的曲线。风声尖啸中,动物突然爆发的求生本能,现出紧绷的肌肉状态,正和女猎人饱满沉稳的腰身形成对比。

女人们出外狩猎,男人亦随其左右,并肩作战。在某块背对太阳的石岩上,刻下了一组男女猎人合伙围猎的景象。一群听到人声动静、四处奔散的野山羊,不知是否因为惊吓过度,它们竟一齐朝猎人方向飞窜。男人从双峰骆驼的背上一跃而下,身体稍向右斜倾,弓箭展动如风。而女人则站在另一侧,双腿横跨一步向前,直直射向那犄角弯曲、不知所措的大头羊。这无疑是一场出色的狩猎,他们注定满载而归。

在急速流逝的黄昏光线中,男人女人一起骑在骆驼上,那数只野羊尸体便横摞他们身后。男人一手攥紧那沉重的野羊,一手搂住坐在身前的女人。他们无比年轻,脸上浮现出长久生活一起、熟悉至深的亲密神情和对彼此深切的信任与尊重。他或许会在她耳后轻声开几句玩笑,像所有相爱至深的人那样;她满足而快乐,因为是置身于他的怀抱中:这是晚霞般绚烂动人的爱情。当他们回到家中,幼小的孩子挣开老人温热的手掌,扑向父亲母亲,连那只牧犬也活蹦乱跳着,围在两位主人鞋边撒娇轻吠。然后是夜晚的篝火,食物的香气四溢,一家人围坐火边,面孔通红,熠熠闪亮……

岩画中的孩子是充满童趣的存在,他们散落在安谧舒适的家庭院落里,与驯养的牲畜嬉闹玩耍。在一块低平的岩石上,我看到一户人家父子三人驯服盘羊的情景。高大桀骜的盘羊不看人,头颅傲然朝向远方,父亲站在羊身边,伸直臂膀,叉开双腿,好似在向羊发号施令。他的两个孩子眨巴眼睛紧盯着父亲的动作,有样学样,也冲一只小盘羊撒开双手,其中身高略矮的弟弟犹犹豫豫地张开胳膊后,好奇地歪着头看向小羊,而哥哥明显更大胆,挥舞着平伸的手臂,奔向小羊跟前,两腿微并,像是忍不住跳起了黑走马。和煦温暖的阳光照在他们家的牧场上,而云朵静定不动,一阵风把孩子清脆的笑声越传越远。

博斯坦乡有大片牧场,清澈夏日,在雾气蒸腾的山峦之间,骑马放羊的哈萨克族牧人随处可见。他们白日里沿密林与溪流放牧,累了便睡在云彩下面。几千年来,羊与游牧民族的生活密不可分,那生性温顺、体态洁白的生灵,从来不记人的仇,只低头吃草。一户人家养了多少羊,不仅仅是资产的象征,更意味着家庭的兴旺与和美,这可以从刻在博斯坦乡岩石上的生活场景中得窥他们富足精神的奥秘。

回木垒的路上,我们的车在山道上被一大群绵羊堵住。羊群不久前刚剪过毛,身上新生出的卷毛很细,颜色深浅不一。它们慢悠悠地游荡着小步向前走,像一股灰色的流水,不怕人,亦不急着离开路上。在车喇叭轻鸣几响后,从路旁的小松树林里突然蹿出一个少年,他策马而来,嘴里发出"咳咳"声,羊群闻听后便开始快跑,散入草丛中。

我趴窗看着那少年,他脸部线条立挺,皮肤黝黑,双眼眯起瞄向我们,同时很乖地站到了路下面。我心感亲切,只觉得好像在哪儿见过他。噢!原来是在岩画里。他是从石岩中狂奔而出的少年,为我的博斯坦乡之旅画上了圆满句号。

达坂沟的树洞仙境

我们把车开进树洞里。说叫树洞,实则是一片繁荫掩蔽的小路。太阳暴烈的午后,满世界阳光湍急,独它清幽可爱,到处都漂浮着阴影。树洞窄,一辆车晃晃悠悠驶进去。车窗开着,树枝从人脸上唰唰掠过,好像一群朝前飞跑做游戏的孩童,看人胳膊露在外头,不轻不重地抽那么几下,"啪啪"的声音清脆地在空气中炸开,那是顽童的笑声。

达坂沟的云比别处的笨,老爱忘事,慢吞吞地爬到南面坡顶,看羊群吃草。羊一团白,一团灰,还有一团黄,相互紧挨着,像是在凑头商量大事,细小的牙齿一齐庄重地上下嚼动,我怀疑它们能把光线连同时间都嚼出甜味来。云在羊群头顶看呆,馋得走不动路,静静悄悄地越趴越低,快触到羊的脊背时,羊群装作相互蹭痒痒,突然拔腿扎进了下一个草窝子。在进入树洞的最后一刹那,我猛地抬头,看风从北地远远赶来,山顶光明通亮,云惊讶地掉过头,慢慢朝山顶那排嫩绿色的大叶榆涌去。

那辆运草车来得比我们早,结结实实地挡住了去路。干草层层叠叠铺得很高,在干草堆上,一前一后站着两个人,是一对夫妻,他俩正在往路边卸干草。我们坐在车内耐心地等候,干草反射出黄褐色的光。那个男人穿军绿色工装,袖子半挽,停下来扶着草叉子向车内看。他的女人虽侧耳听他说话,手里的动作仍在继续,又起一大卷干草,用力抛出去。草叉掀动干草的声音,像夏日的手在某个暖和的深处往外掏,风猛烈地吹,一切的颜色都明亮而清晰。在这段短短的距离中,我注视着那女人健壮的手臂,她扎头巾戴草帽,对手头的活计极其专注熟练。她甚至比她的男人更能干,只见她身前的干草已去大半,她接着又把叉子伸向男人跟前那块领地。

在达坂沟,我常碰见这样的女人。她们脸庞红润,身上显现出巨大活力,高声讲话,神情锐利,但是又异乎寻常地爱笑。她们手上无一例外都有茧,厨灶、家室及牲畜栏,包括地头田间的劳动,瓜分了她们嫁为人妇后的大部分时光,剩下为数不多的自由被精心用在别处,一个仅属于她自己的女人的世界。那个世界热情飞扬,充斥着鲜艳得体的时装,带香气的化妆品,随县城风尚变化的新式发型以及活泼轻快的小道新闻。她们较男人更敏锐、大胆、元气旺盛,更容易接受新事物。当她们走在路上,常是三两结伴、笑语欢声,即便一人,一双眼睛也是生机勃勃的。

树洞里一片寂静。他们把干草很快卸完,运草车连人一块贴向路边。当我们的车经过他们身边时,我看到了红头巾下那女人的脸。在视线投射出去的短暂片刻,我心下不自禁一声感叹:"美!"她竟是美丽的。午后的光强烈、透亮,她脸孔发红,汗珠细密,像是不好意思,她眼睛迅速掠过我们,低低转向身旁的男人。当她笑时,刚好与车内的我擦身而过,我拥有了这颤动、闪耀着的瞬间——一个女人的微笑。

第一声鸟叫传来,遥远清亮。我们已经离开树洞很远了。原野上麦浪四溢,蝴蝶、黄蜂盘旋在山顶小路,雏菊和薰衣草长满渐高。山坡下的沙枣树和春榆树泛出灰白和青色,空气温和恬静,隐蔽着玛瑙眼珠的石雀。纹丝不动的树林,映在夏日阳光里,如色块未干的油画置于空旷尘世,而主人已搁笔离去多年。我们漫步在平缓的山路中,采了一大捧野花,其中许多都叫不出名字。

再穿过树洞,按原路返回。我们的车子拐了一个大弯。路的两旁是豌豆田,阳光稠密,在椭圆形的豆荚上闪烁,鸟在看不见的地方叫。我们进入光线最脆薄的末梢,树洞里。假如我怀里没有抱着那一大捧野花,假如我没有在后座大声嚷嚷着:"回去树洞吧,求你了,让我去拍几张照片!"

我不会再找到那个神秘幽境般的地方。

它好像昨晚才出现,在我的梦里,海水无际地伸展。它就在海底。太阳照来照去,寻不着它的踪影,连鸟也找不到它。天一亮,一片狭长幽暗的树洞从大地起身,我看见它无与伦比。

要有一颗多么纤细灵巧的心,人才能接近纯粹的宁静。在达坂沟,房子散落在山间,靠近明亮的水源和田地。白日烧灼,离开阳光的生活是难以想象的。唯有在树洞,一切响亮、有力的事物变得微弱,横冲直撞的光猛然减淡,直至透明。这里是树叶、枝干和阴影的王国。在这里,每棵树都朝高处极力眺望,枝叶起伏,根部在黑暗的地底无声积蓄着力量,终有一天,它们在天空某处交汇。站在树洞仰头看,看不到天,头顶上空流淌着一条绿色的河,河面上或许有一枚银白色的月亮。

每个人心底都该有这样一片树洞,少有声响,隐秘而清凉。它属于清晨和傍晚,一天中最洁净的时辰。尘俗喧嚣被挡在外头,世事皆远遁,人置身其中,松弛自在,面具脱落,仿佛新生,脆弱且真诚。

这世界日夜疾转,源源不断地在更新。它的新来得如此迅猛快捷,机器、科技与电子信息等催快了所有的生长。而在树洞里,一颗种子需要历经整个冬天的漫长等待,它的抽枝发芽依旧遵循着自然古老的法则。当种子在时光中繁茂成林,它必然蕴含着最深的耐心以及最可信的生命力。一生太短,我却宁可走得慢一些。唯有慢下来,才能更从容地认领生命中的每个瞬间。

车子继续向前。行到一半,我们停住,又一辆运草车。若不是看到站在车旁吆喝的那个人,我还以为面前堆了一座草丘。干草塞满了树洞前方的空隙,真是齐整、密实!别说车身,就连车辘轳也被垂下的草叶遮严了。那车旁的人拿着长叉,死死抵住倾斜的草垛。在草垛另一边,传来他同伴的喊声,他们正试图合力稳住这座摇摇欲塌的小山。只看那人先是弯腰瞅了瞅车底,确定胎没压瘪后,身子往后退几步,双手猛然将长叉揳进草垛半中腰位置,原本向他斜倒的草垛愣了一下,缓缓朝另一个方向倒去。

"好!好!"他失口叫出来,脸上却是一副大事不好的表情。

他那个看不见的同伴,在某处发出像被开水烫到似的急切地高喊:"哎!哎!不好!不好!"眼看着高大的草垛被声音的主人暂时制住,接着又被送回到了原来歪斜的方向。他踮脚看,瞅准用力最巧的地方,将长叉插紧,危机再次解除。

"好!好!"他大大松了一口气。

我们帮不上忙,下车又上车,看了又看,不好意思笑,又不好意思不笑。最后车子倒行,我们离开树洞,掉头从另一条路返回。靠在车后座上,我怀抱野花——一大捧从山顶采来的无名野花,粉蓝、粉紫以及明黄。我坐着,身子随车前行,但我的心独自回到了一条僻静无人的小路,回到树洞里去了。

达坂沟下午六点的景象美得惊人,阳光直透云层,越过低丘麦田,穿过山麓雪松,擦亮牛羊和人的眼睛。山间草木沸腾,繁花从低矮土房后头、打麦场一侧,甚至路边干沟里窜出,火焰般柔软耀眼。我凝神看,倾耳听,屏息不动,拨开四野青麦,绕过屋舍炊烟,专注于寻找那个属于我的地方。道路尽头,树洞的入口豁然显露,全然静寂,我的心底有说不出的欢喜。这是自然漂泊的灵魂所建造的一间密室。我凝神看,倾耳听,屏息不动,走进树洞里……

第二辑

木垒河诗篇

从三个泉到色皮口

杨 镰

一、三个泉

清代,驿路与驿站如同经络遍布新疆。从河西走廊进入新疆,驿站素来有"穷八站""富八站"等区别,为便利交通每间隔五十千米左右,就有一个提供住宿、换乘的大站。设置军台驿站的地点,离不开水源与植被。在康熙年间,军台驿站的名字纷纷登录在册,与植被、水源有关的最便于记忆,其中有松树塘、红柳峡、芨芨台子、黄芦岗,长流水、明水、双井子、一碗泉、车轱辘泉、七角井、苦水、火石泉、碱泉子、三个泉,以及植被、水源兼顾的梧桐窝子泉、马莲井、柳树泉等。军台驿站成为广袤新疆的特殊的人文景观。

最早设置的军台驿站，有木垒境内的三个泉、木垒河与色皮口等。

三个泉驿站，当地原来的地名叫"阿克塔什"，含义是"白石头"。最初没有定居者，伴随军台驿站出现，三个泉很快形成了一个村落。"三个泉"是汉语地名，因当地有四季从不枯竭的三个泉眼而得名。发源于天山北坡的山涧博斯坦沟从三个泉村边流过，附近地势平旷，宜耕宜牧。目前，属于木垒哈萨克自治县的博斯坦牧场。据1988年编成的《新疆昌吉回族自治州地名图志》载，20世纪80年代，三个泉村有二十八户居民，"以农为主，主产小麦、豌豆"。原来驿站的建筑已经拆毁不存。由于古驿路跨越了博斯坦沟，并设置了名为"三个泉"的军台驿站，这里便成为行旅进出新疆、住宿歇息的标志地。

过了哈密以东的甘肃星星峡，就进入了新疆。到达"天山第一城"哈密，若要继续西行，则有两条路：一条是向北翻越天山库舍图岭，抵达松树塘，再折向西，经巴里坤城、巴里坤湖、色皮口，沿天山北坡前往木垒、奇台，纪晓岚、洪亮吉等就是走的这条路；第二条是离开哈密，依天山南麓，经五堡、瞭墩、十三间房，到七角井，再分叉，其中一支与色皮口从巴里坤进入木垒的古道会合，林则徐、宋伯鲁等曾在沿途的驿站留宿。

这两条路的选择，取决于天气：雪大，则放弃第一条；风大，则放弃第二条。松树塘是新疆的"寒极"，而十三间房、七角井一带是"百里风区"。色皮口、三个泉、木垒河一线，道路铺设在相对平旷的天山山前洪积扇之上，沿途依次是天山涧水滋养的绿洲，每天的归宿地——驿站，备有驼马饲料，可以补充饮水，为丝路行旅继续前行提供了有效的支持。

西行记与西行诗，是清代重要的文化现象，其作者名家辈出，杰作纷呈。较早在诗文之中写到三个泉的清朝人，是乾隆三十三年（1768）至三十五年（1770）流放乌鲁木齐（1763年至1954年称迪化）的纪晓岚（纪昀）。

流放期间,纪晓岚曾路经三个泉,他的《乌鲁木齐杂诗》是清诗冠冕,书中《风土二十三首》中的第十九首写道:

> 惊飙相戒避三泉,人马轻如一叶旋。
> 记得移营千戍卒,阻风港汊似江船。

诗下注则说:"三个泉风力最猛,动辄飘失人马,庚寅(1770)三月,西安兵移置伊犁,阻风三日不得行。"

从秦汉以来,军队调动"后期"是重大事件,而一支换防到伊犁的千人大军居然因为大风滞留在三个泉整整三天!可见在清代前期,春季的三个泉驿站如同江船避风的港湾。

洪亮吉流放新疆伊犁("百日赐环"是嘉庆年间影响朝野的大事),在其《伊犁日记》中他笔录了抵达三个泉的感受:嘉庆五年(1800)元月初八,"平明行一百二十里,抵三个泉,明月已高,积雪千里,天与地皆一色。真清凉世界也"。洪亮吉流放,嘉庆曾下特旨"不许作诗,不许饮酒"。来到三个泉,洪亮吉却写了一首七律诗,其中有云"高天下地总一色,明月白雪分清光"。

道光二十二年(1842),因鸦片战争失利,林则徐遣戍伊犁。

据西行记《荷戈纪程》,林则徐在十月初四路经"回语谓之阿克他斯"的三个泉,由于时逢小阳春,"阳光普被,积雪渐融",使旅途的艰难困厄之感得到缓解。

刚刚进入新疆时,林则徐在七绝组诗《塞外杂咏》中写道:

> 天山万笏耸琼瑶,导我西行伴寂寥。
> 我与山灵相对笑,满头晴雪共难消。

从"满头晴雪共难消"到"阳光普被，积雪渐融"，诗人披露的心境表明，走过艰难坎坷的河西与东天山路段，来到为天山屏护的丝路古驿三个泉，通过反思，心中的波澜已经趋于平和。对纪晓岚、洪亮吉、林则徐、史善长等流放新疆的文学家而言，小小的、仅有三个泉眼、十几户人家的驿站三个泉，不只是无家可归的人的临时归宿，也是检讨生活轨迹的记忆之结。

清朝人涉及三个泉驿站的文字，较晚的有宋伯鲁的五言古诗《由三个泉赴大石头》。宋伯鲁是光绪十二年（1886）进士，曾因参加"百日维新"入狱。光绪三十二年（1906），宋伯鲁来到新疆入伊犁将军幕府。此前对新疆，宋伯鲁所知并不多。离开三个泉驿站，诗人写道：

……我闻山间风，终岁常凛冽。有时值盛暑，一日数飞雪。行旅多冻死，辐轴愁胶折。我来八月初，霜露方凄切。裘褐虽已具，犹恐所谋拙。岂知经营者，一一成虚设。……昨者有人过，尚道雪没辙。车中忍饥冻，马上手指裂。天公宁有意，险夷安可说。委心任自然，何庸强区别。

对三个泉驿站的感觉，宋伯鲁与前人并无不同。异域的风雪酷寒，增加了浪迹天涯者的惶惑。到了三个泉，对新疆的风光与气候有了切身的体会，他才摆脱了家山之累。

在驿站的设置者与经行者心目中，三个泉是进出天山北坡路段的标志性地点。

木垒县境的驿站，当初是作为辅路（复线）安置的，与经七角井、鄯善直达乌鲁木齐的驿路互为表里,以三个泉为中段,东边是色皮口,西边是木垒河。色皮口位于巴里坤与木垒的交界处,是邮件、旅客的转换地。"木垒",含义是"河岸",实际这三个驿站的共同点之一都是位于源自天山北坡的古河之岸。

二、色皮口

从河西走廊进入新疆前往乌鲁木齐,行旅将依次路经所谓"苦八站"与"穷八站""富八站"。尽管驿站的地理条件与人文设置不同,但它们都是行旅的阶段性归宿。古驿站序列当中,色皮口是特殊的一个。在古丝路北道,现代化公路出现之前它无可替代,然而除了古道的亲身经历者,几乎没有人说得出它的名字。

第一次听说"色皮口"这个地名,是四十年前的事。

那时,我在哈密伊吾军马场的民族连队当司务长,因工作需要,曾前往巴里坤县城西方的煤矿拉煤。作为一个来自北京的知青,那是难得的经历。出了县城,越过巴里坤湖,公路就与烽火台相伴而行。

一次,我们的拉煤车暂时停在路边,正好有个牧羊人赶着羊群在附近放牧。趁司机修车,我与牧羊人一起登上了一个烽火台。

烽火台上残留有芦苇把子与成堆的灰烬,在制高点,两个萍水相逢的人一起吃了一顿简便的午餐。牧羊人知道我是北京知青,相当亲热,他原是县城中学的教师,他告诉我:在清代,这一线就是连接北京与新疆的皇家驿道,越过苏吉镇,穿过天山丘陵的西行旅途,必须经过古道的结点——色皮口。从天山以南的七角井折向北行的驿道,与离开巴里坤县城一路西行的大路正交汇在色皮口。所以,色皮口是丝路行旅迈不过去的"磨难"。他还说,色皮口为群山环抱,没有树木植被,没有村落人家,一年四季,风雪严寒。尽管位于两条古道的交汇点上谁也回避不了,但只要可能,行旅尽量不在那儿落宿,因为附近没有村落与集镇。

从此,色皮口驿站便成为我持续探索的地点。

确实,在前人文献之中罕见提及色皮口驿站。清代与民国时期,丝路行旅从星星峡进入新疆,首先来到哈密。前往乌鲁木齐有两条路线可以选择:一条是沿天山南坡西行,经瞭墩、十三间房、一碗泉,抵达七角井,从此西行,经吐鲁番,持续前行,就是乌鲁木齐了;另一条则自七角井北行,进入天山山脉,直抵色皮口,从此转向西,沿天山北坡,经乌兰乌苏、三个泉,抵达木垒河,再经奇台、吉木萨尔前往乌鲁木齐。穿行在天山北坡的古道行旅,"穷八站""富八站"是特殊的接力。"穷八站"在巴里坤到木垒河之间,以色皮口为标志;"富八站"则始自木垒河,终止于乌鲁木齐。在清代,色皮口是一个低规格的驿站,有八名驿卒(一个驿书,七个马夫)驻守,配备着八匹驿马。

据《荷戈纪程》记载,道光二十二年(1842)林则徐流放新疆伊犁,九月三十日路经七角井,十月二日,入山行三十里,抵达色皮口。《荷戈纪程》将色皮口称为"色壁口"。当时,色皮口有两家民营食宿店,林则徐一行在其中一家吃面充饥,此后又前行十里,抵达色壁桥,"过此陂陀尤多,有一坡殊陡,索费马力",再行三十里,就走出山前丘陵。十月五日,终于抵达"富八站"的第一站木垒河。木垒河"商贾云集,田亩甚多"。

林则徐路经的,是清朝官府精心维持的天山以北的驿路。

在林则徐留下上述记载的半个多世纪以后——光绪二十二年(1896),广东海南知县裴景福流放乌鲁木齐。西行记《河海昆仑录》中,裴景福描述了自大石头驿站路经色皮口的观感。

西行后继者裴景福一路听说了林则徐流放新疆的故事,他记述道:"林文忠(则徐)以大臣远谪,出关后如入无人之境,州县无过而问者。至哈密以西,夜则停车山峡积雪中,以食以宿。"在色皮口古驿亲自体验了林则徐路经时风餐露宿的实况,裴景福以"风霜其操,铁石其心,真后凋松柏也"称誉林则徐其人。

关于色皮口,有一个未经证实的民间传说。据说在"色壁桥"一侧的山体之上,镌刻有林则徐"天山古雪城秋水""青史凭谁定是非"的诗句。这是邓廷桢被赦免离开新疆时,林则徐特意写的送行诗之中的两句诗。我认为,这应该是清代后期或民国初期路经色皮口的旅人,为纪念林则徐而创制。关于山崖上留存有古人碑刻的传说,在新疆还有几处,相对而言,色皮口的这一则林则徐诗句石刻,可信度要大一些。铭刻山崖,为的是不被岁月磨灭。

色皮口与"穷八站""富八站"之间,一定还有许多历史往事潜藏,等待我们去探索发现。务涂水是色皮口的支撑。务涂水也是新疆不多见的从张骞通西域开始一直到今天,仍然标注在现实行用的地图之上的历史地名。《汉书》记载有"车师后国王治务涂谷",务涂水显然与务涂谷有关联。

离开群山环绕的色皮口,走向人烟日盛的乌兰乌苏、三个泉、木垒河,这些地方曾使古往今来的经行者充满成就感。

1996年、1998年、2003年、2008年,我多次实地体验了自巴里坤西行,抵达木垒、奇台的行程。在三个泉亲自探访了残存的驿站文化区,在乌兰乌苏,我在想象之中与纪晓岚、洪亮吉、史善长、裴景福等先行者相逢。旅途中,我回忆着与牧羊人一同登上烽火台的过程,我想起古书上常见的一句话"狼烟四起",自语道:难道古人警报真的是借助峰燧点燃了狼粪？牧羊人也自语:那古代的狼一定比今天的羊还多。是呀,否则哪来如此之多的狼粪？但是公路所经的、在古今地图上相当于色皮口的地方,不但没有残存的驿站,甚至见不到一点点人工建筑的遗迹。

2008年10月,我来木垒哈萨克自治县调研,无意得到了关于天山北坡佛窟的线索。正好来昌吉之前,我已经有了关于色皮口驿站的可靠信息,在与木垒县有关领导交流时,我说起"失踪"的色皮口驿站,建议他们去探索遗迹。

2010年初,在木垒县城我意外得知,正是在那个地点发现了以要塞(古堡)为标志的色皮口驿站区。这可是木垒县文化部门一个不小的成就! 我心中顿时充满成就感——多年的探索终于落在了实处。

2010年1月21日赴巴里坤途中,我们暂时离开公路线,来到了古道的结点——色皮口古驿站。

裴景福曾在《河海昆仑录》中这样概括色皮口(他称为"色琶口")一带的山形地势与人文景观:

> 至大石头,住官店。民店二,略宽。马号在官店之西侧。涧水甚甘,冰厚三尺。出头水沟西北行,山峡渐开。三里,右山尽,左有小山三四峰,路如沟。五里,渐至平地,右有长岭。十里,左山渐平,右山渐近。上坡,多碎石。十里,渐平旷。向北行二里,至色琶口(《荷戈纪程》作"色壁口"),两山并起,左山下有营垒,如小堡。下坡,入峡仅容一车,山根多大石。西北行五里,下坡,两山渐伏。

如同回到林则徐、裴景福路经的年月,我站在色皮口驿站对面的山梁,巡视整个区域。与河西走廊的驿站相比,那是另外一种模式的驿站文化区,它与山川、道路结合成一体,一览无余。今天已经很难判断出哪一处房舍是林则徐吃面的民店,但我觉得应该是靠近古道的第一家。

2010年9月3日,我再次前往色皮口驿站,此处蓝天白云,四野寂静,群山起伏,古道八达,远处有转场的羊群,眼前是占据制高点的要塞。在这里,我关于"天山走廊"的探索研究,已经完成了一个重要段落。

三、木垒的戈壁宝藏

在西北,人们习惯将空旷缺水的地方叫"戈壁"。

天山北坡的地貌,主要就是戈壁,特别是从新疆、甘肃、内蒙古交界处的黑戈壁,到阿尔泰山的喀拉麦里,地势开阔平坦,而且以动植物化石的出产地著称。从1928年开始,这个戈壁地带就因为潜藏着脊椎动物化石而闻名。20世纪80年代,将军戈壁的硅化木"森林"使世人叹为观止。2006年,中国地质学家在新疆昌吉回族自治州将军戈壁发掘恐龙化石,经中央电视台直播,不仅提升了昌吉的知名度,而且成为进入现代时期的世界地质学界衔接20世纪与21世纪的一件大事。

中国西北的戈壁,是得天独厚的解读自然界形成过程的"图书馆"与"博物馆"。

每一个探索者走进天山北坡的戈壁,都能感受到历史的脉冲:戈壁并非一览无余,不仅地下蕴藏着丰富的宝藏,戈壁本身也书写着地球生命生生不息的世系。

在新疆与甘肃的衔接处,空旷戈壁自古就是丝路经行者的历练与磨难。当年(从1968年开始)我们在伊吾、哈密、巴里坤放牧军马,两道大山之间是戈壁,大山之北同样是一望无际的戈壁。在当年的放牧生涯中,一个话题就是:这里的戈壁到底叫作"北戈壁"——天山以北、中国北方的戈壁？还是"白戈壁"——赤裸平坦、一望无边的戈壁？其实"北戈壁"就是"白戈壁"，只不过赤裸平坦、一望无边是它的地貌特征，而不是文化评估。

几年前第一次经历了贯穿北塔山到疏勒城的旅途，天山以北的将军戈壁给我的第一印象是：这个空旷的戈壁荒漠不出产农作物，但出产奇迹。

昌吉回族自治州东三县，一望无际的戈壁蕴藏着丰富的文化宝藏。

与奇台、吉木萨尔相比，古代与近现代的人文景观、历史遗存，在木垒发现的相对少些，但是在它的北戈壁绝非一无所有。

2008年10月，我在昌吉作历史文化调研期间，一次与昌吉州党委宣传部领导谈起将军戈壁的化石。领导说起，不久前在木垒，他见到一段化石，据说是当地牧羊人在县境内的北方戈壁捡拾的，化石像是蟒蛇的脖子，没有蛇头，相当生动，这个化石他带回来了。我听了一愣：在昌吉，恐龙与史前哺乳动物种群并非罕见，我还见过一人合抱不过来、接近十层楼高的硅化木，而且倒地成林，可是……蟒蛇？恐怕与恐龙、硅化木不是同一个地质时期的。难道是蛇颈龙化石？真是如此，那将是个大发现。

我想起前些年为喀纳斯湖作电视访谈，提到喀纳斯湖湖怪，有人认为那就是从史前幸存至今的蛇颈龙。我马上提出想看看蛇脖子化石，回复说单位正在搬家，这东西暂时找不到。不过，只要确实有，就不要紧。

10月14日，我们来到木垒县城，又听人们说起蟒蛇脖子的化石，还具体说到，发现的地点在北塔山以东不远的一处泉水地带。人们见到的化石，全是只有脖子，没有头，脖子长着整齐的鳞甲，一段段，粗细接近一个暖瓶。本来可以找来看看，但我已经不关心这个了，明天我将亲临其境，就会看到"蟒蛇"的化石。在原生地，一定会有蛇头与脖子连在一起的实例。

第二天，我们向中蒙边界的一座大山出发。

一路上，基本由南向北，历尽艰辛。除了行路艰难，还有景观奇特，我们所经历的完全是原生态的戈壁。五个小时之后，我们到达那个发现"蟒蛇"化石的地点。

踏上一个小小的山坡，就进入了奇境：

这里的地表整个是化石世界，一枝枝、一段段、一簇簇、一片片，横七竖八的全是化为石头的植物。一看就知道，这里绝不是蟒蛇的繁殖地，而是植物（例如蕨类或苏铁树）的"园林"。这样，"只有脖子的蟒蛇，找不见蛇头"之谜，就有了答案，那是因为远古的蕨类植物（或裸子植物）布满鳞状的躯干影响了视觉。

在这里，真是大开眼界，不但见到了千形万状的古植物，有的还"披着"赤红色的"外衣"，不知那是保存至今的本色，还是另一种意义的重生。站在化石密集处，化石植物或躺卧或站立，到处是鳞状的躯干，反而颠倒了生命的秩序。

"蟒蛇脖子"只是植被的化石的缩影，如果不亲临其境，眼前所见很容易使人产生误会。然而，有了这个奇迹，将军戈壁的恐龙以及整个昌吉北戈壁的硅化木，才构成一个完整有序的"史前公园"。

这片植物的密林，很可能属于石炭纪或者侏罗纪，这要由地质学家作出论证。所谓的"鳞片"似乎是远古的植物脱去树叶的痕迹。

在天山北坡的戈壁荒漠，地下煤层无处不在，我们所见的栩栩如生的植物化石，则是大地蕴藏着丰富煤层的特殊标志。

往返"汉水泉"，寻访"蛇头"化石的途中，是我一生难忘的经历。

往返之行，经过了木垒的鸣沙山与胡杨林公园。关于木垒的鸣沙山，我早有耳闻。在巴里坤松树塘的鸣沙山附近放牧时，我曾听人说起过一段神奇的传说：

　　巴里坤鸣沙山之下，由流沙掩埋着四十八座营寨，那是唐代女将军樊梨花的远征军。敌军一再败北，足智多谋的军师想出了一个误导追兵的妙计，那就是在军靴鞋跟上钉上马蹄铁，这样敌方由痕迹（足印）判断部队前进的方向，则与实际的走向正好相反。樊梨花率领又饥又渴的部队错误地来到了根本没有敌人踪迹的鸣沙山，见到鸣沙山之下的清澈泉水，人马一拥而上。樊梨花感到不对头，想叫部队撤离，但已无人听从。她独自骑马来到天山庙，回首张望，只见一个天神从西方木垒戈壁用巨大的手捧来满满一把沙子，凭空洒下，化作沙雨，将队伍整个填埋在沙山之下。

　　——这就是当地传说的巴里坤鸣沙山的来历。

　　当年听到这个传说，老乡一并给我们指出在柳条河河岸的一道蜿蜒沙线。它时而清晰，时而模糊，从西方逼近松树塘、鸣沙山。据说，这就是来自沙源地的、由"搬运"流沙的天神从手指缝遗漏的沙子，沙源地则在木垒的戈壁。

　　这次往返"汉水泉"途中，路经了所谓的沙源地。我们的车辆在木垒鸣沙山公园短暂停留。显然，木垒鸣沙山确实是与巴里坤鸣沙山大致同时期形成的。它的面积比巴里坤鸣沙山小，热爱乡土的人们通过传奇人物樊梨花，将遥遥相对的两座坐落在植被、泉水拥抱之间的沙山结系到一起。我想下一次，我将会通过辨认古丝绸之路的具体走向，作连接两个鸣沙山的人文地理考察。

　　从"汉水泉"返回县城，再次路经了戈壁之中的原始胡杨林地。尽管时间已晚，但这个地带使人自然而然地萌生出一种神秘感，穿行在有泉水环绕的古树密集之处，仿佛在穿越历史。

　　这时，皎洁的月亮升起在东方天际，墨黑的远山如同巨大的舞台布景，遮挡住视野，远处，牛羊穿行在牧草与灌木丛之间，走向归宿地。身边千姿百态的胡杨与时缓时急的潺潺泉水，与路人一同沐浴着皎洁月光，一簇巨大、繁盛的胡杨家族，聚敛着天地精华，向山野分送生机。天上月光普照，身边欢声笑语，我们不由自主地吟起"明月出天山"的诗句。

李白的名篇《关山月》，我在小学六年级就能够背诵：

明月出天山，苍茫云海间。

长风几万里，吹度玉门关。

但直到此刻，才进入了诗的意境，才与李白并肩站在了天山明月之下。人们往往因为这首名作推测出李白出生于西域，或亲身经历了巡行于天山的跋涉。天山明月普照，戈壁寂静神秘。

这次进入木垒北戈壁，寻找到缺乏"蛇头"的"蟒蛇"化石的原始出处，天山戈壁又增加了新的吸引力。天山以北的宝藏——丰厚的煤层、矿藏和史前石炭纪或侏罗纪神奇的动植物化石，是我们热爱伟大祖国、建设美好家园的教科书般的精彩章节。

木 垒 的 城

王 晨

　　木垒的城是浓缩的,小而精。站在照壁山上,整个城市一览无余。木垒河已经干枯,它就躺在城的西边,硕大的河床里没有了翻滚的浪波。但有草冒了出来,羊群便如期而至,在河床上恣意放纵,咀嚼草的声音愉悦动听,反刍时能将河道以往的情景倒腾出来,让人产生醉意和回味。

　　但人们似乎已经忘记过去木垒河澎湃的样子,只是在洪水期才能看到它的原貌。站在独山城的旧址上,一段河道清晰地映入眼帘,有机器吼叫着在河道中取沙,沙子被一车车拉走,那是河道历年的积蓄。自从流水不再光顾,沙石就成了这里的主人,它见证着河的灿烂、河的辉煌。滚下来的山石在河道中挺立,棱角分明,比松柏更能体现个性。它记录了久远的年代和开心的日子,蛮荒时期的洒脱全都是肢体语言,有时也有无节制的横冲直撞,但一切都按规律处事。那时,人还没有出现的时候,它就已经流淌了无数个纪元了,只是后来的人看到它后,惊喜之余,才对它有了了解和描述。他们看到,百米宽的木垒河河水从山涧冲向平原,从峡谷走向大地,在有些地段形成了巨大的冲积扇,河水的视野豁然开朗,与前后左右的河汊沟壑相连相接,挽起手臂,浩浩荡荡、所向披靡、洗涤尘埃,开创了历史。

木垒镶嵌在古丝绸之路新北道上,是驼队前往中原地区的必经之路,也是军事重镇,为兵家争夺之地。它在东天山的末梢处,像豹尾。在天山剧烈地耸动中,它似乎在起着平衡作用,山脊依然挺拔,没有丝毫的低矮与颓废;青松仍旧苍翠,展示精神的气度和升华。云飞的时候,给人的错觉是山在奔跑,所以翘起来的豹尾同样的美丽和耐看。雪山、松林、草原、农田、历史遗存、人文表象,无不彰显木垒的深远与厚重。在北部山区,它属阿尔泰山系的东端,延伸的余脉与北塔山相依相连。木垒人在这两个山系的怀抱中,拜天拜地、奉精奉血、运筹帷幄、挥洒自如。

人们逐水草而居。自从河岸上有了人群,河水一下变得欢畅、滋润起来。这里有牛的叫声、羊的温顺、火的燃烧、烟的升空、黑夜中的狗叫、天亮时的鸡鸣,"天苍苍,野茫茫,风吹草低见牛羊"。最震撼的是马的奔腾,雷声一样滚过的有节奏的马蹄的咆哮和轰鸣声。一切都顺理成章,自然形成。因为成了这里的主人,于是就捧起木垒河的河水来浇筑家园,开始土夯围墙、泥筑城垣。

木垒最早的城应该是四道沟的古人筑的。

四道沟原始村落没有城墙,有两道沟壑一左一右,从南向北顺着山势贯通而下,村落就夹在两沟的中间。沟壑形成了天然屏障,无须再筑城墙。村落宽窄不一,宽处数百米,窄处百米左右。村落是一个巨大的掌子面。在这个突兀的掌子面上,有过生命的繁衍和流动。三千年前,一样的生命,一样的人群,吃着一样的粮食,操着和今人不一样的语言,在这里抗争打拼,生儿育女。不知道什么时候,城垣消失了,人消失了,马消失了,鸡呀狗呀也消失了,但留下了骨箭、骨针、陶纺纶、铜刀斧、畜群残骸、灰坑、灶等。审视骨饰件,就看到了饰件的主人,彪悍的男人和水一样的女人,在木垒河两岸狩猎、在篝火旁舞蹈、在平原上奔跑、在山涧中跳跃、在河道中汲水。在群山之中镌刻的岩画上,也留下了他们的本真,形象更加清晰、更加真实。过了很久,在别处,城垣又得以修建,于是又人声鼎沸,生动活泼起来,一幅幅人与自然和谐的画面又展现出来。但已经改朝换代,木垒也进入了一个漫长的筑城时代。

开始筑城,也就有了金满城、疏勒城等。城筑好了,与外部连接的烽燧也一个个站立起来。那时,这里的狼一群一伙,独行的人或畜往往遭到它的攻击,而且都是致命的。它们肆无忌惮,夜晚,一只狼就可以跳进羊群,咬断所有羊的脖颈。那时狼粪遍地,像现在的牛粪一样多,士兵们把狼粪堆积起来,像一座山包,然后在烽燧上点燃了狼烟,战争与厮杀便蔓延开来。烽燧被狼烟加高,影子被太阳拉长,在黄昏和血色的夕阳中,更显气壮与悲催。萧飒的秋风和满眼的荒芜一年年光顾,芨芨草绿了又黄,黄了又绿,狼群继续在芨芨湖里繁殖、肆虐、壮大。

数百年后,当没有了刀光剑影的日子,狼群呜咽着游走他乡,狼拐成了稀罕之物,被人带在脖子上或别在腰里,成了庇佑镇邪物件,人们似乎又回到了四道沟的骨饰件里。但此时的烽燧心境仍未懈怠,虽经岁月的剥蚀,老了,就磐石般地卧了下来,像虎,仍警惕地守望着,八面威风尽显,风雨沧桑依旧。

唐开元元年(713),在独山下设守捉,名曰独山守捉,并建古城堡,为兵城。独山,就是现在的照壁山。照壁山是木垒的象征,在县城东南的五六千米处,几千年来,它默默地注视着木垒,见证着木垒的变迁与发展,守卫并呵护着木垒。若来木垒,远远的照壁山就映入眼帘,矗立在上面的高山台铁塔,在阳光下闪闪发光,电波像涟漪一样向着天空一圈圈扩展,木垒人的心声与外部的对话、交融,完美地完成。

传说,喜马拉雅造山运动前,木垒也是一片大海,北部北塔山是唯一的高山。甘肃有一座大山,得知北塔山在这里雄霸一方,肩与天高,妄称最高山,便要来此一比高低。当它进入木垒南端,就被大海挡住了去路。但此山生性好强,不愿返回,暂时落脚海边,等海水消退,再与北塔山一比高低。谁知天长日久,海水未退,它却落地生根,孤山兀立。后来山下修建了城池,这座山就像城前的照壁,人们便叫它照壁山了。

在木垒破城子遗址上,出土的陶片为水波纹,在这里没有发现烧制陶的作坊遗迹,这些器皿的出现,不是垦民所遗弃,就是历经艰难的将士们从中原大地随军带来的。仔细观察这些陶片,看到了水波纹的律动,唐代文化、年轮深藏其中。独山守捉,经过岁月的洗练,完成了它的历史使命后,被浩如烟海的风雨所掩隐。

木垒历代的城池是木垒发展的最好见证。对木垒的城进行再认识,首先就要对那些开拓疆域的志士们作以了解,一种推断和一批发现至关重要。

打开唐代记忆的长卷,樊梨花征西,一段传说留给了木垒。木垒河原名芦花河,河的两岸芦苇丛生。在芦花飘飘、芦絮飞扬、河道河岸掀起白涛的时节,樊梨花来了。她的身影婆娑,面对落霞余晖,风儿轻抚她的思绪和游离的目光,向身后再看,丈夫薛丁山像柱石矗立在她的后面,她的目光便从游离变成坚定。她骑在马上手搭凉棚观望河水,偌大的河面,渡河需要搭桥,但河水湍急,打桩架桥显然不能解决问题。当她看到河中巨大的裸石和岸边众多的树木,便命士兵用一层石头一层木头层层垒坝搭桥。经过数十天劳作,木头大坝终于垒成,将士顺利过河,当地民众便把芦花河改名为木垒河。

樊梨花渡过了汹涌澎湃的木垒河,当时,她除了祈求神灵的保佑之外,巾帼不让须眉的韧劲,应该是她最大的精神支柱。

有人说新户乡的破城子遗址就是独山城,意见不一,有争论,但出土文物丰富,均为唐代遗存,与照壁山下的油库破城子出土文物一致。而油库破城子碑文写道:"油库古城遗址位于木垒哈萨克自治县照壁山乡照壁山村南500米处,整个城墙随地形走势由东南向西北倾斜,南北长685米,东西宽420米,面积28770平方米。城墙为夯土建筑,夯层厚10厘米~11厘米。现存墙基均呈土垄状,断续分布,现古城内看不到任何建筑遗迹,但城内曾出土大量陶器、瓦当等,均为典型唐代遗物。根据文献记载和城址建筑风格,可以推断为唐代古城,也有人认为是当时军事重镇独山守捉城,但尚无定论。"

康熙五十七年(1718),从巴里坤至木垒乌兰乌苏修筑了城堡。城堡不大,仍为兵屯,但充分显示了康熙时期的强大与兴盛。城堡之地成为后方,相对平安无事,兵士闲暇之余便开荒种地。粮食丰盈、麦香喷鼻、茶余饭后,常常引起兵士对家乡的思念。尤到晚上,篝火旁边,有人便吟唱起思乡曲,浓浓的乡情互相感染,尽管战火连年,但思乡和怀念把人的心拢聚在了一起。后来城堡废弃,样子大变,逐渐荒芜。清代诗人洪亮吉在《乌兰乌苏道次》中写道:

乌兰以北地不毛,极视千里无秋毫。

穷荒乌亦拙生计,啄土饮雪居无巢。

居人觍面能欺容,兽复欺人占居宅。

健儿弯弓射不得,空手归来气填臆。

清雍正十年(1732),川陕总督宁远大将军岳钟琪来到木垒。当岳钟琪看到木垒地势扼要,于是上奏朝廷,移驻军于此,并修筑木垒城。他在给朝廷的奏章中说道:"有木垒地方,形势险要,兼可屯种。若于此建筑城池,驻兵二万,贼兵断难飞渡而东。"在获得朝廷批准后,岳钟琪便开始兴建城池。

打开岳钟琪的诗文,《军中感兴》《天山》让人思索,艰苦环境中他仍不失壮烈激怀。

军中感兴

朔风吹帐卷弓刀,大雪铃辕夜寂寥。

万里旌旗开玉塞,三年戎马锡金貂。

弓蛇毕竟成疑影,斗米何曾惯折腰。

未向林泉消积习,山灵入梦远相招。

天山

偶立崇椒望,天山中外分。

玉门千里远,盐泽一川云。

峭壁遗唐篆,残碑纪汉军。

未穷临眺意,大雪集征裙。

《天山》一诗,心境深沉,眼望天山,极目关内,但被盐泽烟云所拒,记取的只是天山峭壁残碑上对汉唐军事的记述,没有看到需要的东西,大雪已经落满了征袍。

岳钟琪,风餐露宿中坚忍,刀光剑影中大笑,生死考验中决断,可歌可泣中感怀。他不仅仅修筑了木垒城,而且奠定了木垒未来的发展方向,成为木垒历史上最优秀的开创者之一。

东城乡,在木垒的西南方,顾名思义此处曾建城堡。乾隆二十四年(1759),清政府在东吉尔玛台(现在的东城乡)建立奇台堡,设管粮巡检一员。当我来到这里,发现与想象中的城堡大不一样:看不到城墙,清末民初拔廊老屋显眼,家家都有水井。一家餐厅还将水井圈进了屋里,井台井沿砖砌石凿,一根家用两相电缆将一小型水泵送入井底,有电时电闸一合,水就注满了几个大缸,无电时人工绞动辘轳,水便轻轻提了上来,取水实在方便。时至中午,我们就在这家餐厅用餐,和主人攀谈中得知,水井深度只有十五米左右,一直以来水井旺盛从未枯竭过。从后墙的窗户向外看去,邻家一位妇女在院里的井中正在取水,她手握压井杆,轻轻压了几下,水桶就满了。

此处位于丘陵地带,正值春季,绿色星星点点,放眼望去,土黄色连成一片。万万没有想到,在这黄色的丘陵下竟有地河迂回荡漾。多少年来对水井已经陌生,只有向往和回忆,我抓住餐厅的辘轳把绞了几圈倍感亲切,一下子仿佛回到了儿时。这实在让人惊讶,也匪夷所思,因为邻县地下水深至两百米,已供不应求,形成了巨大的漏斗,而东城保持了原始的取水状态,没有过度采水。两地相比,让人欣喜万分又痛定思痛。

东城旱田水地平分秋色,种子已撒进地里。正是农闲时,老街两边有一些村民在掀牛九牌,输了反戴帽子或脸上贴纸条。他们说说笑笑,玩得开心。我不懂牛九牌,听别人说就是桥牌。桥牌我也不懂,但从他们脸上能感受到心底的踏实与淳朴。在这里,竟然遇上了这样的场景:一位村民赢了牌,神采飞扬的那一刻,对手突然问他姓啥,他一愣,竟回答不上自己的姓。在尴尬和不好意思间,看一眼自己手上的牛九牌,猛然把脸往对方跟前一凑,大声回答道:"姓牛。"哄堂大笑中憨厚的一面,表露得淋漓尽致。趁着打趣向他们问及东城的旧事,尤其是城和城墙的事,他们个个摇头,就一句话:"多少辈子了,谁也记不清了。"

往旁边的小卖部看两眼,货架上的东西不怎么拥挤,地上有一个喷雾器,用过的痕迹明显,不属于代卖或专卖品。它的喷嘴指向门外,探头探脑,一副还想发泄的样子。一条长凳上坐着一个上了年纪的女人和一个年轻女人,小女人怀里的娃娃在吃奶,小腿儿不安分地在蹬,嘴里还哼哼唧唧。年长的女人吧嗒吧嗒抽烟,口中吐出的烟从门的上方飘出,迅速融进了天空。

民国初年(1912)木垒城移迁,再筑新城。从何处迁来?是新户破城子,还是油库破城子,还是另外其他地方? 可惜的是,关于木垒城的迁移没有记载,成为最大遗憾,形成了断代史。仔细分析,木垒河就在照壁山的旁边,历史上城池的兴建从来都是困苦艰难,有时断断续续、时建时停。木垒城正式修建到了民国八年(1919),至1927年,历时九年方完成了筑城任务。虽为新城,但城池不大,一条主街道不到千米。民国十九年(1930),新城建成,木垒河县佐升格为县。

现如今,漫步木垒县城,已今非昔比,城市扩大了好几倍,外沿还在不断延伸,好像要与天边的白云接壤。它远离浮躁与污染,犹如天然氧吧,让人产生羡慕与妒忌。夏日的清晨去看城东高地田野的喷灌,是一种极大的享受。在那里久久地驻足、凝望,浮想和幻想同时产生:中国梦中的木垒梦正在酝酿,期盼在光临,计划已坐实,满坡的鹰嘴豆花开出了一片绚丽天地,山城的翅膀已经打开。

历史总是让人充满离奇的想象,每一条线索都是发现和开始,且收获能量与果实。当把破城子的数块陶片再一次捧在手中,让它们互相碰撞击打发出声音,将那段历史呼唤回来,让新的发现接踵而来,成了我的期望所在。

四道沟：古人类的温暖家园

关学林

　　在新疆木垒哈萨克自治县东城乡四道沟的一道土梁上，那一寸寸的土层犹如被历史长河一页一页装订起来的书。当你逐页掀开封盖的土层，就逐渐深入到越来越久远的历史中，深入到古代先民已经消失了的生活里。1977年，我参加四道沟原始村落遗址的发掘时，这种感觉特别强烈。

　　四道沟遗址是在1975年被勘查的，当时我在县文化馆工作，负责编辑和文物保护。这年秋天，东城公社四道沟大队第二小学准备扩建时，挖出了石锄、石球及人头骨。联想到以前这里不断出土一些陶器、石器，董校长觉得事关重大，当即停工，到文化馆找到我。他把带来的一包石头瓦片，摊在了我的办公桌上。我看得很清楚，那些石头中有钻孔器、石球和磨谷器，类似的文物曾经在新户破城子等遗址发现过。那些红色"瓦片"都是器物残片,有的是陶器的口沿,有的是足底,还有器耳。他还告诉我,这些东西是从他们学校南面的土梁上采集的,那里遍地都是,而且学校附近的农民盖房动土,有时会挖出"红瓦罐子",最大的竟像篮球那么大,上面还有花纹,但当时就被打碎了……

木垒新户破城子遗址曾经发现大量的灰陶,但从来没有发现过红陶,因而四道沟的这些红色陶片引起了我极大的关注。我问董校长:"四道沟挖出的那些'瓦罐子'中有没有灰色的?"他明确回答:"没有,全是红色的。"几天后,我赶到东城四道沟第二小学。环视四周,可以看到四道沟是比较典型的新疆北坡近山的风光,南部远山上苍郁的森林隐隐约约,四周的黄土丘陵绵延起伏,小学的教室和小操场的北面连着农田,南面便是发现陶片和石器的土梁。走到土梁上,可以看到这里地表与周边的土色迥异,呈现出一种斑驳的灰色和黄色,有些地方的泥土松软如同粉末一般。在梁顶上,绛红色的陶片密密麻麻,雪白的兽骨碎片斑斑点点,使这里像是落潮后布满贝壳的海滩。正如董校长所说,这里红色夹砂陶片、彩陶片俯拾即是,却没有一片灰陶。那些兽骨残骸也全都因为年代久远,完全脱去了油脂,变得雪白而且易碎。再去翻动梁顶的乱石堆,又看到磨光的石球,甚至能找到磨谷器。在一处土质特别松软的地方,我试着掀开表土,居然在周边的黄土间发现圆状的灰色细腻土末的痕迹,我不禁在想:这应该是古代遗址中常见的灰坑遗迹了。这道土梁南边和东边是凹槽,而西侧明显是一条从南向北走向的干涸的河床。依山近水,地势高敞,这是古代人类生存最适宜的环境。经过一上午的踏勘,我可以初步认定,这就是一处古遗址。从发现的红陶片、彩陶片以及石器上看,这还可能是年代很早的氏族社会遗址。

遗址必须进行保护,我建议四道沟大队第二小学扩建工作暂时停止。此后,我两次到新疆维吾尔自治区博物馆,将四道沟遗址的情况作了报告。当时的新疆只进行过古墓葬的发掘,还从来没有进行过田野遗址的发掘,为此他们十分慎重,分别在1976年10月和1977年3月,两次派人进行了实地调查,终于确定对四道沟遗址进行试掘。

1977年5月,新疆维吾尔自治区博物馆派出了由黄小江、羊毅勇等七位同志组成的考古队到四道沟遗址开始工作。首先,他们在位于梁顶北部靠近学校小操场的位置开挖了两条探沟。开掘探沟,本来是为了初步查看遗址的地层和文物遗存的状态,以确定探方的位置,不料在一条探沟里,黄小江竟意外地发现了一座墓葬。这是一座葬式罕见的彩绘狩猎纹棺墓,长两米的木棺板上绘有彩绘狩猎图,有人物、动物、穹庐、符号等。墓主人是老年男性,清理时,墓主人背、臀的肌肉皮肤还粘连在骨骼上。随葬品有弓箭、镖、木碗、陶碗、铜饰件以及丝织品、皮靴等二十余件。这是新疆发现的第一座彩绘狩猎纹棺墓。但这座墓葬的清理,只是四道沟遗址发掘的"副产品",并不是这次发掘的主要目的。

在结束探沟发掘、取得了地层的初步材料的基础上,考古队在梁顶确定了自北向南、"Z"形分布的六个探方,考古队员各守着一个探方,正式开始了遗址的试掘。他们用尖头铲、平头铲,一寸一个平面层、一寸一个平面层地开始向下发掘。这每一层土都是木垒百年的风尘,他们在一页页地掀开四道沟遗址的历史篇章。谁也不怀疑遗址内的地层里肯定会有文化遗存,但是将会发现什么,在哪一个探方,在哪一个地层出现,谁也不知道。对每位考古队员来说,这都是一项始终充满着期待和运气的工作。有的人在完成发掘后将会硕果累累,有的人却可能两手空空。

发掘开始不久,好兆头很快出现了,6号探方考古队员的尖头铲一拨,一个骨镞跳了出来,她一声惊叫,吸引人们都跑过去看。这是一件狩猎工具,是遗址科学发掘中发现的第一件文物。自此开始,随着六个探方土层一层层地向下清理,灰坑开始出现,接着3号探方有一个柱洞出现,柱洞的底部还有柱础石,在柱洞不远处灶址的遗迹也出现,还有烧土……四道沟那久远年代的人们生活的痕迹,开始呈现在考古队员眼前,他们用过的石器、骨器、铜器、打碎了丢弃的陶器碎片、牲畜骨头,一一被考古队员们发掘出来。

四道沟遗址发掘工作从1977年5月开始,到7月完成,挖掘挖沟两条、探方六个,清理了六个古墓葬,发掘面积约二百平方米。遗址分为五个地层,各个地层出土的木炭标本,分别被装进五个塑料袋中。遗址试掘结束后,这些木炭标本被送到国家文物科学研究所利用碳-14测定年代。测定数据表明,四道沟遗址分为早晚两期:四五层为早期,距今3010±105年;一二三层为晚期,距今2345±90年。

四道沟遗址出土文物共计一百五十余件,有石器、陶器、骨器、铜器。其中:石器八十余件,大部分是磨制石器,有石球、石锄、石锛、石纺轮、磨谷器、刮削器、石杵等;骨器四十余件,有骨针、骨梳、骨笄、骨纺轮等;陶器四十余件;铜器十余件。

这些久远的遗迹和文物向现代的人们展示了什么呢?两三千年前,四道沟的人们是怎样的一种生活状态呢?

遗址的3号探方发现的一个直径十余厘米的垂直圆洞,洞中还有柱础石。这是柱洞的遗迹,旁边有几块叠压在一起的卵石,下面是火烧过的"烧土",这便是灶址遗迹。这两处遗迹可以说明四道沟的先民已经能够盖起房屋居住,并且在屋内煮食。

几个探方都出现了灰坑,就是先民们房屋附近的垃圾坑,是置放打碎的陶器和吃剩下的牲畜骨头等生活垃圾的。从灰坑出土的陶片经过拼接,往往能拼对出一个完整的器物。考古队在发掘工作还没有结束时,就在四道沟遗址复原出了陶杯、陶罐等生活器皿。四道沟遗址早期陶器的陶质为夹砂陶和夹砂粗陶,器形以宽大耳的圆底器为特征,均为手制。彩陶以黑色绘花纹,纹样有网纹、菱形纹、弧线纹和回形纹等。晚期陶器以夹砂粗陶居多,多为圆底器,并出现半月形把手;彩陶较早期增多,除黑彩外还有朱彩,纹样以垂帐纹、纵横条纹、长短条纹的组合纹饰为主。一件残高约三厘米的陶狗,仰天狂吠,形象生动,是早期陶器精品。从陶器的出土可以看出,四道沟先民已经能够手制陶器,说明当时的先民已经过着定居的生活。

出土文物中还有骨笄、骨饰件、骨纺轮、陶纺轮,三枚精致的骨针,三件长十厘米左右、一端有齿的骨梳。这三件骨梳并不是先民用来梳头发的生活用具,而是用来梳理牛羊毛和用以捻线的工具。纺轮则是用来捻线的。这些与纺织、缝纫有关的文物,有力地证明四道沟的先民们已经掌握捻线、缝制工艺,并会制成衣服进行遮体和御寒。出土的头笄及鸡心形的骨饰件,还有彩陶上的花纹构图,则折射出当时的人们已经不再披头散发,而是开始整理仪容,具有美感心理和原始的文化。

遗址出土的生产工具能够清楚地反映当时经济状态。生产工具主要是石器,其中78%是磨制的,打制和压制的只占22%。其中的石球绑上绳索,是用来抛甩出去击伤野兽的,和6号探方出土的骨镞用来射伤野兽一样,是狩猎工具。而大量的马、牛、羊、狗的骨骼残骸更足以证明当时四道沟先民狩猎和畜牧业生产已经发展起来。出土(包括以前采集的)数量众多的磨谷器、石杵,都是四道沟先民用来为谷类脱壳的。作为农业生产工具的钻孔器和谷物的出土,则清楚地表明当时四道沟的农业也得到了发展。这些狩猎、畜牧、农业生产工具的出土,向我们揭示了当时的人们有的进入遗址南部的近山打猎,有的养殖牲畜,还有人在遗址北面的土地上开垦农田,种植农作物。四道沟遗址的发掘,清楚地说明两三千年前的四道沟是畜牧业和农业并存的状态。

在遗址中,还发现了一件石祖,是用灰色的花岗岩磨制的男性阴茎形态的器物。它高十六厘米,根部直径七厘米,顶部刻有三道直纹,状如龟头,底部磨平,可以直立摆放。这件石祖是一件重要的、具有原始宗教意义的出土文物。它的出土不仅反映四道沟遗址先民祈求人丁兴旺的强烈愿望,而且非常明确地表明,当时的四道沟先民已经脱离了母系氏族社会,进入到父系氏族社会的发展阶段。

在四道沟遗址出土文物中,具有重要意义的还有铜器和铜饰的出土,尽管数量很少。人类社会伴随着生产力的发展,逐步由旧石器时代、新石器时代,向铜器时代演进。四道沟遗址出土的铜器有刀、笄、饰物十余件。特别有意义的是出土了一件铸铜刀用的陶范,说明至少在四道沟遗址2400年前的晚期,生产力已经发展到能够采矿炼铜,制造铜器,开始进入铜器、石器并用的发展阶段,也就是说,四道沟当时已经进入氏族公社晚期。

遗址还发掘了六座墓葬。从这六座墓葬的殉葬品的多少和不同,可以看出当时贫富分化现象不仅出现了,而且已经很明显了,这又为四道沟遗址已经进入氏族公社晚期提供了有力的证据。

考古队经过三个月的辛勤劳动,倒溯了3000年的历史,掀开了四道沟大地历史篇章,使埋藏地下的原始村落的一隅,被暴露在三十个世纪之后的阳光之下。考古队对四道沟遗址发掘出的遗迹和文物进行科学分析,得出了四道沟遗址是一座公元前3000年至公元前2400年的氏族公社晚期村落遗址的结论。

由于四道沟氏族公社晚期村落遗址的重要科学价值,它被列为新疆维吾尔自治区重点文物保护单位,出土的文物分别被定为国家一级文物或二级、三级文物,分别陈列在新疆维吾尔自治区博物馆、昌吉回族自治州博物馆、木垒哈萨克自治县博物馆。《考古》杂志在1982年第2期,发表了羊毅勇的遗址发掘报告《新疆木垒县四道沟遗址》。

木垒河诗篇

碧小家

　　木垒有许多充满魅力的历史文化,多从清代行旅的诗篇中呈现出来,如描写"木垒河"的诗文多达十余篇(首)。

　　乾隆三十九年(1774)直隶(今河北)唐山县(今唐山市)知县赵钧彤因罪遣戍新疆,于乾隆四十年(1775)正月二十四日经过木垒河,他在《西行日记》中记载道:

　　　发三个泉至木垒河。……三十里至鲜水河,又二十里至一碗泉,七八家,有增台祠庙。……雪水成细流,盖明日惊蛰矣,故行雪地而不寒。又四十里至木垒河。人百余家,大村也。村夹桥,桥下即木垒河,源出南山,下循河皆田亩,又多村舍,其气象忽一变。村西起沙梁,具峰岭亦来自南大山,而东起一碗泉,过沙梁三四,而近村起沙梁,与西沙梁对,皆薄雪露碎石,如哈密东沙山。盖巴里坤西五六百里,又一大戈壁,至此始脱焉。入村日旋没,舍仍秽,然有柴。古木垒城在村南二十里。有守备领兵开屯田,属巴里坤镇标护送营卒例更代,往投文牒而嘱余宜早行。与代者会奇台。

二十五日,发木垒河至奇台县。……木垒河抵奇台中间,两大村曰东吉尔玛泰、西吉尔玛泰,皆有堡。东又分两堡,北民堡、南兵堡,而俗呼南堡为东城。东城近南山,西北走奇台,至村始出山,与驿路会,故曰"东城口"。

东城口十余家,入村憩客舍,舍中柴如山积,主人手利斧劈大木。问何木,曰杨木,产南山中。壁间开孔穴,置大木,溜引泉水落桶中,而所货食物油条外,更有面蒸蒸。然数日穷窘乃忽得此,如贫儿暴富。从此脱穷八站,亦可一喜也。复行入平野,而自发木垒河,雪愈薄见土焉。望南大山,内外分两重,外崇翠内列嶂,嶂间多山松,蓝绿森映,益而愈密茂如松树塘。

以东二十里至吉尔玛泰堡,人数百家,皆庄农无逆旅,过村复零星见小村,去路远。

木垒河的民屯始于乾隆三十二年(1767),从甘肃各地陆续迁来民众,至乾隆五十年(1785)已十八年,木垒河人口仅百余家。木垒河村有桥,桥下木垒河水奔流不息。当时,村四周沙漠化严重,到处都是一道道沙梁,看来还是未开辟的荒壤。

从一碗泉到木垒河山城,就意味着已走完"穷八站"的全部路程,从木垒河到迪化戍所,还有"富八站"等着颜检去穿过。嘉庆十二年(1807),

直隶总督颜检因事谪戍新疆，途经木垒河，于是诗人在"穷八站"写了《由一碗泉至木垒河》这首诗：

> 石堠烟墩接大荒，泥垣土屋阅新庄。
>
> 四围峻岭寒霙白，一片平芜野草荒。
>
> 冻水分流涉泥淖，春阳载路爱韶光。
>
> 试从木垒河边望，夕照西沉孤戍长。

一路上，映入诗人眼帘的多为荒漠戈壁。当他进入木垒河时，才看到了绿荫，看到了炊烟和小泥屋，才感受到了春天的气息。这一路，看来诗人状态尚可，灵感不断，过了木垒河，他写了一首《由木垒河至东城口》：

> 红庙东来第几程，舆人冲晓复遄征。
>
> 途多曲折车随转，涧有高低雪壅平。
>
> 万里自安游子遇，三春欲动故乡情。
>
> 好将饼饵充朝食，鞭指奇台趁午晴。

从上述诗中可以看出，诗人的笔墨主要落在了戍途曲折、坎坷和遥远上，如"第几程""复遄征""趁午晴"（快赶路）等句上，反映出诗人想尽快抵达戍所的焦灼心情，因为几千里的戍路毕竟太长了！

乾隆六十年（1795），陈庭学在伊犁获赦回京，途经木垒河，著《木垒河》诗一首：

> 山气朝如墨，沙堆草半黄。

日随云隐见,人逐路低昂。

　　坡尽川原出,烟屯屋宇望。

　　河干就孤馆,淅沥雨添凉。

　　山气如墨,沙草半黄,太阳在云中穿行。东归的人在起伏不平的山道上向前、向前,过了一坡又一沟,走过山路,又是戈壁。远远近近看到屋宇从树林间闪出,有几缕淡紫色的炊烟直直地升向天空。诗人过木垒河,住进驿馆。木垒河是向西的"富八站"第一驿站。天淅淅沥沥下着雨,诗人在这座山城感到了暑天的一丝凉意。

　　嘉庆五年(1800),洪亮吉遣戍伊犁,元月初七途经木垒,在此留《夜抵木垒河》一诗:

　　到得山村夜已迷,窗棂全不辨东西。

　　狼驯似马凭鞭策,鹊大于鸡共树栖。

　　穴鼠岸然欺客睡,野猿时复杂儿啼。

　　峰峰塞路谁能究,只觉檐前北斗低。

　　诗人走进木垒县城时,夜幕已降。这里别说人实诚,连狼都显得不那么凶恶,好大的喜鹊与鸡共栖于一树。夜间,老鼠会窜上床来,欺负远道而来的天涯游子。夜里的旷野中有什么野兽凄然嗥叫。诗句似乎在随意点染,却写出了这一原始、荒凉却和谐温暖的山镇景象。

　　嘉庆二十一年(1816),史善长遣戍新疆,途经木垒河时,著《木垒河》诗一首:

木垒旧名河,谁曾放棹过。

　　雪消容有水,春冷竟无波。

　　北套平沙阔,南山落照多。

　　故人逢意外,肯惜醉颜酡。

　　诗人先描绘了木垒河的平静,同时表达了木垒县城和村落的祥和与宁静,然后将木垒北部的辽阔、南山自然景观的美丽一笔概括,最后写在这个小城遇老友(据作者自注,指当时在迪化任职的张大本),老友相逢,肯舍命陪君子,大家都喝得满脸通红。

　　成瑞,道光十二年(1832)出关,二十年(1840)任迪化直隶州知州。二十五年(1845)返京,后再度出关,任镇西府知府。道光十六年(1836),著《木垒河遇雪,呈富海砜夫子志别》一诗:

　　追随绛帐仅崇朝,欲别依依木垒桥。

　　瑞雪一天辉露冕,祥风千里送星轺。

　　春生塞外讴歌遍,路入秦中景色饶。

　　小草移根应有日,向荣长愿附松桥。

　　富海砜,字海砜,满洲镶黄旗人,是年,由迪化都统迁任陕西巡抚。此诗当是作者巡查木垒河时,遇海砜回陕西,赋诗志别,在木垒河桥上依依作别。

　　道光十八年(1838),江西彭泽县知县黄浚因事谪戍迪化,于次年作《木垒烟岚》一诗:

一道湍流木垒河，人家两岸枕坡陀。

望中谢墅青山在，踏去苏堤绿草多。

别向客中开眼界，远从塞外赏烟萝。

隐囊拄笏非吾事，卧卷车帘看翠螺。

诗人在《木垒烟岚》一诗的题解中说："木垒河在奇台县境内，长流一道，烟火万家，为出塞以来第一都会。旁有青山，不啻谢家风景；软烟媚草，似又从明圣湖头见之。"

这首七律诗写木垒河的夏季风光。作者以钟山和西湖比拟这里的碧水青山，并且以谪戍中一见为幸，足见作者已被"出塞以来第一都会"的美丽景色所吸引。

作者来到木垒河，所见和大戈壁"穷八站"迥然不同。他看到湍急的河流，看到万家烟火，看到青山绿地，仿佛走在杭州西湖的苏堤上，仿佛进入了南朝谢朓笔下东田的秀丽风景中。如今，他没有倚着靠枕，以笏板（古代君臣上朝时手中拿的记事板）拄颊看山的达官贵人的作态，而是一个负罪向西的"卧卷车帘看翠螺"的散漫流人。

湖南布政使杨炳堃在职时因围捕农民起义不发力，被清廷谪戍新疆效力，于咸丰二年（1852）四月十六日途经木垒河。在《西行往返纪程》一书中他记述道：

酉刻，自三个泉又名三泉子，即阿克他斯，启行二十里过碱水泉，三十里过一碗泉，有店（尖站）。又行四十里，五更时分到木垒河住歇（宿站，奇台县属），有木店五六家，修整宽大。街西有大河一道。雪水、泉水汇为一处，滔滔不绝，名木垒河地，以水得名。街市相望,民户约千家,屠沽酒肆,兼多蔬菜,俨然一大聚落。从前地产蘑菇,每年获利一二万金,有客收买……

距木垒河西北二十里有东城,设都司一员、兵六百名,水味炎,有柴草。木垒河极繁盛,谚有云"饮了木垒河茶,永远不思家",习俗移人,或有然耳。

……

木垒河休憩一日,适届会市演戏酬神,信步至会,周游一过,又至市肆。自巴里坤起至一碗泉,共五百六十里,俗名穷八站,沿途皆戈壁滩,有水有住宿处,不过市井萧条,房屋仄陋较胜于安西州之穷八站。自木垒河起至红庙,又名富八站,当是相形而得名耳,木垒河遥见灵山三峰,即博克达山也。

十八日,昨亥刻自木垒河启行,四十里至东城口(尖站)有三店,人烟三十余家。又行四十里至奇台县东关外宿……自东城口以西,绣壤相措,中田庐庐,麦穗长青,堤柳蘸绿,风致大佳,一洗戈壁枯寂腌黢之状,征途至此,是真别有洞天矣。

于咸丰二年(1852)四月十六日途经木垒河时,杨炳堃除了写游记,还写了四首《过木垒河》,在此选三首:

回首云山缥缈中,几时重见马头东。
朝来木勒河边过,欲访边情试采风。

烟火千家接市廛,踏歌声里奏神弦。
缠头家住垂杨下,齐馆同心唱小年。

不羡朝簪不羡仙,自安生计住穷边。

秋高霜落牛羊下,好纳官家粜米钱。

　　三首诗中,第一首的开句,表达了作者作为一个流人的心绪。当他回顾走过的路时,那些远山已在云雾缭绕中,这时他想,何时才能被朝廷赦免,重新回到故地呢?

　　紧接着,作者笔锋一转,描写起他在木垒看到的边地小城的一种民风和生存状态。

　　杨炳堃过木垒时,恰逢过肉孜节,当时的木垒县城已是烟火千家屋,歌声奏神弦。这些边陲小县的人啊,既不羡慕朝里的荣华富贵,也不羡慕神仙般的生活,他们自食其力,安安静静地过自己的小日子。秋高气爽的季节,牛羊肥壮,庄稼丰收,把公家的那份税课缴了,就可过自己的安稳日子了。

　　咸丰七年(1857),曾任刑部侍郎、光禄寺卿的雷以缄因镇压太平军不力,被谪戍伊犁,途经木垒河,著《木垒河行馆》:

客心胡自慰,尘眼复谁揩。

供帐新开馆,荒芜不满阶。

百家饶鬻物,十字有通街。

八站方先富,聊堪寄雅怀。

几日穷戈壁,风光木垒开。

土番瓜上市,秋圃麦成堆。

食宿随人便,科征有吏催。

明朝驱马去,雉堞望奇台。

诗的大意是一路谪戍路，只有谪戍人自己安慰自己。浑身的尘沙落了一层又一层，你能指望谁去替你揩拭干净呢？好在千辛万苦，已走出荒凉无助的"穷八站"，"富八站"的首站已让谪戍人有了全新的感觉。这里的驿馆刚刚开张，周围已不是那么荒芜了。木垒河县城里家家出售山货等物，有一条十字街道通向东南西北。看到木垒河这"富八站"的首站已是很富饶的样子，谪戍人无以聊赖的心情突然间有了一种寄托和希望，有了托物言志、借景抒怀的雅兴！

许多日子以来，诗人都行走在荒凉戈壁、穷山不毛之地，来到木垒，突然间看到绿水青山、田园风光，看到炊烟袅袅，听到鸡鸣狗吠的声音，一下子好像来到了另一个世界，心情变得豁然开朗！

这里的人种的西瓜、甜瓜也已上市，秋收后的麦场上，麦垛高立，金黄色的麦子堆成了小山。这里吃住都随人意，税课有政府派专人催收。啊，明日一早，就要告别这小小而富足的山城，站在高高的城墙头上，已看到了奇台的村落。

光绪三十二年(1906)三月三十日，裴景福途经木垒河。从裴景福的《河海昆仑》日记里，我们可以了解到：

> 入街住店，店宽大，市上一百五六十家，饮食之物悉具。附近种地颇多，春夏天亦应时雨，木垒河水由西南引至东北，灌头二三旗，地及一碗泉北各庄，河水味甘，驻扎守备，营垒甚整。自哈密、巴里坤赴迪化，木垒河适当其冲，雍正间征准夷，岳大将军以木垒地方厄要，请移大兵驻之，副将军张广泗谓，地处两山之间，形如釜底，受敌甚易，据守甚难，请于阔舍图驻重兵。今亲履其地，方知二公皆能知兵机。审地利者，而张公之言尤能虑敌焉。

自哈密至此十一站，戈壁始尽，土人谓木垒河为富八站之首，以后人烟较盛。……咸丰间，木垒河市廛极盛，民居过万，凡山西、归化城货物悉屯积于此，蒙古诸盟亦来贸易，为北疆大聚落，遭乱后已三十年，迄不能复。

木垒河至奇台，产羚羊，其角能清肝胆积热，每对大者重十两，值银六两；次者重五六两，以心枯如朽木者为佳。全角明亮如玻璃，色微黄，其尖微黑。羚羊毛长三寸余，略如家羊，猎户四五月以枪毙之，取其角，各省皆仰给于此，他处不产。

夜里，裴景福作《宿木垒河》诗一首：

大旗翻落日，破帽抗行尘。
鞭影当头喝，峦容没骨皴。
村荒狼负豕，沙迥鬼呼人。
夜半胡笳动，明灯照辌轮。

光绪三十年（1904），山东道监察御史宋伯鲁受伊犁将军长庚之邀，赴新参与治理机宜。行至迪化，被藩司王树楠恳留，主持新疆通志局，纂修新疆省志。三十二年（1906），作者过木垒时，在《木垒河道中》一诗中写道：

百重云幌启，九迭锦屏张。
只觉青山好，那知驿路长。
阴崖残剩雪，劲草敌严霜。
翻笑孤吟者，徒为镇日忙。

作者写了在木垒河河道中看到云霞映照、山色如画的原始风光,如层层而多彩的帷幔,阴暗处有几片残雪,那些路边的芨芨草在顽强地抵御着严寒与霜冻。末一句,作者把写景的笔锋收回来,自嘲是一个孤吟者,整日无为地奔忙,究竟是为了什么啊?!

宣统三年(1911),调任新疆巡抚的袁大化途经老奇台,他在《抚新纪程》中记载道:

> 初八日,晴。寅正,出木垒河,西北行。下坡,过河滩,碎石满地,上坡行沟中。左右两山坡多旱地,麦苗青葱,胜于水田。询之土人,山田土厚地腴,不减平川。今年自四月起,雨水尤多,丰收可望。十五里咬牙沟。出沟,上平坡,南近雪山,势渐高峻,北望平旷无边,烟树苍茫,似有村落。廿五里东城口,郑令设茶尖于此。西南行,二十里西吉,又名一渠,农民数十人来接,余抚慰之。……天山雪水灌溉不到,若能引奇台二渠、三渠之水,庶免旱燥,已嘱郑令有叙代为经理。

从清代巨擘的诗文日记中,可以看出木垒历代就是一处土沃泉滋,宜农宜牧,农牧相伴,民族相融的安静、恬淡、质朴、敦厚、祥和之地。这里没有大灾大难、大悲大喜,是一处冬暖夏凉、气候宜人、适合人居、具有原始气息的安详之地。木垒虽作为奇台的一个乡镇存在于古丝绸之路北道,但从今天看来,它的文化、军事、经济地位丝毫没有减弱。

解读照壁山

李玉广

　　照壁山地处千峰竞秀、万壑争流的天山山脉东段前沿。它既没有泰山的奇峻挺拔,也没有黄山的雄奇壮观,更没有庐山的苍翠灵秀。即使与那些名不见经传的山峦相比,照壁山充其量也只不过是一个难登大雅之堂的"无名小辈"。然而在边远的木垒,拔地而起的照壁山,却以其独具魅力的雄姿坐落在县城东南角的咽喉要塞,扮演着天然屏障、贴身护卫的角色。照壁山既是木垒山城的地理标志,也是众望所归的镇城之宝。

　　照壁山,顾名思义,因其形似"照壁"而得名。所谓"照壁",就是旧时官衙或大户人家为了遮挡来客"内窥"的视线,在正门内设置的一道"屏风"。古时候,在通向西域的漫漫古道上,那些为开拓疆域而挥戈西征需要鞍马劳顿的将士,那些在茫茫瀚海中牵着骆驼长途跋涉的商贾,还有因官场失意被贬谪流放于边塞的犯官墨客,或因匪患饥荒不得已背井离乡走西口逃荒避难的难民们,经受着烈日的炙烤、狂风的肆虐、干渴的煎熬,风餐露宿,一路颠簸,艰难地行进在那荒无人烟的浩瀚戈壁上。在跨入进疆的第一道关隘——星星峡的大门之后,又一路西行,途经哈密、巴里坤、大石头、一碗泉。走啊,走啊,他们突然眼前一亮,在前方,远远的有一座海市蜃楼般的郁郁青山犹如一道"照壁"隐隐约约横在了面前。他们知道,在那亦真亦幻形如"照壁"的山峦背后,就是号称古丝绸之路北道"富八站"之首的木垒河了。在"照壁山、照壁山"的惊叹声中,他们的步子也不由自主地迈得更快了。久而久之"照壁山"的称谓也就不胫而走,为大家所公认,成为与木垒河齐名的一方名山了。而在史书的记载中,照壁山其实还有一个"官名"——独山。独山者,离群索居突兀独立之山也。因照壁山与天山支脉间被一道马莲沟隔开,茕茕孑立于群山之外而得名。

照壁山是一道亮丽的风景线,是一幅绚丽多彩的迷人画卷。

在照壁山方圆三十多千米的丘峦之中,既没有一处陡峭的悬崖绝壁,也没有一道幽幽的沟壑深渊。在这里,你听不到高山流水的喧嚣,也看不到莽莽林海的苍翠。照壁山,以其巍峨的雄姿矗立于木垒河畔,绿草茵茵的丘坡与裸露的铁褐色岩石犬牙交错浑然一体,显得外拙而内秀,别有一种内敛的神韵和风采。

春夏之际的照壁山是花草与灌木的世界,是山泉与溪流的世界,是良田与牧场和谐共荣的世界。它是大自然的鬼斧神工建造的一个扑朔迷离的迷宫,是一个变幻莫测的万花筒。远远地望去,照壁山就像是一个巨大的毡房,浑圆的主峰就好像是毡房穹隆的顶盖,那一道道如鱼脊般嶙峋突起的山梁则是那毡房的骨架。照壁山究竟有多少道山梁丘坡,多少条沟沟岔岔,一时间恐怕谁也说不清道不明。但其中比较有名的则是马莲沟、羊头泉子沟和茶树沟了。

马莲沟位于照壁山的南缘,自西向东像一把利刃斜插在照壁山与绵延千里的天山山脉的支脉之间,生生地将照壁山与它的母体切割开来,成为一座孤山。沟里有两眼清泉,充沛的泉水终年长流不息,滋养着沟内的数十户农家。马莲沟因沟内四处都是马莲草而得名。那集丛而生像利剑般挺然向上的一片片墨绿色的马莲叶,簇拥着蓝紫色的花瓣,点缀在乡间的田野上、田埂旁、渠道边和小路上,那风韵、那神态,俨然就是一丛丛君子兰,为乡村平添了几分风韵。有一条与县城连通的柏油路沿着沟谷蛇行而上,直达山顶的高山电视台。穹隆状的机房与利剑般直刺苍穹的发射塔就坐落在照壁山的最高峰上。得天独厚的制高优势,使木垒高山台的频率覆盖范围可以达木垒、奇台、吉木萨尔乃至阜康、巴里坤等地的多数区域。站在高山台旁极目远眺,整个木垒县城的风光尽收眼底。坐落在照壁山顶峰的高山台,不仅是党和人民坚强的舆论阵地和宣传喉舌,也是观赏木垒市容市貌的观景台和瞭望塔,更是木垒的一处独具特色的新型人文景观。

羊头泉子沟,位于照壁山最高点南坡脚下,与马莲沟隔山相望,成掎角之势。早年间,这里草木繁茂,人迹罕至,常有成群的黄羊和大头羊到沟里的山泉边饮水觅食休憩。现在,沟内已有数十家农户在这里定居。汩汩流淌的泉水顺着山势蜿蜒而下,形成了一条涓涓的溪流,浇灌着沟谷中的一块块农田,也为人畜提供了饮水之便。

茶树沟地处照壁山的北端,木巴公路的南侧。一股清冽甘甜的泉水从泉眼中喷涌而出,滋润着这里的土地,涵养着这里的一草一木,造就了这里别致迷人的秀丽景色。顺着大泉沟崎岖的羊肠小道径直而上,可见三条岔沟。在沟内的阴洼坡上生长着一株株枝叶繁茂的茶树。夏日里,一片片翠绿的树叶在微风吹拂下飒飒作响,在阳光下婆娑起舞,一朵朵繁密的小白花在枝头竞相绽放，为幽静的山沟平添了几多生气和风情。其实，这里的所谓"茶树"，它真正的名字叫"准噶尔山楂"，只是因为当地的牧民常用它的叶子泡茶饮用，也就习惯地称为茶树了。改革开放以来，有人在这里办起了休闲度假村——茶树山庄。山庄依山傍水，在穹顶式的蒙古包与地窝式的小客房里，你可以尽兴地呼朋唤友，开怀畅饮，品茗闲聊，休憩娱乐，大过一把"回归自然、返璞归真"的瘾。

在照壁山的峰峦丘壑、沟沟岔岔里，你很少看到高大的乔木，除了在土头较厚的缓坡上种植小麦、豌豆、油菜等农作物外，满山满洼几乎就是灌木和野草的世界。

每到春夏季节，蒲公英那一朵朵金灿灿的黄花，像满天星星一样长满山坡和沟渠，一丛丛羽毛状的叶片，倒披着匍匐在草地上，别有一番风韵。花谢之后，冠果的顶端长满了无数伞状的绒毛，恰似一团团绒球浮在绿茵茵的草坪上，煞是好看。和蒲公英相伴而生的还有曲曲菜、老鹳草、车前草、苍耳草、毛毛秧、扯扯秧、节节草、芨芨草等，它们一丛丛、一簇簇散布在山坡沟谷之上，以独特的风姿，尽情地展示着自己"山野娇娃"的神采。

在山坡上、地湾里，最常见的灌木是集丛而生的红刺。一根根长满小针刺的茎秆比肩而立，一片片边缘有锯齿的椭圆形或倒卵形的小叶片，在微风中飒飒作响。在密生着刺毛的花梗上，一朵朵金黄色的花露着灿烂的笑容，在阳光下展示着它的娇艳。红刺的花托成熟时，一颗颗表皮光滑的椭圆形红色浆果就像一盏盏小小的红灯笼悬挂在枝头，在满坡的绿色映衬下显得格外惹眼。

在崎岖的山道旁，夹道欢迎你的还有那些叶片顶端长着一根根尖刺、一束束紫红色的管状花盛开于枝头的马刺盖（学名：大蓟），以及号称"蝎子草"的荨麻。它们就像一个个披坚执锐的武士，威风凛凛地守护在路旁,为你保驾护航。

在春天和夏秋季节,照壁山漫山遍野都是繁茂的野草、盛开的野花。一群群牛羊在这里悠闲地觅食,野鸽、麻雀、斑鸠、苍鹰及一些不知名的小鸟在山谷间盘旋飞翔。微波荡漾的木垒河水在照壁山下被一道大坝拦腰截断,明镜似的龙王庙水库就镶嵌在照壁山与对面平顶山之间。在这里,照壁山的阳刚之气与木垒河的阴柔之美相得益彰、赏心悦目的美景,令人心旷神怡。

冬令时节的照壁山,银装素裹,冰雕玉砌,满山皆白,在阳光的照射下显得分外妖娆。在背阴的山坡上,覆盖着厚厚的积雪,是人们登山滑雪的理想场所。

照壁山不仅是一个风光秀美、色彩绚烂、变幻莫测的万花筒,更是木垒历史的见证者,是一部木垒历史的教科书。根据考古发掘、出土文物和历史文献的记载表明,位于照壁山山麓的木垒有着悠久的历史和光辉灿烂的古老文化。

至少在一万年前,在照壁山下的木垒河畔就有原始人类居住。1959年,考古工作者曾在木垒城南两千米处的照壁山脚下的破城子采集到细石器、陶器,并有居住和墓葬的遗迹。2010年,在勘察三眼泉水库库址时,又在距照壁山不远的甘沟口一带发掘到了古代人类遗址。在挖掘中除了发现春秋战国、汉、唐等朝代的文物外,还在该古墓群所在地发现了距今四千多年前的一处细石器时代人类居住遗址。

据《新疆建置志》载,汉蒲类后国的地域范围为今巴里坤湖西至木垒之间。又据《后汉书·西域传》记载,蒲类人"庐帐而居,逐水草,颇知田作。有牛、马、骆驼、羊畜。能作弓矢。国出好马"。

在唐代,木垒属蒲类县管辖。著名的独山守捉城就坐落在今县城以南照壁山下的破城子。独山守捉城,位于来自巴里坤和哈密两条要道的交叉点，是中原地区来往新疆的咽喉要道之一，是古丝绸之路北道上的一个重要驿站。

1757年，木垒镇西厅（府）属奇台管辖，1853年又改属迪化直隶州管。到咸丰年间，这里"市廛极盛"，居民超过万人，凡山西、内蒙古的商品皆聚居于此，木垒由此成为北疆一大聚落。一大批从清廷到新疆上任、发配或流放的官员，如林则徐、史长善、吉洪亮、刘鹗等都曾在木垒留下过足迹。

在木垒人的心目中，照壁山就是一座熠熠生辉的历史丰碑，就是一部关于木垒历史的百科全书，读懂了它，你就读懂了木垒！

大南沟，小南沟

李岐山

风光旖旎大南沟

车子从木垒县城出发，向西穿过咬牙沟，途经东城口，进入西吉尔镇，转向南驶入了水磨沟，结束了平川地带的路程。水磨沟的河水源于大南沟，在五十多年前人们还看到建在河上的不少水磨。那时在这条河流域的三个大队有二十多个生产队，几乎都有属于自己的水磨，白天黑夜隆隆作响，不停地运转着，供应着比现在人口少得多的公社社员的面粉。追溯源头，这里早就有了水磨，故而就有了水磨沟这个地名。随着柴油机、电动机的到来，水磨被机磨和电磨所替代，今天已不见水磨的踪影了。车子到达山口过了头道水,只见山沟越来越狭窄,两边的山梁逐渐凸起陡峭,路随沟势,也越来越蜿蜒崎岖。河水随地势由南向北流淌,道路依河沟两边的地形时而左时而右,与河水为伴。水和路宛若绕来绕去的两条长蛇,进山不知要拐来弯去地多少次跨过河水。这"头道水"是进山第一次跨过的河水,意味着已正式进入山沟了。

时光流转,岁月如歌。看着这像黑色飘带的柏油路,回想起这是过去曾徒步、骑马、坐牛车、坐马车、骑自行车走过坑坑洼洼的山路,令人对沧海桑田有了更深层次的理解。

朋友讲述了至今仍留在他记忆深处的可遇不可求的大南沟六月飞雪。

那是信息闭塞的年代。在一个风和日丽的上午,阳光明媚,白云蓝天。他们一行三人骑马行进在大南沟二队青峰绿岭的山间小道上,要去各牧户家统计核实当年牧业生产的各项数据。山沟里的天气就像娃娃的脸,说变就变,这一点都不假。刚才还是风光旖旎,天朗气清,转眼就刮起了大风。风随山沟走势在不断地转着方向,不一会儿风吹起的松涛声就不绝于耳了。也不知道是哪股强冷空气来袭,黄昏时分,只见翻滚的黑云随风而来,他们三匹马飞快地来到了一户乌孜别克族牧民家。刚下马进入毡房,偌大的雨点已经打落下来了。

客人很快用过了热腾腾的奶茶,吃过了肉味、奶疙瘩味交织在一起的风味独特的面条后,走出毡房,地上已是白白的一层:立夏后一场少有的大雪不期而至。

第二天早上起床走出门,雪仍在下着,地上覆盖了厚厚的积雪,白茫茫一片。山沟山坡银装素裹,那种洁净高雅的美丽景色,只有天工才能雕琢出来。早茶后不久,雪停了,不太大的山风仍然刮着。

人们走出毡房,只见山区上空流云飞速地顺风散开,云缝间露出的天空更加明亮湛蓝。太阳从云中钻出来,阳光带着温暖洒向大地。满山遍野都是白色,雪地泛起银光,耀得人睁不开眼。绿油油的牧草,色彩各异的野花被压在了雪下。那油绿的苍松翠柳变得黑白斑驳,塔松、云杉、白桦、柳树主干依然挺立着,但枝杈上也压满了雪,细枝条被压弯了腰。离地面近的树枝顺势爬在了山坡上,那些伸得远一些的枝条依附在了邻近的灌木丛上。随着阳光的照射,雪悄悄地融化着,小路旁的雪地上不时露出一丛丛茎干较粗硬的无名花朵,有红的、黄的、紫红的⋯⋯在绿叶的映衬下显得特别漂亮,是那么的鲜艳诱人。

失去的岁月,挡不住的记忆。几十年过去了,大南沟那六月雪韵的迷人景观,总是留在记忆深处挥之不去。

大南沟位于天山东段北麓,在木垒县城西南直线二十七千米处,属水磨沟山区,从公路走距离县城有五十多千米。盛夏,放下了手中的工作,来到这深山胜景,让大南沟带有花草气息的凉风吹拂着你,轻松自由地坐在绿茵地上,或对酒当歌、谈天说地,或玩牌消遣,或与牧人交谈,确实让人身心舒畅、开心无比。

本来去大南沟进山后,山沟一直是带着自己固有的弯曲状从人们行进的路线由北向南延伸,会让一个钻惯了山沟的人觉得,哪个山沟都一样:森林如海,牧草青青,大片大片的绿色,还有那清凉的空气。可到了大南沟小学所在地后,山沟突然变成了由西向东的走向,沟底相对宽阔平坦,令人顿觉眼前宽敞明亮,没有了在狭窄山沟里的那种压抑感。

站在大南沟中间的空地上,环视四周,才领略到大南沟独有的风景。绿遍的山原,山岭山坡绿色覆满,山峦、沟岔、山坡、林木、牧草就像展开的画卷,展示出了奇异的自然风光:这里是山区独有的一段平坦宽阔的山沟。在学校西部的山岭上屹立着稀疏粗壮的云杉,像一座座小尖塔,山坡的褶皱里生长着绿油油的大叶白杨。没有树木的空旷处,除有少量突起的岩石外,都是土壤肥沃的草场,与山脚下的草场连成片。

目光转向南面,群山连绵,是山岭北麓,属阴坡地带。乍一看,那好几千米遍布原生态林木的山坡好像是一个整体,也犹如一条绿色长廊,仔细一看,却有许多沟沟岔岔。阴坡上以云杉为主体的林海苍郁葱茏,中间出现一片桦树林高出一头,露出了或淡绿色或紫红色或白森森的树干,远远望去,十分壮观。林海边的皂荚树已结出了果实,像葡萄那样一嘟噜一嘟噜的红果,吸人眼球。祖祖辈辈生活在大南沟的牧人会告诉你,向东的深沟叫大东沟,向南大一点的沟岔有小南沟、旱沟、火烧洼等。这里除林木繁茂外,还生长着贝母、当归、雪莲等几十种中药材。高崖深谷间时有野猪、马鹿、狍子、雪鸡等出没。在林海边缘坡下平缓地带到小溪岸边是优质的近万亩天然草场。

北面阳坡以石山为主,生长着荆棘、千层皮、枸条、吐尔条等灌木,有不少褶皱似的小山沟岔里也生长着云杉、山白杨,下边的缓坡处修建着牧民的住房。

山沟的东端有条可以直接翻过山岭通向马圈湾的道路,但山沟到此向南拐进入了冰沟。山溪的源头除大南沟沟脑外,这里是最东面的源头。大南沟山溪水流量较大,但并不湍急。天然渠沟浅而见底,清凉的汩汩山泉水长年不断,是大南沟的生命之水,它给大南沟带来了生机,带来了绿树花草,带来了凉爽。这些溪水既解决了这里的人畜饮水问题,又浇灌了中下游水磨沟、西吉尔的农田,给当地人带来了福祉。

1987年5月,这里建立了大南沟乌孜别克族乡。大南沟也因乌孜别克族乡的建立而声名远播。近年来,随着旅游业的不断发展,乌孜别克族、哈萨克族牧民在这里建了许多牧家乐休闲度假村。夏日里,欣赏大南沟美丽景色的旅游者络绎不绝。

大南沟山高沟深,由于有充足的雨雪水滋润,这里百草丰茂,林木丛丛,青峰绿岭,草场广阔,是牲畜抓膘的优质夏牧场。这里气候凉爽,景色迷人,虽然没有名山大川,但其树绿山青,溪水秀美,山花烂漫,是木垒度假旅游的最佳去处之一。走进大南沟,山沟里毡房点点,炊烟袅袅,牧草萋萋,羊群如珍珠般撒满山间。蓝天、白云、绿草、红花、小溪,犹如一张精心描绘的山水画。在绿色簇拥下,习习凉风拂面而来,清新的气息沁人心脾,呼吸着山区草原的清香,体验着民族风情,欣赏着山林美景和牧区风光,好像到了仙境,让人心旷神怡,十分惬意。

穿行在山沟中的是光阴,是岁月。

天山鹿苑小南沟

小南沟紧靠大南沟,在大南沟西面,也是一条基本上南北走向、沟脑在南面的岔沟。因这整条山沟里建了鹿场,人工养殖马鹿,就称作天山鹿苑。

小南沟沟谷不太深,内有泉水流出,水量很小。沟口外、路两旁较宽阔平坦处曾有五六户牧民的住房及畜圈、草房。沿沟口爬缓坡而上,走七八百米就到了原鹿场办公室的地方了。

俯瞰小南沟,呈一拐把勺形。从沟口到沟脑南北长三四千米,一直是上坡路,谷底到沟脑山路逐渐爬高,可行小型汽车。沟脑北部有天然的石门子,可进出小型汽车。小山门曾安装着木栅栏。这沟脑像勺头,从沟口到山门像长长的勺柄,几乎是圆形的。周围山岭环抱,中间是一块较平坦的山甸草原,有一条南北走向的流水深沟,是雨雪水与山泉水冲刷形成的。其东西两边的高台平缓地比较宽阔,有较好的人居条件,山坡前扎着五六顶养鹿人的毡房。20世纪90年代,东边山坡向阳处还有一处俗称"板房"的老式木头房子。这里是鹿场的夏季牧场。

天山东端自古以来就是马鹿的故乡,这里的沟洼林木中栖息着大如小马、毛色赤黄略带白斑的马鹿。母鹿不长犄角,公鹿长双犄角,每年换一茬，周岁时每边犄角只有一根，俗称"黄瓜条"，之后每增长一周岁就增加一个权。当看到长着三个权或五个权鹿角的马鹿时，就会知道这是三岁或五岁的公鹿了。鹿角每年春天长出，初生的角内类似蜂窝的组织里充满血液，外面包皮面长着深褐色的纤纤茸毛。六月份将这茸角截下烘干，或在阴凉处风干，就是极为珍贵的鹿茸。

提起鹿苑，就让人想到了马鹿养殖。在水磨沟山区和英格堡山区的乌孜别克族和哈萨克族牧民早就饲养过马鹿。

年复一年，人工养殖的鹿群不断壮大，到了20世纪60年代末，马鹿存栏量已有二十多头。1971年由县财政局牵头成立了鹿场。当时的场址在英格堡山区东沟沟脑，现在被人们叫作花牛圈处，主要由牧民木合俭一家人饲养。但那里地势平缓，不适宜围栏放牧马鹿，而且路远难行，小车从英格堡和水磨沟都无法到达。

经过县人民政府多次协调，将小南沟草场调剂给了鹿场。1973年9月将鹿场搬迁到了小南沟。1987年5月，大南沟乌孜别克族乡成立后，从县财政局接过了这个鹿场。

想必大家都很熟悉水磨沟山区大南沟，而小南沟应该说是马鹿的家园。这里水草丰美，山梁上的云杉、白桦、山杨林莽莽苍苍，保持着原始生态。春夏之季，山谷山坡上牧草萋萋，各色花朵绚丽多姿。美丽的风光、甘甜的泉水、清新的空气，无不吸引人们向往。如果置身其中，会让人感到无限的惬意和悠然。

20世纪90年代，在我被调到大南沟乌孜别克族乡工作的那段时间，鹿场有一本七十头养殖规模的养鹿许可证，所有马鹿分别承包给五户牧民养殖。那时在沟口办公室东南二百米处修有面积较大的公鹿圈，其东边、南边山坡的大片森林草场，沿山岭顶分水梁和东边坡地谷底，北起鹿圈南到沟脑，都用铅丝围栏加密插的松树枝（俗称：松巴骨）围得严严实实,给马鹿养殖创造了得天独厚的环境。

由于工作原因,我与养鹿人都很熟悉,他们告诉我只有卖了鹿茸和繁育的鹿,才能有收入,不然每年开支的饲草料钱都挣不回来。也许是凑巧,那几年到鹿场来收购鹿茸、活鹿的买卖人不少,鹿茸及活鹿的销路看好。1994年,养鹿人阿克巴尔别克的一头大马鹿的一副鹿茸就能卖到上万元。1995年秋,五岁公鹿每头卖到了一万七千元,当年公鹿羔每头卖到了五千元。小南沟的养鹿人个个挣得盆满钵满。

夏天,鹿圈和围栏里只见公鹿和非成年鹿,毡房周围鹿羔欢奔乱跳。我问养鹿人:"成年母鹿去哪儿了?"养鹿人说:"放野了。"他们还告诉我:"母鹿产羔后,不能让鹿羔吃妈妈的奶,只能用牛奶喂养,这样它们互不依恋。让鹿羔依恋人才能变得乖巧。另外,成年母鹿在外面与野鹿在一起,能食好草,也会跟野种公鹿配种怀胎。我们养殖的公鹿因取了茸,流血多,种子也不好了。"我问:"这母鹿变野了不就不回来了吗?你们到哪里去找它们呢?"养鹿人说:"不用找,它们从小就吃过饲料了,每年冬天也在暖圈中过冬,吃草吃料。等到山中有了一定的积雪、寻觅牧草困难时,我们到阳坡固定的石板上放上囫囵苞谷,它们一吃到料就自己回来了。"

是的,养鹿人与其他牧人一样,都有自己独到的经验。

近年来,小南沟的优美景色、民族风情、独有的鹿苑特色,以及养鹿人传承的勤劳、好客、纯朴,都深深地吸引着各地游客。

小城木垒，当与君相见（外一篇）

严 萍

　　这一年，忙忙碌碌，一直想写写这座生于斯、长于斯的小城，写她的如织草原、如黛远山、七彩粮田，写她的无垠雪原、蓝天白云、粗犷沙海和孤傲胡杨，写她的村村落落、远远古古、更迭的天上人间……一直想写，但久久没有动笔，因为不知如何下笔，匆忙下笔总怕写薄了、写浅了。

　　这个下午，在茉莉花香薰里读《诗经》，翻到"昔我往矣，杨柳依依"，突然就想到一句"当与君相见"。是的，"当与君相见"，这五个字是留给你、我和这座小城的。当下伏案，一字字开始写，那皑皑白雪、澈澈蓝天、勿忘我、野山菊，浩渺沙海、金色胡杨、清冽的坎儿井，还有午后的暖阳，都恰恰好。

冬日，因小疾躺在病床郁闷，一上海文友看到我在医院，留言："梨花在新疆，应该知道一个小城木垒，那里有个最土最文艺的村子'菜籽沟'，看看她去吧，住住走走，心情好了，一切都好了。"一时哑然，姑且不知，这村子一直就在我身后，只要转身它永远都在。自大批作家、诗人、画家、摄影师等入住，并在此建立工作室后，"菜籽沟"一时声名鹊起。这里有种气息空灵又绝响，旧时光丝丝绕绕，团团簇簇，虽身在其中，但被他人经远方推荐提起时，当下只觉得是世外桃源，美得不可方物。"菜籽沟"这名字有点奇怪，但亦有不落俗套的动人。

午后，推开满桌沉宂，驱车往南，沿伴山公路慢慢西行，好像整个冬天就是为了等待春天似的。途经平顶山、四道沟、水磨沟村，村道内皆空无一人，时光像被困住了。村里基本上只有老人，晒着太阳，不说话，目光安详，空气似乎是停滞的。我来回穿行于那些小道，步子极慢，只有我一个人。有些土夯的泥墙，老到剥落，可是我喜欢那种参差和剥落的美。

一户人家的窗花旧旧的红，信步推门，老妈妈花白的头发梳得整整齐齐，手上的鞋垫已经绣出一朵花的雏形，笑容安静地绽放，都不问一句我是谁，便急切地招呼："哟，丫头，赶紧坐哈（方言：坐下）烤烤火。"声音温暖地传入耳朵，像极了奶奶的一句问候。炕头摞着几双千层底布鞋，不知道这些布鞋需要多少个夜晚才能成形，而我眼前的这位老妈妈，竟把日子过得这么安静。"都晌午了，你肯定木（方言：没）吃饭，你坐哈，一达里（方言：一起）吃。"这餐是难忘的。

腌菜坛子上插着一大捆风干的花，两者一搭有种南宋的婉约和旖旎。一碗凉拌粉条，一盘酸菜，一锅洋芋鱼鱼子，老妈妈的饭烧得极香，家常的风味，地道又从容。讨了杯酽酽的老砖茶，与午后的斜阳一同闲散，冰冷的薄凉丝丝缕缕地透来，但这凉气竟然有种说不出的迷人。突然想起哪本书里的一句："几上，有针，有线，有尺，有剪刀。我母亲，坐几前，取针穿线,为我缝衣。"安静的喜悦。

小城往东,视野空旷,公路与烽火台相伴而行,成为古道存在的标志。自古经营西域,铺筑驿路、设置军台驿站是朝野的一件大事。清代全盛时期,驿路与驿站如同经络遍布新疆。途经白杨河乡至博斯坦到"三个泉"驿站,当地原来的地名叫"阿克塔什",含义是"白石头"。最初没有定居者,伴随军台驿站出现,三个泉地方很快形成了一个村落。"三个泉"是因当地有四季从不枯竭的三个泉眼而得名。发源于天山北坡的山涧博斯坦沟从三个泉村边流过,附近地势平旷,宜耕宜牧。原来驿站的建筑已经拆毁不存。由于古驿路跨越了博斯坦沟,并设置了名为"三个泉"的军台驿站,这里便成为行旅进出新疆、住宿歇息的标志地。

在三个泉,还流传着一个动人的故事:很久以前,有一位老人带着自己的女儿来到这荒古边陲谋生。一路上,蔽日的风沙吹得父女俩口干舌燥。此时,突然发现前面有一泓波光粼粼的湖水,姑娘赶忙拿着三只碗去舀水。等她把水端回来,父亲已经因过度饥渴而停止了呼吸。姑娘守着父亲的尸体哭啊哭,渐渐哭得昏睡了过去。不知昏睡了多长时间,突然间,一片鸟语声把姑娘惊醒了。她一抬头,看到放着三只碗的地方神奇般地变成了"品"字形的三眼清泉,泉水涌出汇成了一条小溪,汩汩地流向大漠深处。三眼清泉日积月累,变成了一个湖泊,湖的四周长满青草,是野驴、黄羊、狍鹿生活的天然乐园,也是天鹅、岩鹰、野鸭栖息繁衍的好地方。

一路东行最后会到达大石头乡。

这里的牧民热情又好客,随便推开一家门,都会为你煮上一壶喷香的奶茶,包尔萨克、奶疙瘩、奶皮子、酥油等更是寻常待客物。如果是贵客,还要宰羊宰牛款待,大盘手抓肉里必须摆放羊头和江巴斯(髋骨的一部分)。凡是前来拜访或投宿的客人,不论是否认识,也不论是哪个民族,不论懂不懂他们的语言，都会竭诚接待。牧民的心就像那无门的"一撮毛"（一种毡房），入口面对大自然，洞开着，忠诚、老实、善良、温和。

大石头"色皮口"在古丝绸之路上是一处重要的关隘，也是古时兵家的必争之地。清代，路经"色皮口"的人有林则徐、洪亮吉、史善长、裴景福、颜检等人。凛冽的寒风透着几缕性感，一石一墙一草一木，仿佛谁的前世正上演着绝世的孤独和疼痛。慢慢触及黝黑乌亮的石墙，孤独的气场瞬间绝响，美极了。那些新石器、清朝晚期、民国的人们从石砌的墙缝里缓缓流淌，丰富的文化遗存电影般地展现出来。林则徐也在色皮口驿站写下了"天山古雪成秋水，青史凭谁定是非"的名句。

与草原相伴的哈萨克族牧民是生活在画卷中的民族。春天，草原用花的海洋迎接牧民和羊群。夏天，草原宛如一望无际的绿毯，在微风中翻着绿浪，牧民和他们的牛羊成为画卷中灵动的主题。秋天，阳光下的草原泛着金光，将收获的喜悦献给这里的人，"一撮毛"就是最温馨的家。冬天，大自然用洁白的冰雪涂抹草原。不同色彩的季节宛如神笔绘制着浓墨重彩的油画，这里永远是艺术家灵感的天堂。

喜欢慢慢地走走停停，喜欢走走停停中的自己。只因为，在行走的中间，可以不属于起点或者终点，不属于任何地方，在这个单独的时刻里，我只需要属于真实的自己就够了。

小城往北，经乌孜别克、雀仁后，荒原漫漫，朔风浩浩，全是茫茫大漠，孤寂中注满宏阔。当所有生命的颜色，被漫漫黄沙掩埋，当一壶老酒，醉成荒蛮的戈壁，当古凉州词的诗句，化为出塞的瘦马，唯有六千五百万年前的胡杨，以凛然的姿势站立成一阕三千年的词牌。木垒踉跄的胡杨之林，尽写了绵延固守傲立在沙海腹地的蹀躞岁月：晚春里枝枝抽芽，婴儿般嫩嫩丫丫；盛夏恰似窈窕少女般婷婷袅袅；深秋如少妇般妖娆，叶叶金黄造就了宫殿；冬日里便是那尊尊加持老僧……它用数个"三千年"的亘古,将艰难生存的各种姿势留白。

北塔山和鸣沙山传说原是一对夫妻,妻子不幸为沙魔所害,葬身于将军戈壁边缘,丈夫最后悲愤而死,化成一座孤傲的北塔山,为妻子耸起挡风的屏障,为鸣沙山拢起一个宽厚的臂弯。阳光下的鸣沙山色彩明丽,一片灼目的金黄,那沙子平时常发出轰隆的巨响,像打雷一样震响云间。假如你抓一把细沙奋力扬出,马上就会激起无数蛙鸣;假如你和数人并排下滑,近闻遍山雷声滚滚,似叱咤风雷闯沙场。

这穿越了几千万年的胡杨林和鸣沙山及小城沙海独有的长眉驼,延续着旷古的沙漠神话,美得敦厚,又美得荡漾,美得盎然,又美得幻影。

小城北边还有一座史诗般巍然屹立的"地下运河"——百年坎儿井,座座竖井有列有序似大地肚脐般的镶嵌在地表上。暗渠曲径通幽,淙淙流淌,宏伟、空旷、寂静,似一内敛低眉的女子,轻轻缓缓、柔柔静静地流向深远。暗渠内散发出暧昧而潮湿的气息,熟悉的泥土味扑面,朴素低调又极有情调,甚至觉得是归去来兮。这里极适合泡杯小禅茶,坐听水潺潺,再循环一曲《梨花颂》,婉转婀娜。

光阴老了,光阴又新了,旧日的红变成风雨里的新对联,可是,还是能看出旧日的艳来。这新与旧一搭又是如此文艺。人生自在诗意,诗意美在四季,小城依然不缺历代文人墨客的绰绰诗词。

清代大学士纪晓岚,在乾隆三十三年(1768)谪戍迪化。服戍期间,他曾到过三个泉检查驿路实况后,留诗一首:

> 惊飙相戒避三泉,人马轻如一叶旋。
>
> 记得移营千戍卒,阻风港汉似江船。

诗下自注曰:"三个泉风力最猛,动辄飘失人马,庚寅(1770)三月,西安兵移置伊犁,阻风三日不得行。"

清代洪亮吉因上书斥朝而遭贬,遣戍伊犁,嘉庆五年(1800),囚车穿过木垒抵三个泉时住宿,夜里著诗《初八日乘月行四十里至三个泉宿》:

> 人烟百里何渺茫,疲裸独行古战场。
> 高天下地总一色,明月白雪分清光。
> 拂眉时有山禽过,清啸声高野禽和。
> 三泉屈指尚半程,我倦欲从云外卧。

清代宋伯鲁因参与戊戌变法,被囚禁三年后,获释出狱。伊犁将军长庚慕其名,请赴新疆参与治理机宜。1904年,宋伯鲁途经三个泉驿站,著《由三个泉赴大石头》一诗:

> 霜蹄蹦顽云,矫厉乘奁棐。畏磊夹路衢,黝然如积铁。
> 我闻山间风,终岁常凛冽。有时值盛暑,一日数飞雪。
> 行旅多冻死,辐轴愁胶折。我来八月初,霜露方凄切。
> 裘褐虽已具,犹恐所谋拙。岂知经营者,一一成虚设。
> 昨者有人过,尚道雪没辙。车中忍饥冻,马上手指裂。
> 天公宁有意,险夷安可说。委心任自然,何庸强区别。

光绪二年(1876),方希孟随"卓胜军"将领金运昌抵迪化。之后的几年,他一直活动于迪化至哈密一线,经木垒回乡途中留下诗句:

> 独山城过尽连峰,八月胡天雪已重。
> 落日大旗唯见隼,西风残角欲惊龙。

穹庐长夜宁终舍，幕府清秋亦暂容。

三宿迟君悲自饮，葡桃斟尽尚余酿。

光绪三十二年(1906)三月三十日，裴景福至木垒河。夜里，裴景福作《宿木垒河》诗一首：

大旗翻落日，破帽抗行尘。

鞭影当头喝，峦容没骨皴。

村荒狼负豕，沙迥鬼呼人。

夜半胡笳动，明灯照辇轮。

在最美的诗词间小坐一时，听听风，看看月，小栖下被俗世塞满的心。在这世间，有时我们什么也不缺，缺的就是一颗诗心、一份诗情。

喜欢小城里这些点点的况味，有寂寞、有神秘、有简单，最重要的是，有前世今生的气息。暖暖的冬阳下，我安暖在这宁静又喧闹的光阴里，小城足以让我持以文墨，持杯凝目，而落下的文字，往往淡泊，过去的、现在的、未来的……且与草木与岁月说些闲话吧！说这江河岁月，说这草木人间，与往事倾衿而谈，孤美深往，一往无前。

水袖甩起，这是岁月回我的一折戏。

母亲的榆钱饭

这个春天，我是从一张挂满了大妈的榆钱树图片上感知的。

我的母亲肯定又蒸好了大包的榆钱饭，等着我和弟弟回家去。

每年四月母亲便开始收拾行装,去菜籽沟老屋,打理她的树莓园,房前屋后种花种菜。矮篱几行,小园几米,鸡鸣几声,母亲常常将小院生活打理得烟火味十足。

每年榆钱盛开的时候,父亲都会用大筐将那些嫩嫩的榆钱一点点捋回家,母亲再将那些榆钱一叶叶择洗干净,放在盆里晾干水分,然后用面将它搅拌均匀,放入笼屉,再用湿布将盖围得严严实实开始蒸。二十分钟后,榆钱的甜香就随着蒸气飘散开来,母亲会小心翼翼地拿开布,等蒸汽稍稍散去后,用铲子将榆钱搅拌均匀,之后烧油爆葱花,开始炒蒸好的榆钱,最后,将盐、蒜泥、香油汁往上一浇,榆钱饭便好了,那味道,真的是人间美味。

母亲忙碌着为我们做榆钱饭的身影,像油画一样重彩定格在我心里。每每想起便印出柴门几家,印出一座家园,里面住着溪水、鸟鸣、花草,住着往事,住着一段想说给你听的温暖岁月。

好像从拥有了喜怒哀乐的思想开始,一直就梦想着,能拥有一块地方、一个角落,哪怕只有云朵那么大。那里有奔跑的牛羊、有自由的鸡鸭、有绿色的蔬菜、有天高云淡的笑声,那里是纯粹中的纯粹、自然中的自然。

多少年过去了,这个梦一直做着。跟知心的人说过,对关爱的人说过,也对许多陌生的人说过。总想,带着一张白纸,带上一副笔墨,带着心中蓝蓝的期待,去寻找桃源,寻找生活中那个在心底占着最重要的地方。撞破南墙后,才蓦然发现,那个梦里的地方,在现实中是那样的遥不可及,就像我的脆弱一样,找不到歇息的土地。

成家这么多年,我和弟弟一直还在母亲的呵护下生活,休息日我们常常会拖家带口地奔向母亲,睡在母亲的大床头,盖着陈年老被子,隔着窗外的月光与母亲唠着陈年的旧话。唠着唠着就会把我带入童年的梦,我会在微笑中沉沉睡去,再醒来时阳光便爬满老屋的窗沿。母亲不知道什么时候早已起来，我们最爱吃的饭菜摆满了桌子。父亲也早早出门了，不久就会带着一兜子野蒜苗、黄花菜、野芹菜回来。

母亲的小院，各种花一茬茬地开，格桑花、牡丹、菊花、太阳花，还有连我也叫不出名字的花朵排布在角角落落，香气四溢，引来入住菜籽沟的画家、摄影师们提镜侧目。菜园里辣椒、茄子、黄瓜、豆角、西红柿等一应俱全，我时常会穿梭在枝枝叶叶间，顺手拔个小萝卜，鲜鲜的、爽爽的。吃惯了母亲亲手种的蔬菜，再到超市买菜的时候，竟会生出些许失落与茫然，怎么也找不回新鲜的感觉。

坐在小院里，看着母亲忙碌的身影，咽下喷香的榆钱饭，我被浓浓的生活气息所感染。一瞬间，我似乎活过了几个世纪一样清醒过来，在心里对自己说，原来苦苦期待的桃源，一直就在我身边，一直围绕着我，从小到大，一直没有离开过我的视线。

这才是纯粹中的纯粹，自然中的自然。累了，倦了，病了，痛了，都不会离我而去的桃源。母亲曾对我说："知福福常在，随缘缘自来。"身在桃源，别说得失，即使暴雨来临，又何妨？因为，这里不光有关爱，还有鼓励与坚强。

落日的余晖下，我摩挲着母亲的手，好粗糙，布满了老茧，心里一阵酸楚。我有多少年没有牵过母亲的手了，上次好像还是我身高刚到母亲腰部的时候吧。那时候母亲的手非常光滑，温暖，宽厚。现在，我们已长成了母亲的依靠和骄傲，却没有真正关心过、关注过母亲，心中顿时被愧疚塞满。

母亲似乎看出了我的心思，轻轻地拍拍我的手，说："妈最盼的就是你健健康康，好好的。"

日月经行，天地无边，找点空闲与母亲闲坐一会儿吧！看云朵朵聚头顶，再悠悠散尽，就这样，地也老，天也荒。

这一生，母亲的榆钱饭都将是我的盛宴。

第三辑

木垒的静

母亲的守望

张景祥

雨雨,大大下,

精沟娃儿不害怕,

蒸下的馍馍车轱辘大,

放到柜子里盛不下,

撂到房上把房砸塌,

你说说,

这个馍馍大不大?

　　在我很小的时候,母亲就教会了我唱这首童谣。那时候,我也就三四岁吧。三四岁的娃娃肯定没有多少理解力,何况我这个人自小愚钝,十岁了才开始上一年级,对这首童谣,我只是会唱,却不知道唱的是啥意思。光屁股的娃娃,为什么喜欢淋雨?车轱辘大的馍馍,是怎么蒸出来的?能把房顶砸塌的馍馍,要由多么大的锅和笼才能蒸出来啊!就这些问题,我每每问起母亲,母亲都会深情地对我说,你长大就知道了。母亲说这句话的时候,眼里透着遥远而深情的向往,好像有一个珍贵的东西藏在母亲的心里,那个东西在遥远的地方,让母亲忘不掉、放不下。

若干年后,我上了小学。一天下午,母亲在灶前做饭,我帮母亲架火。我一只手往灶火洞里添柴,一只手里拿着课本背前一天学过的课文。那篇课文里有"家乡"两个字,每次我念到这两个字的时候,母亲就会停下手中的活儿,看我一眼。我有些奇怪,就问母亲:"妈,你对'家乡'两个字好像很在意呀?"母亲抬起头来,捋了捋额前的银发,把眼光移向窗口,望着窗外说:"娃子,你也不小了,该给你说说家乡的事情了。"

"娃子,你要记住,我们的家乡在木垒。"

一连几天,母亲一有空就给我讲木垒的事情。通过母亲的讲述,我知道了木垒,了解了木垒,心里装进了木垒。

我母亲1917年出生,六岁的时候,父母从甘肃山丹来到了木垒,在木垒过了许多年和平安宁的日子。后来,我外爷不幸去世了,我母亲就跟着我父亲来到了乌鲁木齐。后来,热爱土地的父亲,听说沙湾一带在分地,就带着一家人来到了沙湾的蒲秧沟村。

我母亲离开了木垒,我母亲的母亲,我母亲的一个姐姐、两个弟弟都留在了木垒。我母亲在蒲秧沟一住就是二十多年。这二十多年里,母亲一次也没有回过木垒。但是母亲没有一天不想着木垒,因为那里是母亲的家乡,那里有母亲的母亲,还有母亲时时刻刻牵挂的众多亲人。

记得我十几岁的时候,母亲终于攒了一些钱,战胜了父亲的阻挠,踏上了回家探亲的路。母亲一去就是两个多月。在母亲回老家探亲的日子里,我像丢了魂似的,整天蔫头耷脑地没有精神,每天放学回来,我都要到家门前的运河大木桥上，遥望母亲，一次次希望，一次次失望。整天围在母亲身边的时候，也不觉得什么，母亲不在身边的时候，才知道儿子是离不开母亲的。

两个多月后的一天下午，我正在运河的大木桥上张望，突然看到远远走来了两个人影，我想都没有想，就迎了上去。跑近了，我看清了母亲的脸。我大声喊着，紧跑几步，一头扑到母亲的怀里。我哭了。

母亲拍了一会儿我的背，把我的下巴托起来说："这么大了还哭鼻子。你看，妈给你拿什么来了。"母亲说着就从一个大包袱里拿出了一个大锅盔。我带着满脸的泪水一下笑开了，我说："妈，这是哪里的馍馍，咋这么大呀？"母亲说："这就是木垒的馍馍，你歌里唱的那个大馍馍。"

我一下明白了，母亲教我那首歌，寄托着母亲对家乡的思念啊！

母亲回到沙湾后，心里就装上了一件事情。母亲常常给家里人唠叨，木垒的亲戚都不识字，要是有个识字的人在那边就好了，可以随时通通情况。我知道，母亲的母亲在木垒，母亲的兄弟姐姐在木垒，母亲无时无刻不惦记着木垒。那一年，我大姨的儿子突然来信，说给我在学校教学的二姐介绍了一个对象，随信还寄来了一张黑白照片。我看了照片，是一个威风凛凛的军人。很快我二姐就嫁到了木垒，从那以后，木垒那边的消息就由我二姐写信告诉我们。我觉得，我二姐去木垒是我母亲安排的。

我二姐嫁到木垒的第二年，一个不幸的消息传来，母亲的母亲，我的外奶奶去世了。那时候没有电话，木垒发到沙湾的信大约要走半个月时间，我们接到二姐的信，我外奶已经去世十几天了。母亲大哭了一场，自己的母亲去世了，不能跪在坟头尽孝，这应该是子女心中最难受的事情了。二姐来信说，外奶活到了九十九岁，在大姨、大舅、二舅的主持下，二舅的几个娃娃，大姨的几个娃娃把外奶的丧事办得很风光，这倒给了我母亲很大的慰藉。

大概是过了一年,我的两个舅舅就来到了沙湾。在我的记忆里,两个舅舅都是中年汉子,特别是我大舅,一身英武,一看就是行伍出身。过了几天,我和大舅混熟了,就知道了大舅的身世。大舅在部队里当过连长,受过无数次伤,立过无数次功。有一次,大舅把裤腿挽起来让我看,我在他的小腿肚子上看到了一个黑褐色的肉坑。大舅说:"我腿上的这个坑就是一次战斗留下的。"大舅还给我讲了那次战斗的经过。

有一次,母亲说:"你大舅厉害呢,当兵的时候学过武术,打起架来七八个人都近不了身。"母亲这么一说,我一下对大舅充满了敬意,整天缠着大舅,要跟他学拳。大舅被我缠急了说:"你不要听你妈的,我不会什么拳。"我说:"我妈才不会骗我呢,当舅舅的不给外甥教拳,算什么舅舅。"大舅缠不过,在院子里舞了一圈,就气喘吁吁地停下了。大舅说:"在部队上学过小洪拳,多少年了没练过,都忘光了。"大舅和二舅在我们家待了半个多月,就回木垒去了,他的小洪拳我也没有学成。大舅是复员军人,相关部门给他发有生活费,所以大舅的生活过得很平顺。后来听说去了西吉儿看果园子。那是个很大的果园子,在整个木垒都有名气。再后来,大舅老了,干不动活了,二舅想把大舅接过去在一起生活,大舅不同意,说他一个人过惯了。大舅一生没有成家,孤独地过了几十年,在行动不便的时候,被政府安排到了敬老院。

在我的印象中,二舅是一个忠厚老实的人,一生只懂得种地。二舅养育了四男三女七个娃娃,现在都成家立业了。

我们兄弟姐妹渐渐长大了,母亲却越来越老了,行动也越来越不方便了。母亲去了一趟木垒,还想去第二趟第三趟。1999年深秋,一个凄风苦雨的日子,母亲离开了我们。母亲只回过一次木垒,从此再也不能回到家乡。母亲临终前对我们兄弟姐妹说:"你们要多回木垒,多到木垒看看。"我们个个含泪答应。

作为儿女,对母亲的应诺是一定要践行的。我参加工作后,整天忙于工作,去木垒的打算一次次落空。每年清明给母亲上坟的时候,内心都有深深的歉意。1995年,我终于有了去木垒的机会,那次去是开会,去也匆匆,回也匆匆。那次只去了二舅家。

人世沧桑,变幻莫测。八年前的一天,我们突然接到二舅二儿子的电话,说二舅去世了。我一点时间都没有耽搁,拉着大哥二哥去了木垒。我们赶到的时候,二舅的灵堂已经搭好,我们兄弟三人跪在二舅的灵堂前,奠纸、叩头。沙湾的亲戚来了,木垒的亲戚全部都围过来,一起跪拜。哭声在二舅的灵堂前飘荡,哭声里有我对二舅的歉意。我默默地说:"妈,我听你的话,来看二舅了,我大哥和二哥也听你的话,来看二舅了……"

二舅母见到我们,布满皱纹的嘴角抖动着,一句话也没有说。从我们来到我们走,她老人家没有说一句话,只是拿眼睛看着我们,跟着我们。我们做完礼节,被让到二舅大儿子的房子里。二舅母脚步轻轻地跟着我们。我坐在炕沿上,二舅母拿过一个小板凳,坐在我旁边,一只手摸着我的膝盖,一遍又一遍地摩挲,我的眼泪止不住地就流下来了。我知道,老一辈的亲人里只剩下二舅母一个人了,我母亲已经去世,再也没有人疼我们了,二舅母是替我的母亲在疼我啊!我伸手拉着二舅母的手,明显感觉到二舅母的手在颤抖。我说:"舅母,我们会经常回来看你的。"一滴浑浊的泪从老人家愁苦的眼里流了出来。

第二天,我们要回去了。我们都上车了,还不见二舅母。车刚准备走,就见二舅母提着一个大筐,歪歪斜斜地快步走过来,我们立刻下车。二舅母提着满满一筐大锅盔。我们把锅盔装上车,二舅母还是一句话都没有说。车开动了,二舅母站在那里,左手按着右手。车走远了,二舅母还站在那里,左手按着右手,一动也不动地站着……

今年四月的一天,突然接到木垒的电话,说二舅母去世了。我当时出门在外，没有赶上二舅母的丧事。

前些日子，我的一位作家朋友邀请我到木垒去，说："你老家是木垒的，应该写写木垒，写写木垒的亲戚。"我欣然同意。木垒对这次活动很重视，专门派了东城镇的书记陪我走访。我直接来到二舅母的小儿子家。我一进院子，就觉得大变样了，八年前的土房子还在，土房子的前面盖起了一栋砖瓦房。房子里没有人，书记问邻居家要了电话。电话接通了，书记合上电话说："在麦地里浇水呢，一会儿就到。"邻居热情地让我们进他们家坐坐。我们刚进门，就听见了摩托车的声音。邻居说："到了。"话音没落，一个穿迷彩服的年轻人就进来了。我刚恍惚了一下，年轻人就满脸笑容地喊道："哥，你来了！"

我惊了一下，立马笑着，声音里带着满足。因为我在我们兄弟中排行最小，猛然有兄弟叫哥，感到又突然又亲切又激动。

来到我兄弟家，兄弟又是让座又是倒茶。我说："兄弟，你先不要忙，你陪我到坟上去，我要先给二舅母烧个纸。"二舅母埋在村子西边的山梁上，我们一会儿就到了。在二舅母的坟前，我双膝跪地，恭恭敬敬地给二舅母烧了纸。我兄弟跪在我旁边说："妈，姑妈的四儿子给你送钱来了。"我心里一酸，眼泪就出来了。

这天晚上，我住在了我弟弟祁永强家。我的永强兄弟要为我宰羊让我拦住了。永强说："我种着一百多亩地，养着四十多只羊，日子好着呢，一只羊不算啥。"这时候，一只大公鸡"咯咯咯"地跑了过来，我说："你的这只大公鸡也很热情，它既然愿意献身，咱兄弟俩就成全它吧。"永强说好。

永强的媳妇也是一个干练的人，一会儿就做了一桌子菜，鸡肉焖饼是当地的特色做法。永强把他大哥也请了来，兄弟三个放开喝了一场。

那夜，我醉了。

第二天，我要走了，永强媳妇拿了四五个足有脸盆那么大的锅盔，装到了我的车上。永强扛了二十多千克的一袋子面粉装到车上，说："这是梁上麦子磨的，靠雨水长成的麦子，不上化肥，不打农药，纯天然食品。"说完，他又进屋子提出了一大桶清油说："这是胡麻油，也是自家榨的。"永强媳妇又提来了一个袋子，里面装着四双鞋。永强媳妇说："这是我做的，哥不要嫌弃。"

我一时不知道该说什么好了……

来到县城，我朋友看到了我车上的东西说："你的车太小了，下次开个卡车来。"

我还是不知道该说什么好！

小 城 书 屋

陈 霞

我到新疆去。

我在新疆开了三十年书店，

我把我的青春、爱情、生命、亲人都留在了新疆；

我埋在新疆已经整整四十年了，

我在另一个世界依然注视着新疆……

承 传

以上几句话，是我替黄泉下的父亲说的。

我是谁呢？我是父亲的长女，一个新疆卖书人家的
孩子。

凝视于"小城书屋"这样的题目，久久不能动笔的原

因主要是文中真正的主人公并不是我。就是说，题目中的这个"我"到过新疆，在新疆生活过三十七年，做了一生的"新华人"，一直都在做传承书籍的事……但，他现在已经离开了世界，他归了尘，埋骨天山，化成了空气。

缘于各种杂扰，加之个体生命的激烈旋转，我近乎放弃了这次约稿。然而，冥冥中，仿佛总有声音在远处对我呼唤，我听见丝路的风铃在天边遥响，时代的大潮在奔流向前……直到某天，我回到过去那个偏僻的小县城讲课时，才真正意识到书写一个新华工作者的现代意义——书籍对于社会的发展和文明的促进起着不可估量的作用。那天，我讲的题目是"读书"，所讲的故事关于父亲。

当时，我看见台下一双双渴望求知的眼睛，内心涌起了感激之情。在黑压压的人群中，发现有位白发苍苍、长须飘飘的老人特别显眼。他用一种无限感慨的目光注视着我，时而微笑，时而为我鼓掌。谁知当我宣讲结束后，这位维吾尔族大爷，竟不顾年长龄高，大步跨上主席台拉着我的手说："太好了！你的父亲嘛，好人！贡献很大……你要好好宣传他。我嘛，是你父亲的一个朋友。"我当时很震惊：父亲离开这个世界已经四十年了，在他的故地，居然还存在不同民族的知音。

每一次回乡，我所住的宾馆，窗户总是对着父亲的墓地。为此，不管微晨还是深夜，我都要默默地对着父亲坟地的方向说很多话……我说父亲啊，你真是了不起，你在新华书店卖了一辈子书，享受了书籍的滋养，也得到了书籍的福报……你看你的后辈也传承了你的爱好，与书结了亲缘——孩子们都在卖书、读书、写书、教书、管理书……这是多么令人欣慰的事业啊！当然，我说这些话的时候，泪水总是顺着脸颊流下来，内心一片澄明。我想，时代的进程总是这样，凡带着文化使命的书写，都属于承传。

一 麻 袋 书

父亲名叫陈有生,中华人民共和国第一代图书发行者,木垒河第一个建起书屋的拓荒人。父亲出生于宁夏回族自治区固原市隆德县,十六岁当兵来新疆,二十六岁成家,五十三岁逝世,像一棵大树,根扎于天山脚下的偏僻一隅。

1956年秋季的一天,原本在新疆奇台新华书店工作的父亲,急急忙忙回家,告诉母亲他调动工作了,说组织派他去木垒,他是创始人,要尽快让当地的人们看到书能建设新生活……简单打理后,父亲就背了一麻袋书,去打了前站。

几天后,他回来说:"那儿挺好的,书都摆好了,我们搬家吧。"走的那天,一辆解放车拉着父亲、母亲,还有襁褓中的我。当车子走了一个多小时到了那里,天下着雨,窄窄的马路上,到处都是泥浆。母亲下车就哭了,走一步,脚就陷进去拔不出来。路边有零零散散的几家商铺,多是土坯房。

父亲当街租了一间哈萨克族居民家的民房,作办公室。屋里没有电灯,外间置放着木板搭成的简易书架,上面分类摆放着父亲背去的一麻袋书。里屋有一个土炕,除了睡觉和下脚的空间,其余地方全部堆放着牛皮纸和年画。从此,我们的家,就是书店,书店就成了我们一家生活的地方。

父亲来到的地方,叫木垒河,位于天山东段北麓,准噶尔盆地南缘,清代正式定名为"穆垒",雍正十年(1732)建筑木垒城,民国十九年(1930)木垒正式建县。1950年后成立了木垒河县人民政府,1954年改为木垒哈萨克自治县。当时,县城不到一万人。

那年秋日,父亲时常把书带到各乡镇、村庄摆地摊,以科学文化知识教育农牧民。也是那一年，木垒第一所中学刚刚建立，书店里挤满了领课本的老师和学生。母亲去上夜校的时候，我只能搂着书睡觉。后来，家里又添了弟弟妹妹，依稀记得早上起来伸个懒腰，腿脚都能碰到书。这种手臂触书时冰凉凉、滑丝丝的记忆，一直持续到我小学毕业。

那时，书店虽小，影响却大。木垒人都知道街道十字路口，有个卖书的地方，那里有一个说着陕西话的中年男子叫老陈，那个老陈爱看书，爱讲书，也特别珍惜书。一些青年学生来求问父亲哪一本书好？父亲就一一指给他们，并用那种浓浓的秦川调说："要看名著，寻好书……"那时候，虽然一本小人书的价格只有八分或者一毛钱，许多小同学还是买不起。遇到这些迷书的孩子，父亲就借书给他们在书店里看，并叮嘱他们不要弄脏书本。

父亲有许多忘年交，他们喜欢和父亲聊天，其中有一个叫王耀武的青年，后来成了大学教授。他常常对我提起父亲，讲述父亲从前在木垒书店容许他看书的经历。他说："你父亲的秦声韵调那叫一个绝，浓浓的陕腔太有味道了！我每次去，他都递一个小板凳让我坐下，口里念叨着'娃，不急，慢着看……'"

父亲有个书友，叫"王胖子"，四川人，是位大画家，父亲经常约他到家里吃饭，与其无话不谈。他们谈书、谈艺术、谈国家大事……谈论最多的是国际形势。落实政策后，画家有了施展才华的机会，在离疆时，别人向他讨画，他谁也不给，父亲不要，他却送了两幅：一幅是荷，一幅是菊。一联曰：出水芙蓉一尘不染，一联曰：秋风萧煞敢争艳。父亲把两幅画挂在墙上，又加了一句毛泽东的诗句"人间正道是沧桑"。这三幅画，伴着父亲背去的一麻袋书，在我们这些儿女的心上，整整记挂了半个多世纪。

小书库的"大将军"

　　父亲是个严肃沉默的人,他常年一身灰服,多数时间都在库房里打包搬书。每次去看他,他总是蹲在地上写呀算呀的。那间又黑又暗的库房,夏天不通风,又闷又热;冬天没有暖气,又湿又潮。可父亲乐此不疲,呵护有加:珍视他的库房,如幽兰之于空谷;喜爱他的那些书,如慈父之于孩子。在他的柜台上,没有记号,也找不到一个标签。但是,哪本书放在书架的什么地方,有多少册,什么价格,他都一清二楚。无论哪一年,不管哪一天、哪个学校、哪位教师或者哪名同学……只要来买书,父亲都能马上在固定的地方找到书,所以人们都夸父亲业务精、能力强。

　　父亲有一个出奇的绝招——心算。每年发课本,库房只留他一人,他像指挥千军万马的大将军那样挥洒自如地调动着他的书,常常是既要照应里面,又要招呼外面。有一次,眼见领书的队伍排到了马路对面,他并不慌乱,一面包书一面心算,书还没有包完,书价就已算出来了,与那些笔算的、算盘打的数一对,不差分毫。给农牧区配书,三十三个初高级合作社竟一本也没配错。有人找他算账,也是一分不差,惊得众人啧啧称道:"这个老陈不知长的啥脑子,睡着了,都比我们醒着明白。"

　　记得那是一个风雪交加的夜晚,父亲外出送书很晚不见回家,母亲带我们四处寻找。大雪纷飞,寒风刺骨,白茫茫的雪地里,远远地看见一个黑影倒在雪中。走近发现,竟是冻得昏迷不醒的父亲,身上还压着一捆未发完的课本。那情景,永远也忘不了! 就是在那个又冷又黑的夜晚,父亲和他的书,是我们一家人抱着、背着、扛着、抬着回到家中的。

家庭大讲堂

父亲一生有两大爱好：一是读书，二是喝酒。因此，他的朋友既是书友，也是酒友。这些人，琴棋书画各有一招，吹拉弹唱样样齐全。他们隔三岔五就来我家聚会，在我家那间屋子里抽着莫合烟，听父亲讲国际形势，谈论国家的前途，预测世界的命运……那是最兴奋的事了。父亲通晓天文地理，对世界大事了如指掌，邻居们喜欢听父亲讲这些……每到夜幕降临，家里就挤满了人，都是来听父亲讲国际新闻的。父亲讲的那些东西，小孩子听不懂，大人们听得津津有味。隐约记得一些词，什么"中东""欧亚""石油"之类的词语，什么"真理就是实事求是""未来社会的生活图景"之类的憧憬。文友们不来的时候，父亲就盘腿坐在炕上，一手执杯，一手捧书，看一阵书，饮一口酒，饮一口酒，再看一阵书，不时咂出一丝轻微的响声，然后缓缓吸口气，再慢慢把杯盏放下。

每逢到了这个境界，家人是不去打扰父亲的。列宁的《国家与革命》、鲁迅的《坟》、司马光的《资治通鉴》是父亲常读的书；南宋文学家洪迈的《容斋随笔》是他的最爱。还有《史记》《水浒传》《三国演义》《聊斋志异》这些中国经典，父亲几乎可以背下来……从前觉得父亲那辈人受时代局限，做事多是陈旧死板，但是现在回看父亲当时的所作所为，实在是见识超前。比如，"求天求地不如求自己"是他教育子女的口头禅。从小到大，父亲从不追问我们的学习成绩，也不主张熬夜背书，从不参加学校的家长会，也不和老师主动沟通，他似乎并不担心孩子们的未来，认为一切顺其自然，自由发展最好。

但是，在做人方面，父亲却有着极其严格的家规：一是不许借别人的东西；二是不许看邻人吵架；三是不许占公家的便宜。前两条犯了还可以从宽处理,这后一条,那是绝对不可违反的。记得有一次,学校发新书,小妹趁父亲不在时,从库房里抽了两张牛皮纸,父亲回家知道后,大发雷霆。从未见他发过那么大的火,吓得我们赶快把牛皮纸送了回去。还有一次,弟弟在树林里捡了一窝鸡蛋,高高兴兴地用衣兜捧了回来,不料,父亲厉声喝道:"哪里拿来送到哪里去,我就不相信有这么好的事情等着你。"

父亲的预见性,是母亲先看出来的。

后来,父亲走了许多年,家人坐在一起闲聊时,母亲才告诉了我们。

"真的吗?"我们感到吃惊。

"真的!你爸爸从不说妄语。"

于是,母亲慢条斯理地举一大堆事例……

人子七人作编钟

我的父亲永远走了!他坦坦荡荡走完了五十三年的奋斗人生。

清贫的父亲,没有给儿女们留下什么钱财,但他给我们留下了一生取之不尽、用之不竭的宝贵财富。许多年后,父亲当初的一麻袋书,变成了梦的种子,在丝路古道的某个角落里生根发芽,开花结果。人们带着梦的种子不断地从这个小县城远走高飞。

我们作为他的孩子,没有一天不怀念他的音容笑貌,多少次在梦中呼唤着"爸爸——"然而,父亲变成了黄土不言语。由此,我们兄弟姐妹变成了七个音符,组合成了一架演奏亲情血缘的乐器。这个承接天地并且永远存在的音体我喻之为编钟,一架古老的血乐。"哆、来、咪、发、索、拉、西",不朽的天风用它的大手,在我们的体内永不歇息地弹奏着。三妹说,如果爸爸活着的话,我天天给他洗脚、剪指甲……小妹说,如果爸爸活着的话,一定要带他去游转世界……小弟在父亲的坟头摆放了一瓶又一瓶的好酒……

　　每年清明，我们都要到天山脚下的木垒河去祭奠父亲。我们向父亲做深情的表白——多少年过去，这些由水变土，由土变陶，又由陶炼化成铁的七个铜钟，在尘世的熔炼中，一个也没有烂掉。作为"新华人"的后代，家族中已有十一人从事着与书有关的职业。当看到祖国大地上每一座城市中"新华书店"这几个红白相间的大字时，我们就像看到了家，内心涌出暖暖的爱意，激荡着一种神圣的自豪。我们读书、教书、写书、出书、卖书、管理书……与书结缘，播撒书的种子，沿着父亲的足迹，和着伟大时代的冲锋号，大步向前，多么幸福、多么自豪！

走进咬牙沟

香成文

　　咬牙沟,位于古丝绸之路东天山段的木垒哈萨克自治县境内,东西走向,横贯照壁山乡和东城镇,是木垒县连通奇台县的交通要道。数千年来,我们的祖先肩挑背扛、拖儿带女、咬紧牙关、义无反顾地行进在这条十四千米充满凶险的崎岖古道上。盗匪横行、野兽出没、荆棘丛生从来没有阻挡祖先前进的脚步,他们把生存的信念和文明的果实延续到了今天。

　　现如今,木垒各族干部群众精诚团结、奋勇向前,山城木垒春潮涌动、万象更新,昔日咬着牙才能通过的"咬牙沟"早已旧貌换新颜,道路柏油罩面、畅通无阻,两旁山花烂漫、绿树成荫,行进其中,芬芳醉人。

　　"咬牙沟"孕育了"咬牙"精神。

"咬牙",是木垒高天厚土赋予木垒人特有的精神气质,是干部群众齐心协力谋发展的精神力量。这种自强不息、艰苦奋斗、善良质朴的精神,提振自尊心、自信心和开拓奋进的动力,鼓舞着一代代木垒人攻坚克难、砥砺前行。

　　"咬牙"的核心就是锁定目标、脚踏实地、咬紧牙关、奋勇向前。目标一旦锁定,理想一旦树立,坚定的信念就会使我们立足本职、实事求是、遵循规律、创新求变、风雨无阻、踏实前行。不论道路多么崎岖坎坷,只要我们团结一心、心无旁骛、咬紧牙关、勇往直前,我们的目标就一定能实现。

　　我们发扬"咬牙"精神,推动地区经济健康发展,支柱产业稳步提升,城乡面貌明显改善,社会事业欣欣向荣,家庭和睦、民族和好、社会和谐蔚然成风,"天山木垒、养心的家"在丝绸之路上熠熠闪光。

　　我作为土生土长的木垒人,亲身感受了家乡的惊人变化,也享受了丰硕的发展成果。回首往事,历历在目,人生半百,感慨万千。20世纪40年代,爷爷奶奶与苦难的邻居相互结伴,一峰骆驼承载全部家当和幼小的父亲,从甘肃民勤一路逃荒西行。他们咬着牙历尽千难万险、经受千辛万苦来到新疆木垒开始新的生活。儿时的我,母亲早逝,家境贫寒,作为共产党员、生产队长的父亲面对突如其来的变故和悲痛,咬紧牙关,狠下一条心将无力抚养只有几个月大的、我最小的妹妹远送他乡。父亲从悲痛中站了起来,带领社员们起早贪黑、辛苦劳作,在物资短缺的年代渐渐改善了乡邻的生活。年迈驼背的奶奶,咬紧牙关,一双小脚,亦步亦趋,拉扯我们姊妹兄弟慢慢长大。失去母亲时只有十一岁的我,痛恨病魔的无情和医院的无奈,咬紧牙关,一边发愤读书,一边学会缝补浆洗、担水做饭,扶起幼小的弟弟妹妹,在苦难中奋起。高中毕业后我考取了公社电影放映员岗位,后调整为广播站采编,这样一干就是整整十年。这十年既是艰难困苦、曲折坎坷的时光,又是打磨历练、青春闪耀的岁月。十年来,农民户口、小集体人员的身份性质没能动摇我，孩子幼小、妻子无工作、全公社最低的工资水平没能压垮我，反而增添了我坚韧不屈、逆水行舟的信心和力量。今天，我为自己能够坚守恒心、脚踏实地、克服困难、奋发努力而庆幸。儿子大学毕业后，我支持他在地处古尔班通古特沙漠腹地、艰苦的准东工业基地坚守工作岗位，鼓励他咬紧牙关、勤奋工作，用自己的汗水和智慧浇灌青春的果实，让人生梦想在砥砺奋进中实现。

当前，木垒的发展蓝图已经绘就，关键在于真抓实干。面对新形势、新任务、新机遇、新挑战，面对经济发展新常态和改革发展新趋势，面对全县各族人民新期待，面对突出发展旅游文化产业新要求，我们唯有集聚强大正能量，同心同德、众志成城、坚韧不拔、奋力冲刺，才能完成历史赋予我们的光荣使命。

木 垒 之 "和"

朱建新

和也者,天下之达道也。

——《礼记·中庸》

一

旭日东升,霞光漫天。

映红了矗立在木垒河广场上的那块石壁。

宽六米、高两米五的石壁中央刻着一个红彤彤的"和"字,熠熠发光。

此乃木垒"和"文化的标志之一。

木垒人崇尚"和"文化。

照壁山下,村民们在田野之中,种出了一个占地二十亩的"和"字,赫赫然!

巍然"和"字,立于广场,长于田地,见于书刊。

在木垒人自己的杂志《黑走马》创刊号上,刊有《"和"部意象》一文,其曰:"和,表现在音乐上是'五声'之和,表现在哲学思想上是'天人合一''阴阳相和',表现在人事上则有和亲、和气、谦和、和衷共济等等,表现在烹调上有'和羹'之说。西北方言将调料称作'调和(huò)'。老百姓打麻将赢了称之为'和(hú)了',表明自己并非以力服人,而是牌势和顺。如是种种,体现了中国人'和为贵'的思想观念。"

对于中国人来说,以和为贵、与人为善,信守和平、和睦、和谐,是生活习惯,更是文化认同。

"和"文化就是和谐文化。

实现社会和谐,需要"和"文化。

所以,木垒人大大方方地接受了"五和"之说,即"人心和善、家庭和睦、社会和谐、世界和平、天人和合"。同时,面对国内外大局、结合新疆实际,又补充提出了"民族和好"一项,由此推出了《六和所言》,刊登在《黑走马》上。

二

更叫人感叹的是,在木垒人自行举办的"乙未年春节晚会"上,县文工团一曲《木垒和好歌》轰动了全场。十二名青年演员(六男六女)载歌载舞,且说且唱,以冬不拉弹唱的形式,用哈萨克语和汉语轮番演唱道:

青山绿水和好木垒
风清气爽和好木垒

人心和善福寿增

家庭和睦重亲情

民族和好一帆顺

社会和谐颂太平

世界和平求大同

天人和合世代兴

高山流水和好木垒

千秋万代和好木垒

歌词简单明了，朗朗上口，曲调欢快，和风传播。木垒人为之点赞："好听，好记，好唱！"

音乐的力量不可估量。

《乐论》讲述音乐的作用："乐者，和心足于内，和气见于外，……合乎会通，以济其美。"

在古汉字中，有一个"龢"字。《说文解字》："龢，调也。"读与"和"同，特指"音乐上的调和"。

古人认为，"凡乐，天地之和，阴阳之调也"。音乐必须是和谐的，音乐之声不仅要与天地同和，而且还有一个"声和——心和——人和——政和"的关系。反之，声若不和，则心不和；心不和，则政不和；政不和，则将危及国家的存亡。

四方传唱《木垒和好歌》，有利于"和"文化之普及，有利于人心之凝聚，有利于风尚之复礼，善莫大焉。

三

2015年5月1日。

鞭炮齐鸣，锣鼓喧天。

木垒新建的商业街开门揖客，举办展销会。

此街名为"和好街"。大门两旁镌刻着这样一副对联：

和者春夏秋冬皆好也

好之东西南北共和哉

此联通畅大气，对仗工整，用字精当，过目难忘。不仅上下联中各自嵌有"和好"二字，两联之间亦有"和"与"好"字关联。细心人发现，这副对联上下左右相应位置都有"和好"二字对应，耐人寻味。

在街上，有人问一老太太："为啥叫和好街？"

"和睦友好嘛！"老人家回答。

通俗明白，简明扼要。

"就是和气生财，好好做生意，"一个小伙子补充说，"春夏秋冬、东西南北共同发财！"

木垒人喜爱这条街。

有文人墨客如此抒写："和好街不仅是一条集聚人气、和气生财的商业之街，更是一条充满和谐、民族共荣的文化之街，还将是一条上和下睦、共筑美好的梦想之街。"

和好街，和则好，好更和。

四

展销会很热闹。

四方商家云集，摆摊设点。乡镇作坊各显神通，土特产争奇斗艳。"上游公社"品牌系列鹰嘴豆产品，"五朵金花"打馕合作社大大小小、各种口味的馕，"户儿家"手工绣花布鞋，"邀香"玫瑰花露……五彩缤纷、琳琅满目。

大南沟乌孜别克族乡的奶制品销售点前围满了人。

他们的奶茶味道独特，大受欢迎。

"有时间嘛，到我们那里去喝'六和奶茶'。"

摊主热情相邀。

"六和奶茶？"

对，就是六种配料不同、味道各异的奶茶：奶皮子奶茶、塔尔米奶茶、酥油奶茶、炒面奶茶、驼奶奶茶、一枝蒿奶茶。据说分别代表了生活在大南沟乌孜别克族乡的乌孜别克族、哈萨克族、维吾尔族、塔塔尔族、回族、汉族等六个民族各具特色的奶茶，交织沉淀了木垒的历史文化、地域文化、民族文化，传递了包容并蓄的意蕴，算是木垒"和"文化方面的一项物化。

奶茶醇香可口。

"和"文化上了餐桌。

五

"和"文化深入人心。

好人好事层出不穷。

暑假里,祖贝然回到了沈家沟村。多少年前,一个下雨的日子,维吾尔族村民热河姆收养了一名汉族小女孩,为她取名祖贝然,宝贝一般待她,借钱供她上学,一直到大学。2014年秋天,祖贝然欢天喜地走进了北京城,走进了首都师范大学。今天,她回来了,掏出这样那样的新鲜玩意儿,一一摆在了热河姆的面前,"大大、大大"叫个不停,热河姆乐得合不拢嘴,眼泪扑簌簌地落了下来……

"奶奶,您保重呀!"两个哈萨克族姑娘紧紧拉着王秀芳的手。七十八岁的王秀芳叮嘱两个姑娘:"好好念书,大学毕业了就到南疆去工作……"

三年前,家住北桥社区的王秀芳听说大石头乡有两名哈萨克族姑娘都考上了高中,因家境贫寒,无钱就读。"我想办法资助她们!"王秀芳下了决心。年过古稀的她只是个小裁缝,靠踩缝纫机挣点钱过日子,并不富裕,而就从那时起,勤俭的王秀芳愈加节衣缩食……

马合拉依和玛丽很争气,双双考上了大学!

最后,木垒哈萨克自治县民政局解决了这两名哈萨克族女孩的学费问题。

开学前,王秀芳为马合拉依和玛丽各买了一个行李箱,又煮了一大盘手抓羊肉,喜滋滋看着她们吃,说:"好好吃,吃饱了上学去……"

"你好好上学,有困难我解决。"这句话贝开西说了无数次。先富起来的他,是东城镇鸡心梁村的一名村民。他每年资助二十多名生活困难的孤儿或单亲家庭子女读书。在贝开西的帮助下,自卑的董小红重新回到了校园;在贝开西的帮助下,失去父母的焦林杰脸上又见到了笑容……

"我是鸡心梁村人,那里的事情不能忘。"贝开西常常这样说。

鸡心梁村是一个多民族聚居的村子,村里的哈萨克族村民种地不在行,汉族村民帮助他们春耕秋收,而汉族村民家的羊,都托给哈萨克族村民去放养。取长补短,共同致富。孩子们一起上学,一起玩耍,一起长大,有不少年龄相仿的孩子认对方家长为干爹干妈,亲如一家。"民族和好"在这里,处处得到印证。

鸡心梁村人践行"和"文化。

"和"文化引领新农村建设。

木垒之"和",如诗、如画、如稷、如豆、如酒、如梦。

木垒人共谱"和好进行曲",共圆中国梦!

母亲的世界

王旭忠

人生就像一本画册,日子便是每个画页,一日一日地去,又一日一日地来。

某一个日子,我突然停住了。我发现,过去的路,母亲一直陪着,以后的路,母亲还能陪吗?她可是八十三岁的高龄,且多病缠身。

一时,我不知所措,一种恐惧袭上心头。我怕了,怕没有母亲的日子该是如何。

我今年刚满五十岁,母亲大我三十三岁。往前推三十三年,那时我十七岁,刚刚上了中专。巧的是,母亲十七岁出嫁,到现在走完了两个三十三年。处在这样一个人生的驿站,我的心突然沉重而又急迫,一有时间,就陪母亲,听她讲过去的事情,看她眼角溢出的笑纹,并极力地把这些牢牢记住。

一

还是我五六岁的时候。

那个夜晚,人山人海,我们队上正在播放电影《卖花姑娘》。依稀记得,我站在木凳上,母亲在旁扶着我。银幕上一个姑娘,提着花篮,走下山。突然,我的左大腿根酸痛,一阵嘶哑惨叫,吓坏了母亲。母亲急急地抱起我,和父亲连夜找大夫。查来查去,什么也没查出。但酸痛不减,一家人慌了。父亲是生产队支书,天天操着队里的心;母亲在家管着八个孩子(一共九个孩子,大姐出嫁了)和爷爷的吃喝拉撒。那几天,母亲把这些全扔给了爷爷和哥哥姐姐,带着我四处找大夫。模糊记得,母亲骑着毛驴,抱着我,去了十几千米远的公社卫生所,去了要翻好几个山梁的水磨沟卫生所。之后我们坐着队里的拖拉机(当时驾驶室只驾驶员一个座位,母亲抱着我只能挤在边上的扶手上),颠簸了三天,去了奇台县医院。但还是没个结果。母亲始终没有放弃,用各种方法为我寻医问药,后来确诊是风湿病,经过医治,只是天阴时有点微微地疼。母亲终于笑了。到现在,几十年了,还时有微疼。母亲常常挂念,遇到天阴,或我外出,或我头疼脑热,总要提醒我多注意,穿厚一点。好像有了依赖性,我每每听到母亲的声音,腿便不疼了。

二

在我的心中,母亲就是天,把我们紧紧包住,啥时都在,又啥都能。亲戚朋友家人包括我都认为,母亲若上个学,识个字,不得了。母亲有几样绝活:茶饭、针线、做花盘(人死后的祭品)、发言。这些绝活在我的成长中留下了深深的印迹。

从小到大，我就觉得母亲做的饭香，尤其是炒洋芋菜、炒咸菜切刀子、鸡肉掺大肉焖饼子、蒸油塔子。那是谁吃了谁夸。洋芋菜的特点是油少、肉少或无肉，越吃越香。我一直想母亲为什么能炒出这样的菜，后来琢磨出，那是穷，因油、肉少，只能在烹调上下功夫。我儿子最喜欢奶奶做的这个菜了，大学期间放假准备回家，还远在千里就打电话，要奶奶炒好洋芋菜等他。他也怕某一天再也吃不到奶奶做的洋芋菜了。回来后，他跟奶奶一步一步地学，并试着做了几次，"形"有了，"神"却无，无奈地望着奶奶直叹气。

炒咸菜切刀子，是用燎的肉炒咸菜，把面和得稍硬一些，直接切片下锅，非常简单的"快餐"，经母亲做出来，竟让人一辈子忘不掉。鸡肉掺大肉焖饼子，那是家里来了尊贵的客人才能吃的。父亲大小是个领导，时不时带个朋友来，母亲精心做的焖饼子，长足了父亲的面子。小时候，我们在外受一些尊重，是仰仗着父亲的为人，可父亲的这些，又是谁给的呢？这些事，随着我们长大，心里慢慢明白。

1980年夏天，我们家盖了新房，立木那天，母亲专门做了拿手的油塔子，全队人都来了。那天我们全家人忙坏了，但特风光。母亲的油塔子，一笼又一笼，那场面、那情景，是母亲亲自"导演"的精彩一幕。

母亲的影响力从我家走出，成了我们队乃至邻近几个队学习的榜样，她们模仿母亲的做法，竟也形成大差不差的统一风格。外人常夸赞，妇女们就爱说"跟王支书家学的"，以致二十年后，我回家乡工作，一些上了岁数的阿姨还爱说"跟王支书家学的"。有了母亲的经营，我们姊妹感到生活特有劲，虽然我们家境也好不到哪儿去，但信心十足。我们自豪有这样一个母亲。

说到针线，那是母亲最拿手的。她好像很有天赋，无师自通，且充满想象力、创新性。从小孩穿的、围的、戴的、裹的，到男人的鞋、衣服、裤子、帽子,女人的裙子、袍子,到棉的、单的、厚的、盖的、铺的,你只要说啥样,她就能给你做出来。刚上学时,我穿了件新衣服,一路上遇见了四五个阿姨,她们的夸赞几乎一致:"呀! 王支书家,真巧!"其实那是母亲用几件旧衣服拼凑的,那些样式谁知道她是怎么想出的。三姐的一条裙子,也是母亲这样凑的,竟成了大家追逐的时尚。

在我的记忆中,我们家常常来人找母亲裁剪。她们和母亲闲聊半天后,愉快地拿着东西走了,母亲接着忙自己的活。不大会儿,又来一个,又是半天。几个姐姐常抱怨:"尽给人家老毛(方言:无偿干活)。"母亲的回答经常就那句:"人家来了嘛!"

这还不够。母亲爱回娘家(距离二十千米远),且一去好几天。二姐最爱唠叨:"这么久不回来,家里的事那么多。"母亲说:"外爷外奶的衣服还没缝好,那些邻居好友都找上来,你能说不做吗?"二姐无奈,发个牢骚:"谁让你那么能呢?"

20世纪90年代后,接近六十的母亲和她心爱的蜜蜂牌缝纫机,渐渐闲了下来。一是母亲上了岁数,二是穿穿戴戴的渐渐不用缝了,买现成的。忙惯了的母亲哪能闲着,她开始做鞋垫、拖鞋、坐垫等,给儿女及孙子们一百多号人,挨个儿做。鞋垫上、鞋帮上,有她自画自绣的各种花鸟图案。每人一双、两双、三双。做完了家人的,做亲友的。凡拿到的都夸赞几句。母亲听到这些,上卷的下巴随双颊一同展开,咯咯地笑成了花。

母亲到近八十岁的时候,还能穿针引线。你看她精心做的东西:小孩衣裤、小孩鞋、睡袋子、大小绣球、蝴蝶结、香袋子等。材料也不知是从哪儿弄的,但做工精细,搭配合理,一看乡土气味就很浓。尤其小孩"五毒"夹夹子,背面蛇、蝎、虫、蜘、蟑,被母亲绣成五种颜色,围成一个圈,中间是个大红花,模样奇特,形态逼真。按母亲的说法,穿上"五毒"夹夹子,可以辟邪祛病,保佑小孩健康成长。母亲用了好多精力,悄悄地做,等到春节聚会，她一个一个地给，还送上她想好了的寄语。大概的分法：每个孙子（孙女），不管有无重孙，都给一套；绣球是每个家庭一个，寓意和和美美、圆圆满满；每个开车的一副，寓意安安全全、健健康康。母亲说："一辈子没给你们什么，就留个念想吧！"这话听了让人心里觉得酸酸的。

花盘，有些人不知，是一种祭品。去祭奠的时候，把花盘献上。据说，这是实亲（近亲）才可以做的。我们那儿有个风俗，出殡前，要把所有的花盘拿出，集体祭奠。白白的馒头上，有面捏的蛇、猴子、雄鸡、奔马、牡丹、菊花、喇叭花等，各种颜色表现出不同的形态。

我非常清楚母亲做花盘的过程。谁家有丧事，就来找母亲帮个忙，母亲如果有时间都会欣然接受。一下午就要把馍馍蒸好（馍馍要求面皮紧、细、白、柔，决不能裂口），同时备好面泥、颜料和一些工具。夜幕降临，油灯初亮，母亲和她的帮手（谁家的谁来帮）围坐在炕桌边，开始她们的花盘制作。我们这些小孩，也会"帮"她们，捏个鸡呀狗呀的，但常常被母亲毁了重来，或者说一句"去吧，睡觉去，别捣乱！"这样几次三番，我们也累了，呼呼地睡去了。第二天醒来，就会看到色彩清丽的四副（一般四副一套）花盘，在盆子里端正地放着。母亲她们什么时候睡的，已不知。这个工艺，其实就是泥人艺术，母亲凭自己的悟性学会的。我对书法、绘画等艺术感兴趣，可能是得自母亲的遗传。

母亲其实是父亲的智囊。父亲当干部，为人正派，心地善良，做事公道，可遇到复杂问题，母亲就是他的"军师"。外面悄悄说父亲是"妻管严"，父亲不以为然，母亲我行我素，好像发现了自己的潜能。母亲特别爱发言，而且越老越爱说，说的话中还含有让人深思的哲理。那年王家大聚会，母亲就有一段："这次聚会，为了我们，更为了你们，你们不要忘了根，要干好自己的事，也要干好大家的事……"亲戚们都夸赞，说母亲有见识，底气足。其实我们清楚，母亲的底气来自哪里。

三

母亲的底气其实来自她的儿女。

母亲的娘家，家境要好些，母亲算是大家闺秀。十七岁嫁过来时，家里又穷又要当家。幸亏母亲是个灵光人，针线茶饭，谋划过日，像是天生的。当时爷爷带着二十岁的父亲和十二岁的姑姑、十四岁的二姑妈（大姑妈已出嫁），一家人差点等不到母亲来。后来，母亲一进门，全家的里里外外全给了她。母亲说，一个十七岁的姑娘，哪能承受得了这些。

结婚不出三个月，结婚时给的金戒指、金耳环、金项链，大姑爹来要了。母亲才知这些都是借的。来要了，能不还吗？母亲统统给了："都已经这样，赖着有啥意思，以后会有的。"母亲气得直瞪父亲，父亲"嘿嘿"笑两声，无话了。这事母亲说了一辈子，父亲也"嘿嘿"了一辈子。后来，我和四姐圆了母亲的梦，父亲也借机说了句："补上了吧！"母亲回了句："能一样吗？"母亲也确实喜欢，自戴上再没取下来过。

自小就没母亲的姑姑和二姑妈，当我母亲来了，她俩就像有了"娘"，事事处处听"娘"的。母亲带上她俩做针线、学做饭，直到她们出嫁。姑姑和二姑妈后来经常说，是嫂子教会她们干这干那，嫂子就是她们的"亲娘"。2018年5月16日，姑姑因病去世了，母亲一晚上没睡着，说："比我小，还先走了，你姑姑前面享了点福，后面吃了不少苦啊！"母亲悲伤中有深深地自责，好像姑姑的命运是她造成的。

母亲连续生了两个孩子都夭折了。外爷心疼女儿，就把大舅一岁半的二女儿抱了过来（现在的大姐）。一年后，母亲又生了一个女儿（现在的二姐），外爷给起的名字，叫"扣定子"，意思是终于扣住定了。两年后，生了大哥，叫"家蛋子"，意思是家里的宝贝蛋儿。之后每隔两到三年，生了三姐(引弟子,意思是再生个弟弟)、四姐(改过子,意思是怎么还不是弟弟,要改过来)、五姐(箱子,意思是好了就这样了)。生完五姐后,母亲也不迫切要"弟弟"了,随天意,谁知,就诞生了我,竟然是男孩,一家人高兴地就取名"八求子"(意思是农历腊八出生的男孩)。母亲一高兴就再生,是弟弟(取名柱子,意思是又一个顶梁的),再生,是个女儿(取名见花,意思是又见到女儿了)。生完见花,母亲三十八岁。

到我懂事时,大姐已出嫁。我们家一直是十一口人,吃饭时围着一个大方桌,大的让着小的,小的吃过了还不离桌,大的不与小的争,常常端着碗在一边吃。但我们全部得让着爷爷和父亲,这是母亲的要求。爷爷吃完回屋去,父亲吃完,就到了队上上班。一顿饭,从做到吃完,吵吵嚷嚷,丁零哐啷,好不热闹。母亲说,为吃饭吵架的事,颇烦(方言:烦恼)了几十年,等到安静了,孩子们都长大了,自己倒有点不适应。

想想这情景,母亲也就够难的。结婚后,做饭、针线、生孩子三件大事,缠得母亲连门都没能出过几次。母亲心脏不好,加上各种小病不断,再加上家里条件差,那日子每翻过一页,都觉得异常艰难。母亲经常上医院看病,经常听到她"活不成了"的呻吟,经常听到"看到这些孩子,就硬撑着活吧"的痛楚。后来,大姐二姐大哥都长大了,他们为母亲分担了好多事,再后来,三姐四姐五姐也都可以干点事了,母亲总算轻松了些。

大姐十九岁就嫁人了,她婆家条件不错。二姐十八岁当了民办教师,大哥十七岁当了大队通信员,三姐四姐五姐,在学校都是学习尖子。母亲喜欢别人夸,这下子女们争气,母亲心里喜,自然精神好,找母亲裁剪的、做花盘的、绣花的,更多了。

1984年7月的一天,弟弟骑自行车,顶着烈日,气喘吁吁到我家地头,车子没放稳,就高高举起一封信,说:"二哥,来了!"正在割麦子的我,听见是弟弟在喊,但不知说了什么。等弟弟走近,打开看是昌吉农校中专班的录取通知书。我全身凝固了，一时不敢相信这是真的。母亲甭提多高兴了，入学时，她为我炒了大大的一罐子咸菜，一针一线亲手缝制了棉被褥子，并让大哥去送我。第一次离开家，第一次独自生活，当盖上有母亲味道的棉被，那句"慈母手中线，游子身上衣，临行密密缝，意恐迟迟归"就萦绕耳际，两行热泪顺着耳根，流到脖颈。

最让我受不了的，是在入校两个月后，我们家一个亲戚见了我，问我给家里带什么话不，我说没钱了，再没什么。到后来我才知道，母亲让父亲把家里过年要宰的猪卖了，给我寄去二百块钱，当时我的心就像刀剜一样难受。那以后，我再苦再累再紧张，没再要过家里一分钱。但母亲不，她因为我考了学，身体一下子没了病，干活更起劲了，十天半月让人给我带去吃的穿的。每当看到这些母亲亲手包裹的东西，泪水就沾湿了眼眶。

2006年11月，我调到家乡工作。当踏上家乡的小路，抚着陌生又熟悉的土地，往事一幕幕浮现在眼前。母亲的怀抱，母亲的轻抚，母亲的叮咛，母亲的微笑，母亲的身影……在所有的记忆中，最清晰、最繁密、最难抹去。

这时的母亲，正在县城我的家中管孙子呢！

四

那天，我回到家，紧紧地抱着母亲不放。母亲奇怪，问我怎么了，我竟哽咽地说不出话来。母亲老皱的手指，揩去了我眼角的泪，自己的眼里也湿了，然后破涕为笑地说："我还没老呢，你着什么急！"我望着母亲，眼里深深印进母亲的笑容。

母亲五十七岁（父亲六十岁）那年，我把他俩接到县城我的家，算是让他们过起了"退休"生活。作为一个农民，辛苦了大半辈子，让他们赖以生存的,仅仅就是家里十几亩地的承包费。他们怕拖累我们,坚决不来,我是没打招呼就去接的。到了县城果然如母亲说的,开销大。好在兄弟姊妹多,大家都给点,生活也就一天一天过去了。

以往,母亲心中有愁,一忍而过,到了县城,母亲却常常念叨着大姐的事、四姐的事、弟弟的事、小妹的事,直到都不是事了,她说,都是念叨好的。

母亲的心,有着超大的感知力,紧紧地连在儿女的身上。

五

九个儿女也传导着母亲的心力,成为九个"母亲",带动着我们家成为一棵茂盛的大树。这棵树,迎风傲立,仰望朝阳,挥洒天空。

2012年春节,我们筹划了一台晚会——父亲母亲结婚六十周年家庭文艺晚会,以每个儿女家为单位,每家出三个节目。我们租了木垒最大的餐馆加演出厅,请了木垒最好的乐队,点了父母最爱吃的家乡菜。微微的酒熏中,拉开了晚会的序曲。父母穿着镶着蛋黄方格细黑边的酒红色唐装情侣装,父亲戴着大礼帽,母亲围着淡黄绿的围巾,俩人端坐中心,看上去容光焕发,雍容气派。弟弟是主持人,母亲自然要致个辞。没想到她那天声音有点颤,但还是很清亮,底气十足,她说:"我们从过去缺吃少穿,到现在想啥有啥,要啥有啥,社会太好了。可惜我们老了,那也是没办法的事,希望儿孙们的事业越来越好,家庭越来越幸福……"

我和爱人合唱了《父亲的草原母亲的河》,当唱到"母亲总爱描摹那大河浩荡……"这句时,我心中积聚的情感顿时使我泪流满面,唱不下去了。

一个个节目将气氛推向一个又一个高潮。

大家将父母围在中心,留下一组组永久的照片。母亲将她精心做的绣球,每个成家的送一副,没成家的留着,每家拿着绣球,和父母合影。

这又是一个重要的日子。

母亲八十三岁了,身体渐渐衰弱。母亲和父亲轮流着住院,我们九个儿女,排成班,每人十天。任务即陪护好,主要是陪着聊天。母亲最爱听以前的事,我们都认真地同母亲一起回忆过往那些平凡的却忘不了的日子。

木 垒 的 静

陈 颖

木垒就这样进入我的内心，以他的静。

太阳照在木垒河上，云朵停在守静园中，桃花在菜籽沟里一朵朵盛开。我在木垒的行走中，与静相遇。

穿过我尘世的目光，他走进我的内心。说他是世外桃源，太俗；说他超然于世外，太仙。他在空旷之地行走，不紧不慢，不急不躁。他在山地之中重生，在起伏的山丘中、在枝头的绿意间、在炊烟袅袅里……他重拾传统的衣钵，把静的魅力昭示。在流水般向前的时间中，他依然坚持着一种坚持，守护着一种守护，在静中守望着静。

静是心的居所。即使肉身离不开繁华和喧闹，心仍然在执着地寻找着属于自己的生命之源——静。

静是一种状态，一种力量。它从心而出，是一个地方和一个人不断行走的营养之泉。

以往的很多年里，木垒都是一个破旧的地方，街道小，平房多，整个县城俨然一个大村庄。可是，在从前的年代中，哪一个县城又不是如此呢？

时代如洪流，滚滚向前，还来不及在回望中悉心珍藏，曾经的一切就变为一地废墟。改变的大潮呼啦啦而来，以摧枯拉朽之势冲刷着曾经的一切。

洪流退去，所有的县城都改变了模样。旧被一点点拆除，新取代了旧。崭新的街道，崭新的房屋，一切的旧在一夜之间变得面目狰狞。人们似乎全忘记了曾在那些旧中有过的温暖记忆。孩子一个接一个在老屋的炕头上出生。在散发着木头与泥土味道的院子里，一代又一代人送走了老者，迎来了新生。

裹挟在洪流之中，人心也冲上了不断向前的快车道，快把人心底的柔软一点点耗去，让心变得日渐生硬，这样的心除了索取更多，无法得到一丝安全感。

木垒也在改变。但他在改变的同时，一直坚守着一些东西。他不想让土地变得坚硬，更不想让人心变得坚硬，他不愿看到人们只知道向自然和他人索取的贪婪目光，更不愿这片美好的大地在人们的索取中早早耗尽。

把静当成一种文化来涵养、来培育，是木垒人的眼光和胸怀。他们已经看到了快带来的好，同时也领教了快带来的无法弥补的遗憾。于是，他们选择静，让静这种来自心灵的力量在日后的无数个日子里发出它独有的光芒。

有人说木垒是放牧灵魂的地方，这种诗意的表达只有明了静之力量的人才能发出。

木垒的静不在表面，他蕴藏在内里的层层叠叠的静需要长时间用心去感知。只有经历过他的千山万水，才能把灵魂放心地交托到他的手中。

木垒县城中心有一个巨大的园子，名为"守静园"。建"守静园"的初衷是让静文化深入人心。"守静园"中有一尊老子的雕像。"守静"二字取自老子《道德经》中的"致虚极，守静笃"，意为以守为静、静以养德。守静园，时刻在提示人们遵循自然规律，守住这片蓝天。

木垒在时代中发展，也在安静中等待。他的等待充满自信和霸气。他独特的气质，没有让他的等待落空，他等来了文化名人的青睐，他等来了文化基地的落成，他等来了一拨又一拨向往着他、期待着与他相遇的人……

作家刘亮程在木垒找到了他现实中的村庄。在那个名为菜籽沟的村庄里，他开始了另一种劳作。那是与他在《一个人的村庄》里完全不同的一种劳作。在那本书里，他以文字为砖，以智慧为水，筑起生命的防洪渠，防止时代的洪流把村庄冲走，把村庄里的一切冲走。

他做到了，不同的读者都从他的文字中读到了自己心目中的村庄——那是属于人类童年的集体记忆，在一代又一代人的生命中延续。

在菜籽沟这个现实的村庄里，刘亮程开始了一种解析，多样重建。他要解析一种生命的联结，那是他在《一个人的村庄》里一直表达着的一种联结。那种联结从何时开始，没有人知道，但它不会结束。它被一阵又一阵的风带来，它在一朵花又一朵花的微笑中，它在院落那根慢慢腐朽的木头中，它在那扇开开合合的木门里……

在这个现实的村庄里，刘亮程开始了重建。他要重建的不仅仅是那些破败的房屋，他还想把已经在人心中倒塌的信仰重新竖立起来。

人与人的缘分是注定的，人与一个地方的缘分也是注定的。那一年冬天，刘亮程偶然在木垒发现了菜籽沟这个地方，像前世中一段未了的缘分，在各自经过几世几劫的动荡后依然无法忘记对方，于是，就有了今生的相遇。

刘亮程一下子爱上了菜籽沟。最先吸引他的,是这里的静。与别处相比,木垒是静的,与木垒的静相比,菜籽沟的静中有着一种深深的等待。这深深的等待吸引了刘亮程,因为他自己也处在深深的等待中。

没有人能破解刘亮程的等待,很多时候,他自己也是疑惑的。他在等待什么?没有爱情的日子,他在等待爱情。当爱情像一个巨大的驼队从他生命中走过,他又开始了新的等待。他在等待成功吗?当他的书一本又一本出版,当他一次又一次站在领奖台上时,他又开始了更新的等待。当他与菜籽沟相遇时,他分明看到自己的等待就在前方。

雪后的菜籽沟,有着青山绿水时完全没有的寂静,没有了虫鸣鸟叫,没有了花开花落,静得能听到雪落在雪上的细微,静得能在自己的心跳中听到多年前某个黄昏奶奶的一声轻唤。

起伏的山地,古旧的房屋,那些保存完整的老房子和老院子中,有时光无法抹去的印记。它们的价值不仅仅在于古老,更在于它们是完整保留了从清代、民国直到20世纪80年代特征的老房子和老院子。

对这些古旧的房屋,刘亮程有着天生的眷恋。在《一个人的村庄》里,他用文字挽留了很多已经消失的传统,现在他看到了在一个现实的村庄里重现一切的可能。

时间仿佛一下子往后过了几十年,他清晰地看到了历史的流向。他兴奋起来,他感到自己发现了一个巨大而珍贵的矿脉。"这样的房子在新疆已经很少有了,不能让它们消失掉。"他说。

但,谁能阻挡时代的步伐?谁又能拽住时光的衣襟,让它往后走?多少年来,菜籽沟像别处的村庄一样,在大山中一代代繁荣,又在时代的浪潮中一户户凋零。有人离开此处,去往别处,别处有着更大的繁华和热闹。

于是，这个本来有四百多户居民的村庄一天天空了下来。人能搬走，物品能搬走，那些在岁月中矗立了几十年上百年的老房子老院子却搬不走。它们，被人丢弃了，被人贱卖了。不会有人再回来住了，它们为人遮挡风雨的日子已经过去了，它们与那些人的缘分已经尽了。在旁人眼中，它们就是一堆废物。没有人了解它们的价值，买下它们的人会把整个房子拆了，再把建房子的木头卖了。

但在刘亮程眼中，它们都是宝贵的。他说："菜籽沟的好多房子都是廊房建筑，很多院落都是百年宅院。那些老房子，其实都是承载着历史记忆的珍贵建筑。可以毫不夸张地说，这里是廊房建筑博物馆，在新疆，这样完好地保留着这种建筑风格的村落实在是太少了。"

更为重要的是，这里有着那些在别处早已消失，在此处却保存完好的传统。刘亮程说："这个村里都是山坡地，有些山坡地太陡，还保留着用马和牛耕作的生产方式，如此就把传统的农耕方式也保留下来了。村里的人有自己的生活方式，他们自己种麦子，自己收麦子，自己磨成面，清油也是自己种油料自己榨油。这个村庄有封闭性，但正是这种封闭性让之较好地保留了一种传统。"

为了抢救这些老房子，刘亮程向县上提议收购那些老房子，并在菜籽沟建起一个艺术家村落。

木垒是有眼光和胸怀的，这种眼光和胸怀决定了他们的文化品位。他们尊重刘亮程的提议和选择，为他建艺术家村落落实了相关政策。

很快，菜籽沟里的几十套老房子躲开了被拆除的命运，成为艺术家眼中的珍品。

如今，菜籽沟艺术家村落初具规模，已经有玉雕大师、设计师、作家、画家等艺术家入住其中，并在这里建起了工作室。

刘亮程说："那些养育过我们祖先的文化其实都沉淀在乡村，我们文化人需要去认领。同时，我们还需要把以前从乡村拿走的东西归还给乡村，比如人类对自然的崇拜，比如对大自然的敬畏之心。"

除了认领、归还乡村文化，这些入住菜籽沟的文化人也把新的文化理念带到村里，开阔了村民们的视野，并和他们一起创造新的生活。

一位诗人将自己的工作室布置好后，半个村的村民都到他家中去参观，他们从来都不知道，一个诗人的家是这样的。刘亮程说："艺术家进村后带来的一些新的文化理念，已经影响到村民们的生活，让他们的生活更加丰富有趣了。"

正在建的"木垒书院"原来是村里的一所小学校，已经废弃多年了，如今，它正焕发着新的生命力。而进入到这里的文化人，除了把文化带入这个村子，还在切实地为村民做着一些事情。

无论是在文字中，还是在生活里，刘亮程一直都在寻找一个让现代人匆忙的脚步和忙乱的心灵能够停下来的地方。在《一个人的村庄》里，他用文字挽留了很多东西，让时光在那里停下来了。如今，他又在现实中寻找到了一个能停下的地方。

他说："总得有一个地方为我们保留一些早年的记忆，菜籽沟就是这样一个地方，现在，木垒县已经把这里当成一个古村落进行保护了。"

我的小叔和四姨

谢耀德

一、小叔

在东城老家,我们管小叔叫尕爸。父亲有兄弟两人,姐妹四个,准确地来说有六个,现在在世的只剩三个了,两个姐姐,一个妹妹。小叔是父亲最小的弟弟,也是唯一的弟弟。

小叔比父亲小八岁。祖母过世时,父亲十八岁,小叔还是个十岁的孩子。我的祖父是个残疾人,祖母过世后,父亲成了家里的顶梁柱,上面的姐姐都已出嫁,父亲就结了婚。父母结婚没几天,祖父也过世了。小叔一直和他的哥嫂,也就是我的父亲和母亲生活在一起。后来我大哥出生了,也跟小叔在一起。几年后小叔也结婚了。

父亲与小叔关系不好就是从小叔结婚开始的。当然,那时我还未出生,事情的起因我也不清楚。听亲戚们说,小叔的女人,也就是我的婶子不好,父母对她很有意见,而小叔是个老实巴交的人,有些事情可能没处理好。

父亲曾对我们说,小叔从小不爱上学,所以也没什么文化。父亲说自己没上学是因为当时家里穷,没钱上学。父亲领着小叔去上学,小叔就是不去。后来,小叔当了一辈子农民。

我的几个哥哥姐姐相继出生后,家里生活负担很重。我小叔家一直没孩子,后来知道是婶子没生育能力。在农村讲孝道,无后为大,小叔的心事重起来。但是小叔家两个壮劳力养活两口人,生活过得比较富裕。而我们家,父母要养活好几口人,生活很困难,并且要供孩子上学。尤其在孩子上学的问题上,我的父母非常坚持,日子再苦也要供。这样一来,我们家的日子可以说非常艰难。那时候,小叔家和我家住同一个院子,但我们从没得到过他们什么支持和帮助。那时我父亲长年在县水库劳动,母亲一个人带着几个孩子,经常早出晚归去生产队干活,有时候饭都顾不上做,孩子们在家门口饿着肚子就睡着了。就在那样艰难的情况下,我母亲也没求过人,咬牙坚持着。母亲每次提起那些事就很心痛。后来,两家的关系就越来越僵,从我懂事起一直是这样。

我上学时,有一次城里的姑妈到我家,想说和父亲和小叔,毕竟是兄弟,没有什么大不了的事,但是不成。后来亲戚们建议,从我们兄弟中给小叔过继一个,毕竟是一家人,但母亲不同意,态度很坚决。母亲不同意的理由很简单,就是婶子没生养过孩子,且心不够细,怕自己的孩子受罪。事实上母亲说得是对的。

婶子姓张,身体壮,干活跟小伙子一样,就是不能生孩子。婶子这人，面相很凶，我们兄弟姐妹都不怎么喜欢她，私下里都叫她张胖子。婶子做人比较自私，只顾自己，人缘也不好。因为这个，她与我的几个亲戚家的关系也不是太好。相反，我们家与几个姑妈家亲得跟一家人似的。直到后来，我经常想起父亲与小叔为什么关系不好的事，觉得主要原因肯定在婶子这里，是她太自私，小叔又不多想事，伤了我父母的心。也难怪，从小跟他们长大，无论如何也应当是很亲热的，这是父亲伤感的一个重要原因，也是父亲的一块心病。

记得与小叔第一次亲密接触，是我十岁时。那年暑假的一天，我的表姐（实际上是我亲姐姐，比我大三岁，给了我小姑妈家，这些情况我当时还不清楚）跟婶子上山做饭，说是小叔带一帮人去冬窝子打草。我也有点想去，但母亲不同意，我执意要去，表姐也求母亲，母亲就答应了，要我上山注意安全。

冬窝子在鸡心梁上，名字叫鸡心，实际上是深山处一座高山草原，是一座绵延起伏的大山的"心脏"。鸡心梁离我们村也就三十千米左右，但那时条件差，都是骑马或坐毛驴车上山，一走就是半天。到了山下，卸了车，牵着马和毛驴爬山上去，还要走近一个小时路。鸡心梁海拔高，山坡陡，有许多荨麻。荨麻是一种亚麻植物，枝叶多刺有毒，手脚碰到了会钻心的痛。但麻秆上有一层皮，很有韧性且结实，可以撮绳使用。大家上山很小心，小叔走在前面时时提醒。有时遇到了枝叶茂密的荨麻丛，小叔就用马鞭打倒一片，或者用脚踩出一条路让我们通过。鸡心梁上有牧业队的土屋子，很简陋，但在山上就算不错的住所了。冬窝子的青草很深，足有一米。小叔他们用的扇镰，是牧场打草专用的工具，就是把一米多长的镰刀固定在四五米长的木杆上，挥动起来非常有力，一刀割过去，一米宽、五六米长的一片青草"唰唰"扑倒在地上。将草晾到下午或第二天彻底干了，就用木叉收集到爬犁上，然后拉到土房旁边堆放成草垛，到了冬天冰雪覆盖四野时,就用这些草来喂牛喂马。

在冬窝子的那些天,白天,我一会儿捉山雀,一会儿采野草莓;晚上,就跟小叔睡一起,小叔就像父亲一样照顾我。夜晚,山上的风很大,有时下雨了也很冷,我和小叔盖一个被子,就这样住了一个多星期。我感受了山上的风景,也感受了除父亲之外第一个像父亲一样的长辈的关爱和照顾。小叔呢,也许是我给了他最血亲的侄子的亲密和快乐。

工作之后,我每年回家母亲提起来总说你尕爸很可怜,没办法,人太没主见了。是的,这是小叔最大的缺点。小叔这一生也没有什么大事,除了当了几年生产队队长,就是种地、放羊,生活平平常常。小叔和婶子先后领养了两个孩子,一个女孩一个男孩。女孩是同村的,比我小一岁。男孩是婶子本家兄弟的,比较小。两个孩子也没学什么文化,女孩早早就出嫁了。男孩在外地打工,两年后领来一个女孩说要结婚,小叔和婶子给操办了婚事,后来又带着媳妇出去打工了,好像与小叔的联系也不多。

长时间以来,我在考虑人的生存问题时,也在思考另一个问题:一个人没有主见是很可怕的事,什么事也做不好。人不同于动物,动物只遵循一种本能的生存法则,而人就不同了,需要更多地思考,要有主见和把握。动物是靠本能去生存的,人要遵循社会规则,依据客观条件发挥主观能动性去创造生活。

我的父亲与小叔关系慢慢变好是什么时候,我没有问过,可以肯定是在父母进城以后。

父母进城以后,生活很不习惯,常有回东城老家的想法。父母从东城搬迁时,房屋卖给了别人。每年父母要回东城两趟去看望亲戚。父亲每次回家祭祖,也就是给我的爷爷奶奶上坟,都要叫上我的小叔,有时候嘱咐他把坟墓照看着点,毕竟是他们父母的安息地。或许也是因为这个,把兄弟俩破裂的感情缝补起来了,兄弟俩就这样慢慢走近了。小叔和父亲关系和好,还得于我的母亲。母亲很善良,每年清明父亲回东城,母亲总要说一句,去看看你兄弟。母亲是不愿太计较过去的人,这也是小叔的福气。

我们家的老宅有两个院子,前面的大院在父母搬迁进城时就卖了。后面还有个小院,与小叔家隔一道墙,这是我们家真正的老宅,也可以说是我们家几十年的祖屋,父母一直没舍得卖掉。父母是留有余地的,万一在城里实在不习惯了,要回到祖屋生活。毕竟在东城生活了一辈子,农村空气新鲜,地域广阔,亲朋好友多。反正农村就是好,直到现在父母还是这么说。其实,何止我的父母,就连我在城里生活这么长时间了,还是不太习惯,时刻想念这里的山山水水。

后来,祖屋长期无人管也成了问题。再说父母在城里生活了十来年也慢慢习惯了,就决定把祖屋处理掉。我的小叔想要,我们兄弟几个就说干脆给他,怎么说还在自家,父母也同意了。再后来,小叔有什么事,常主动与父亲联系。母亲也常说:"毕竟是兄弟,能帮就尽量帮一下。"我的母亲就是这么善良。这样一来,小叔家有什么事,父亲都尽力帮助,包括小叔领养的一儿一女的婚事。

我工作之后第一次见小叔是在妹妹结婚时,小叔从东城赶来,这也是小叔第一次参加他的几个侄子侄女的婚礼。五十多岁的小叔明显苍老了,皮肤黝黑,满面沧桑,比实际年龄老了许多。我叫了一声"尕爸",就去握他的手。小叔憨憨地笑了,显得很拘束。他叫了我的小名,我领着妻子作了介绍,将我的儿子(当时只有半岁多)给小叔抱,让孩子叫爷爷。小叔很高兴,眼里闪烁着幸福的光芒,也有一丝说不出的苦涩,总之心情很复杂。人的感情就是这样,有时细腻得像古城子墙头上的黄土粒一样,有时就像尘埃,在自己的天空自由飘浮,在自己心里静静流淌,复杂、细微、内敛。

去年的某一天，小叔突然打电话非常着急，说婶子脑溢血不行了，父亲匆匆忙忙赶去。还好，抢救了一天，人醒过来了，就是精神不够好，命算保住了。当然，婶子对父母也非常感激。

看到父亲与小叔关系好了，我们兄弟姐妹也很高兴，毕竟是同胞兄弟，血浓于水。尤其是现在，什么金钱关系、权益关系、互利关系，各种各样的关系错综复杂，更感觉到亲情弥足珍贵。如果亲情关系搞不好，人活着也很空虚，生活也不会踏实。一些关系可以平淡一些，一些关系可以缓和一下，但亲情一定要保持，这是人的社会关系中的主要关系，也是人的社会生活的主要内容，更是人的情感世界的基本核心。这是人间的美，不是家族的丑。有什么丑可言，兄弟和睦本来就是喜。我常对朋友们说起小叔与父亲的事，我很自豪。当然在我们这个大家族里，还有一些关系需要理顺，那得慢慢来，需要时间，需要每个人的共同努力。我相信世界是美好的，一家人总归要说一家话，一国之人总归要一条心，才能家国兴旺。

二、四姨

打小就对四姨有一份特殊的亲切感，个中缘由自己也说不清。事实上，几个姨姨都很亲切，而四姨格外亲。这种特别的亲热，是否跟她快人快语的直爽性格有关？

母亲的六姐妹，感情一直很好。六姐妹中，母亲排行第二，大姨妈、母亲和尕姨在乡村，三姨、四姨、五姨在城里。六姐妹都很淳朴、善良，无论生活在城市还是乡村，都是本本分分做人，踏踏实实做事，尊老爱幼，勤俭持家，平平安安过日子，留下很好的口碑。六姐妹虽然一半生活在城里，一半生活在乡下，各自干着各自的工作，各自过着各自的生活，但姊妹亲情始终如一，城里的尽力帮着乡下的，乡下的想着支援城里的。那时候，每年暑假，城里的表弟表妹就到乡下度假，把姨姨家当作自己家。有了方便的机会，乡下的亲戚把土豆、萝卜等土特产送给城里的姨姨。个人能力有大有小，而帮助不分多少，尽心尽意、尽力而为。多年来，姐妹们就这么互相关心、互相帮衬，扶老携幼，共同奔向新生活，令人感动。

父母搬进城里后，留在乡下的只有大姨妈和尕姨了。大姨妈身材瘦小，待人诚恳，和蔼可亲，三年前不幸病故，我非常后悔那年回东城时没能前去看望一下，现在，只记得她清瘦的背影了。母亲说，上了岁数的人，总归是要走的……我知道母亲是在宽慰我。我也知道，我的探望，既不能给她衰弱的身体疗病，也不能延缓她的生命。然而，毕竟是一份惦念啊。但愿我迟到的祝福能穿越时空，愿她老人家在天之灵安息。

细细说来，城里的三个姨姨中，三姨是离得最远的，也是最辛苦的。四姨是最活泼、最开朗、最聪明、最能干、最直爽、最热情的。五姨是最有文化，也是最享福的。三姨一直在乌鲁木齐，很长时间都在家里自己织地毯，高中毕业那年到三姨家，看到三姨因长期针织过度劳累提前花了的眼睛，感觉生活在城市的三姨辛苦不亚于生活在乡下。五姨中学毕业当知青，在生产队劳动没两年，就被推荐上学，好像是卫校，毕业后分配到县城医院工作。五姨父也是几个姨父里事业最成功的，当过县电厂厂长、电业局局长，退休后快乐自在。

母亲曾对我说，你四姨上中学时非常艰难。那时候外公外婆不同意四姨到县城上中学，四姨的生活所需都是几个姐姐和亲戚私下送去的，以当时的生活条件，四姨的处境可想而知。可是，四姨虽然个头矮小，却非常好学，性格坚强，无论吃多大苦遭大多罪，硬是咬着牙挺了过来。四姨头脑灵活，有文化，反应快，工作上很要强，有一年县里推荐她到一个偏远公社当妇联主任，最后不知道什么原因没有成。四姨说，痛失一次展示自己才华的机会啊。或许，这才是四姨最大的遗憾。机不可失，时不再来，人生之路有时不得不信机缘。细细想想，失去的，未必都是坏事。现在四姨生活很幸福，大表妹春红一向懂事，她聪明伶俐的女儿明年就要上大学了。大表弟在阿里高原服役十多年，练就了一身强健的体魄和毅力，工作蒸蒸日上。小表弟新近竞聘晋升，仕途可期。最可爱的小表妹丽丽，大学毕业留在成都。儿女们工作生活都好，四姨应该满足了。

近些年来，随着子女们相继成家立业，几个姨姨又开始搬迁，尕姨搬到乌鲁木齐，四姨五姨先后搬到昌吉，离得近了，老姐妹们团聚的机会也就多了。除逢年过节电话问候，每次回家看望父母，我也能知道姨姨们的近况。

入秋的第一周上昌吉探亲，是八年间第一次见四姨。到昌吉时跟四姨通了电话，我开车直接到了她家楼下，四姨却到大门口迎我们。过了一会儿，只见四姨大步流星地走了过来，我迎了上去握住四姨的手说："四姨还是这么精神啊。"四姨"哈哈哈"地笑起来。妻子儿子过来问候四姨，四姨夸奖孩子个子长得高，身体长得好。上楼见到四姨父，一脸红润，精神很好。四姨和姨父的状态比想象中还要好，我非常高兴。

四姨专门做了汆汤、南瓜包子，都是家乡风味。四姨说："电话上说你们三点钟到，早早就做好了饭，等了一个中午也没到。"早上打电话的时候我说大约下午三点出发，四姨误以为三点钟到。我可爱的四姨啊！吃饭的时候，突然想起妻子不喜欢吃羊肉的事。其实四姨也只见过妻子一次，那还是八年前。那年春节，我们兄弟几个和父母一起去看望四姨，没有想到，这么多年过去了，就这么点小事，心细的四姨就记住了，脑梗也没能抹去她老人家对亲人的爱意。这拳拳之心、浓浓爱意，让我和妻子无比温暖、感动。

想起小时候，每次春节去县城，四姨总会把水果糖、苹果分给我们。在县城上高中时，有时中午到四姨家，四姨总是先让我吃饭。那时我饭量大，一个人能吃两个人的饭，有时就会让表弟表妹饿着肚子去上学。现在想想，真是惭愧。而四姨从来都是这样，不光是对我们好，对所有亲戚家的孩子都一样好，过去是这样，现在还是这样，一如既往。

晚饭后，四姨带我们去五姨家。五姨和姨父生活得非常悠闲，养了一条叫毛毛的宠物狗，乖巧得很，懂人的心思，也懂得守护主人，行为动作，令人发笑，也让人温暖和感动。聊了一阵，我们准备告别，五姨挽留，姨父说朋友送来新鲜羊肉，要我们明天中午在家吃羊肉焖饼，那可是正宗的木垒羊肉啊。五姨联系三姨，要我明天到乌鲁木齐把我父母和三姨一起接来团聚。后来，三姨因孙子生病没有过来。第二天的团聚非常热闹，母亲和她的两个妹妹非常高兴，我们大家都非常高兴，可惜不能跟姨父们一起饮酒助兴。

有时候我在想，四姨为什么格外亲切？除了家族血缘遗传的那份感情和鲜明的性格外，还有哪些特殊成分呢？

事实上，四姨也非完人，她快人快语的性格也容易得罪人。四姨跟三姨五姨都吵过架，跟其他亲戚也有拌过嘴的。不过，过去了就过去了，大家谁也没记恨，反而更亲了，这是四姨可爱的另一面。我想，四姨的感情虽然够不上博大，但非常真，是真诚的真、真挚的真、真心的真、真情的真、真切的真、真实的真。普天之下，唯有内心深处的爱最真实、最感人、最实在，也最长久。

古人云：穷富不过三代，唯诗书可以传家。是的，一个家族需要一种家风传承，才能和睦，走向兴旺。从四姨身上，能感受到浓浓的亲情和温暖，更能体会到一种穿越亲情的朴素情怀和爱的力量。

贾家沟，我生命的母体

贾智宏

也许这许多年，一直生活在一种人造的氛围中，一切都被装饰得完美无缺。但过分的完美，令人窒息。

今天，挤出县城的纷杂，躲开世俗的羁绊，走进家乡，回归自然，一种清新的感觉油然而生。依附这一方泥土，脆弱的胸怀便成了广阔的原野，心灵不再压抑和烦恼，生命也便沉淀成了清泉。仰望天空中那一朵朵变幻莫测的白云，寻觅的触角走过空间的沧海桑田，走过时间的锈迹斑斑，延伸到这块土地的过去与未来，平凡却神秘。此刻，我仿佛比任何时候都更加深刻、更加主动、更加一丝不苟地苦恋着孕育我生命的亲爱母体——贾家沟。

贾家沟，何时取其名不得而知，顾名思义，肯定与贾姓氏族有关。当问及年事已高的老人们，全略加炫耀地说：

"是贾家先人开创了这里。"听着虽觉夸张，但也确信无疑。

据史册记载：自1766年起，绿营兵在木垒屯田，又从安西（今甘肃瓜州）、肃州（今甘肃酒泉）等地大量移民，来此承垦、兵屯、民耕。田地不断开辟，人口日渐增长，木垒在屯田经济基础上发展成北疆一大聚落——富八站之首。我的祖先便从甘肃张掖一个庄子里出来，踏着沙砾一路东行，把他流浪的终点变成了我生命的母体。

据先辈人代代相传，刚来这里时，没有一缕炊烟，大片的原始森林遮天蔽日，覆盖着黑乎乎的沃土，可谓"牛吼马啸不相见，隔河答话人不见"，风吹草低处，各种野兽经常出没。初来乍到的祖先们，被饥饿包围着，引发出许许多多令人毛骨悚然的悲惨故事。祖太爷说那时候，阴森荒芜的沟底时常有"吃人贼"出没。"吃人贼"拎羊毛口袋，见人就往头上一套，然后拖到沟里煮着吃了，再把骨头扔进一个大土坑里。祖太奶说，这只是传闻，是哄孩子的。祖太爷认真了，说是亲眼所见。传闻也罢，真实也罢，总之反映出当时人们生存环境的极度恶劣。我的祖先靠煮吃树皮草根度过春荒，在阴森的白骨堆上建造了宅院，养起了猪马牛羊。男人们挥动锄头一寸一寸开垦土地，撒上各种植物的种子。女人们从事手工和养殖。人们日出而作，日落而息，在泥土里讨生存，那男耕女织的画面与锈迹斑斑的农具，编织成了贾姓家族历年不衰的生存与生命的图案。我突然对祖先以贫弱的力量，强悍地在自然的缝隙中繁衍生息的坚韧心存敬意。他们终是这块土地上一去不返的壮士。

到了清朝同治年间，贾姓家族已家大业大。正房里，精壮汉子十几条，土地近百亩，牛羊成群，人丁兴旺。随着甘肃移民的不断迁入，又有两家贾姓人迁居这里。我们的祖先就分给我们现成的土地和庄院，这就成了后来的北院贾家和台台贾家。

后来正房贾家的祖先们在风景宜人的河湾里打墙垒石，造出一院院的新屋,老庄子建成了坟院,移葬了开家元勋老祖太爷的尸骨。这里就成了坟院槽子,也是贾姓人年节必祭的地方。在这里,贾姓后人感悟到了祖先的勤劳、艰辛、善良、坚毅的品质。

民国年间,贾家空前兴盛。几十口人住在同一屋檐下,男女老幼,严格遵守着祖传的家规家法。家规如天、如地、如山,是吹动这个家族兴盛的恒动不息的风。三位爷爷各有分工,各司其职。大爷爷(我的祖父)掌管全部农事。二爷爷是位道士,远近乡邻的婚丧嫁娶,都少不了他,每年的收入非常可观,所以二爷爷在家里的地位仅次于太爷爷,是货真价实的掌柜。二奶奶主管内务及家眷。三爷爷身体不好,无所事事。

太爷爷晚年时,请来一名高明的风水先生,为正房贾家、北院贾家、台台贾家测看了四处坟地,栽种老榆,此处就形成了天然院落,其中风水先生指定的一块坟地自然归于正房。这块坟地略呈纱帽形状,风水先生说:"凡葬入这块墓地的死者,其后人必将高官厚禄。"当然这只是一种唯心的说法,是否灵验,谁也不知道。不过,我始终觉得,贾家沟很有灵性。贾家灶火不熄,子嗣绵延,大概也是取之于这块土地的灵性吧。

再后来,太爷爷病逝,家景便不像从前那样兴旺,当上乡爷的爷爷,整天公事缠身,作为长子,他无力解决许多棘手的家庭纠纷。奶奶病逝,新娶的奶奶只比我父亲大三岁,父亲与新奶奶的积怨不断……爷爷终于积劳成疾,卧病不起,加上土匪的多次骚扰,贾家元气大伤,尽管几次重建家园、重振家业,可毕竟不如从前了。临近1949年,三叔、五叔、七叔、八叔、九叔纷纷外出求学,不再依附土地。新的思想宛若涓涓细流,随叔叔们一次次探家省亲,开始冲击着这个一度稳固的家庭。三叔在迪化结识并娶回了俄罗斯血统的三婶,五叔摆脱了包办婚姻的羁绊,娶回了美丽如画的五婶……这些新潮的思想使贾家视为圣物的家规家法显得苍白无力,贾家大院开始解体。贾氏后人纷纷走出垄沟到外面去觅寻更广阔的天地。至今，百余名贾姓子孙已散居木垒、奇台、昌吉、乌鲁木齐、上海、北京、海南以及国外，从事不同的职业，其中也不乏功成名就者。我想，这恐怕是贾家沟的灵气，渗入了我们的骨髓，造就出我们的顽强与坚毅吧。正因为如此，无论今天我们身处何处，心里总是恋着这块土地。

沿着沟底宽阔的黄土路，任凉爽的秋风吹拂面颊，我注视沟壑成熟的庄稼地上金黄色的麦浪随风起伏着，像是在向麦海深处一座座坟院里的死者鞠躬致意。贾家沟，我的母体，战马踏过，祖先耕过，今天我沉吟走过……走过历史的尘埃，合上发旧的黄卷，古朴的亲情如泣如诉……

我沿着沟谷一直向前行走。千余米处有一眼山泉，山泉位于三条沟之间。三个细小的泉眼向外喷吐着晶莹的水泡，水泡慢慢扩展成一汪清澈的水面，微风吹过，荡起一圈圈柔波细浪。水面倾斜处，人们将一根树干做成半圆形的水槽，泉水通过水槽落入很深的天然渠里，溅起飞舞的水花。山泉四周悬崖交错，怪石嶙峋。崖缝里的松树、榆树、白桦树相拥着，倒映在水面上，颇显壮美深邃。

我倚石而卧，吸一口清新的空气。清泉与树叶相融的气息，生命与大地积淀的静默，传达给我的是一种日益厚重的感觉。我祖先的体味啊，沁人心脾。我拾级而上，登上了贾家沟的顶端——冒葫芦疙瘩。葫芦状的山顶，被远山近林簇拥着，裸露凸起的石头千姿百态，令人遐想。只是昔日的原始林带已被开垦，再也没有了曾经的神秘与幽静。

记得儿时的这里，茂密的丛林中间，坐落着一院泥土屋。屋里住着赵家叔。他是我姑奶奶的儿子，喜欢说古论今。我和同岁的堂姐，总是盼望着秋收，因为秋收季节我俩就有机会上山，在赵家叔家住上几天。山里的夜晚，没有电、没有声息，我和堂姐挤在赵家叔家宽大的土炕上，听赵家叔漫无边际地讲着故事。赵家婶挪动着不太长的两条细腿，就着灶炕里映出的一线光亮里不停地忙碌着，不久就将烧得焦黄的土豆、苞米裹在大草叶中塞进我们的被窝。赵家叔悠长的故事把我们带入梦境,他的咳嗽声又将我们从梦中扯回。我们跳下炕,欢叫着去迎接山顶的第一抹朝霞。这时,赵家二哥已经在门外给驴搭上驮子,我们跟在他的身后,吆着毛驴到山下泉里汲水。

老 房 子

陈 琳

来到世上四十多年了！姐姐哥哥们都已年过半百，每年清明，我们都会从四面八方会聚在一起，赶回家乡木垒祭奠父亲。我曾不止一次地萌生出想去看看那个让人魂牵梦绕的老房子的念头，却总因各种原因，一次次地放弃了。

我从小生活在木垒，那时的家乡，没有正规的街道，当地人只是按事物的名称随意取名，比如我家的老屋，因巷口有个政府的马圈，所以大家就叫它"马号巷子"。关于这个巷子，姐姐陈霞写过它，哥哥陈刚也写过它。巷子里一共住着八户人家：第一家姓金、第二家姓俞，我家是第三户，对门是老户赵家和德明侯家，河坝边住的是王奶奶家、江苏咣咣家和黑米提家。

老房子带给我太多的回忆——弟弟是在那里出生，姐姐是从那里出嫁,父亲又是从那里离世。在这老房子里,我们一住就是十六年啊!这恰好就是我离开时它的年龄。母亲说,那时,搬进新屋,我还不到一岁,刚好放在小小的窗台上睡觉。我十六岁时,家搬了,从此,我的幼年、童年、少年时代与我一刀两断,我只身一人奔走他乡,远离家人,无论走到哪里都会自豪地告诉别人我是木垒人。如今,三十多年过去了,我也到了不惑之年,可记忆中的老房子依然清晰,还是那么亲切!梦想有朝一日再去木垒老房子看看,以此来圆一个游子的梦。

4月2日一大早,我们一行十五人去给父亲上坟。父亲离世三十三年了,他的墓地坐落在一个叫五七大学的地方。车子刚刚开过去,就看到父亲坟头上的芨芨草,像爸爸远远地看着我们那样。我又急又怕:急的是想快快地扑倒在父亲坟前;怕的是惊动父亲世界的左邻右舍,担心压了人家的"院墙",便一面小心地走着,一面虔诚地对着亡人们说:"对不起,各位乡邻长者,打扰你们了……"墓碑下埋着的亡灵,大多是从前我们认识的人,每经过一座冥穴,我们的心都要狠狠地揪一下。西河上沉睡了三十多年的父亲,依旧以无边的父爱将儿女们暖暖环罩。我们低下头,泪水不尽……默默地表达着我们对父亲彻骨的哀思,也感恩着这块多年陪伴着他的新户乡,还有那山脚下被雪覆盖了的农舍、庄稼。这一次,兄弟姐妹都来了:左面一排是大哥、三姐、小弟和我,右面一排是大姐、二姐、二哥与孩子们。眼见是鲜花灼灼,青烟缕缕,在寂静中、在旷野里、在新盖的黄土上,我们面坟而诉:父亲呀!人生的一切磨难、一切悲苦、一切烦忧、一切得失……都烟消云散了,愿您在另一处的世界里安然无恙、了无牵挂。

以往回来,都是雨雪交加的天气,今年出奇地暖和。我们在父亲的坟头停留了两个多小时,献了花,敬了果,培上新土,又换了一墩新的芨芨草,絮絮叨叨地说完了各自心中的话,沉甸甸地离开了那里。路上,看见童年戏耍的小溪已干枯成了沙石，又看到街道两旁宽阔的马路，阴霾了许久的心才稍稍释然。

生活了十几年的故乡呀，我回来了！

走到街中央，一股亲切感油然而生。那感觉，正应了一句古诗"少小离家老大回，乡音无改鬓毛衰"。家乡焕然一新。我们五六辆车从西大桥缓缓驶向南梁，顺着西河坝一路往前。二姐开始回忆：这是曾家、殷秀家、范丽娟家、司红艳家，还有姜家……大哥在提醒：那是学校、水磨、铜矿、药园子……哦！到了！到了！这是小时候挑水的地方，这是小时候溜冰的地方……继续走，努力地辨认着儿时的路……好像错了，又转回来。车上的人，全部睁大眼睛看着外面，怎么也找不到老房子的路了。

隐约看到有人站在前面的路口，大姐突然叫道：

"那不是万寿子吗？"

我们一下全笑了。

"万——寿——子——"，这是故乡一个孩童的乳名，这是多么亲切的乡音啊！

几十年前，万寿子他妈站在梁上喊破嗓子，呼遍了木垒山城这个平凡人家孩子的俗名。此时，正是这世上最美妙的字眼，它拨动着我们每个人内心的思乡之弦。是啊，那时，凡是在那梁上生活过的人，没有一个不知道万寿子的。万寿子妈妈嗓子亮，一口气能呼几分钟。那久远的声音！

我们远远地看着"万寿子"笑，就见那老实巴交的男子笑眯眯地朝我们走来。下车一看，果真就是万寿子，虽然又高又胖，但眉眼依旧。偌大一个故乡，就看见一个熟悉的人！握手寒暄，由他指路，我们找到了去老房子的马号巷子。

车子停在泥泞的路上，心却跳跃不止，多少次梦中回到老房子，醒来却惆怅，而今终于回来了。看着熟悉而又亲切的巷道，仿佛又听着如歌如弦的鸟鸣，闻到似梦似幻的沙枣花香……可是昔日的果园呢？马圈呢？那"哗啦啦"日夜不息向前奔流的小河都到哪里去了呢？

依然如故的黄泥地、土块墙、毛茸茸的野草……找不到一点记忆中的景象。

很显然，和父亲同辈的人，都去了另一个世界，和我们一起长大的孩子，也已远走高飞。邻居们搬得没有剩下一户，所有的门都关闭着，四处的残墙以树为屏，围着几间破旧的房子。门前不远的泥水里站着一匹老马，有个男人将他的孩子抱到马背上，想让我们给他留个影。大哥从不同的角度拍了照给他们看，而后，姊妹几个跌跌撞撞地过来敲着自家的门。三十年前的木板，三十年前的青砖……"吱呀呀"一声，门开了，好熟悉的气息！久违的老房子呀，我们回来了！

我们来看的老房子，是古老的土坯房。

这是当年马号巷子八户人家里仅有的一套公房，属单位家属院，坐北朝南，独门独院。那时，我家有树、有花、有各样的蔬菜。树有杏树、榆树、杨树，花有月季花、馒头花、喇叭花、指甲花……由于气候原因，韭菜长得特别慢，玉米倒是疯长，向日葵饱满如坠。到了土豆开花的时候，哥哥会找来照相机给我们拍几张黑白相片。童年的土豆花在我们的眼里绝不比现在的牡丹花逊色。

我家的老房子，由五间穿堂屋组成，最里面是父母的房间，正面墙上贴一幅字画，是什么我已记不得了。印象中写字台有个腿好像是坏的。一排房子中，门户最大的两间，是我们兄妹几个睡觉用的（现在称卧室）。一进门，就可以看到很大的炕，严冬时用煤火把炕烧得烫烫的，钻进被窝里那个爽快劲现在仍然记忆犹新。正中是厨房，每天放学回来，第一件事就是冲进厨房先从蒸笼里拿块蒸饼狼吞虎咽地吃上几口。剩下的记忆便是我家的院子了。院子最前面有一排用砖砌的凳子供人团坐，院子大的可并排停放数辆解放车。双扇的大门、被岁月磨平棱角的门槛，关门或开门时总会发出"吱呀、哐当"的响声，亲切美好。

那时候，我妈妈三十八岁，很年轻，也很好客。

我们家的院子很热闹，整个山梁的孩子都在这里集中。我哥不知为何从屋后挖出一个石麒麟来，放在屋顶上；我小弟每天都在土墙上捶拳，所求的功夫是"降龙十八掌"；大哥的一手好书法，就是在此练就的；姐姐哥哥在老屋里谈过恋爱；妈妈做饭很好吃，收养了很多干儿子。

走近看时，老屋已破败不堪。不但自家的房子面目全非，邻家的院墙也都坍塌了。那个曾经开满土豆花的地方，只在记忆中回旋，晃来晃去的是空气中熟悉的气味，还有房檐上的蜘蛛网在阳光下熠熠生辉。原本希望能看见一个小女孩坐在院子里仰望天空，希望看见一群老人坐着晒太阳，希望看见燕子、麻雀穿庭而过，可是什么都没有。

轻轻地踏过一片菜畦，走到院中，看见了父亲当年栽下的七棵树。一棵一棵摸过去，都是活生生的，没有一棵死掉。我家共有七个孩子，因此父亲种下了七棵树，当我摸到第六棵时，泪水已模糊双眼，知道它就是父亲的第六个孩子……如今，树已成材，高高耸立，但人已离去。每一片树叶都像眼睛一样和我对视着，那粗大的树干，像抚摸着我历经沧桑却仍挺直的腰杆，那树冠荫蔽得严严实实，挡住了我头顶的烈日。又想起大姐去隆德老家，故乡的老屋门前，也栽有七棵树，那是父亲从新疆带去的核桃种子，是他活生生的七个"孩子"，也是他留给子女的最后遗嘱……现在，时光倒转，见树如见亲人。树活得这样茂盛啊，回头再想，这寂寞的空屋里，锁的正是我久久不忘的血亲呀！

都长大了。

我是父亲的小女儿，父亲活着的时候，常带我去他的朋友家。依稀中,那里有条弯曲的河,河边有一个高坡,坡下站着一只嗷嗷狂叫的野狗。父亲每次都似醉非醉地回来。深夜里,我睡意蒙眬地趴在他的背上,绕过那条河,走下那高坡,野狗不见了,我在父亲温暖的背上睡着了……父亲孩子多,最疼的是我。每次在家的时候,只要有好吃的首先就给我。到了上学的时候,父亲总是给我偷偷塞一些饼干、糖果之类的好东西吃。每晚睡前我会拿过父亲的铁皮烟盒,倒出莫合烟叶,用旧报纸给父亲卷烟。烟盒不大,只能装下八根烟,等我把烟盒装满了,也就彻底困了,这时,父亲会疼爱地摸摸我的头说:"青儿,去睡吧!"

父亲走的那天,是我刚刚过完十四岁生日的第二十一天。半小时前,他还和我聊天,用微弱的声音告诉我:"安心去上课吧,如果……你就接我的班。"可是,我前脚到学校,后脚就有人叫我快回家。当我气喘吁吁地跑回家时,父亲已经走了。看着大人们用块木板把父亲放在地下的时候,我疯了似的扑向父亲,用手一次次地去触摸父亲的鼻子,却怎么也叫不醒他。父亲下葬的那天,我昏死过去,后来又被大人们抱回了这个老屋。

老屋呀老屋,我想,用不了多久,你会在狂风中彻底倒塌,然而那些树的生机却给我希望!

今天,来看的老房子,让我心底腾升出无限感慨!我知道对于许多事、许多人,再怎么想念也会忘却,但刻在我们心上的烙印却永远存在。这时间的利刃,虽然刻下的是伤痕、是悲痛、是无奈……却斩不断我对家乡的情丝——无论我身居何处,让我魂牵梦绕的地方永远是木垒!这里有父亲无数次丈量过的山道河湾,有他饮用沐浴过的山泉,有他营造的一片绿荫,有他亲手建立的新华书店,有我们生活过的那院老房子。还有从小被父亲熏染的那份质朴、善良、坚韧,这些好东西,永远都不会消失。希望身处闹市的我,沿着父亲的足迹,带着收获,带着家乡人民的寄望,永远都能用最舒缓的节奏信步而走,回报厚土。

英格堡，美丽公主的家园

李玉广

　　英格堡，旧称"英格布拉克"，以地形得名，蒙古语意为"舀水的勺子"，因所处地有古城堡遗址，人们则称其为"英格堡"。也有人认为，"英格堡"，其实就是"英格布拉克"的音译。"布拉克"快读的谐音即为"堡"。还有人认为，"堡"在汉语中有两种读音：在"城堡"一义中读"bǎo"，在表"集镇、村寨"一义中读"pù"。"英格堡"作为地名，还是应当沿用当地老户的传统叫法"英格堡（pù）"为宜。其实，早年的英格堡街街子就是一个农村集镇，不必与什么"城堡"去牵强附会。《木垒哈萨克自治县地名图志》即采用了第一种说法。孰是孰非，各执一词，这里姑且不论，不过关于英格堡地名的由来，在当地的民间倒是流传着一个脍炙人口的凄美悲壮的故事。

大约是在13世纪初，雄踞于北方的蒙古族迅速崛起，一代天骄元太祖成吉思汗开始西征。在此期间，不知是由于宫廷内乱还是部族纷争，一位失意的蒙古族公主率领着她的部落辗转千里来到"蒲垒"。当她的大队人马行进至天山北坡时，这位美丽、聪慧、干练、英武的蒙古族公主突然眼前一亮：远望群山，茂密的森林遮天蔽日；近看丘坡，绿草茵茵、繁花似锦，一条小河从深山峡谷间蜿蜒奔涌而出，宛如一条银色的飘带。在小河的下游，地势豁然开阔：山坡上牛羊成群，田野上麦浪滚滚，村落里炊烟袅袅，小道上人来车往。眼前的美景让这位征程未洗的蒙古族公主精神为之一振，她情不自禁地扬鞭催马，一阵轻尘，直奔对面的高坡。

　　在山顶上，她手搭凉棚极目远眺，时不时发出一阵阵的惊叹："啊！太美了！快来看啊，这地方真像我们蒙古族人的'英格布拉克'，那狭长的河谷就像'勺柄'，而眼下开阔的丘陵原野则像一只圆圆的'勺头'。"紧接着她把马鞭一挥，大声说："奔走千里，历尽艰辛，大家伙儿饱受鞍马劳顿之苦，今天总算找到了一处安身立命的好地方，我们就在这水草丰茂、富庶美丽的'英格布拉克'安营扎寨吧！"

　　自此以后，这位蒙古族公主就带领着她的臣民们留在了这座世外桃源，与当地的百姓和睦相处。他们一面放牧，一面操练，农忙季节，还指派青壮年牧民帮助当地百姓收庄稼。当地百姓也对这位心地善良的美丽公主十分感激，都亲切地称她"英格公主"。得益于英格公主的庇佑和恩泽，英格布拉克牛羊成群粮满囤，百姓过上了安居乐业的日子。为了保障一方百姓的平安，防御外敌的侵扰，英格公主又动员百姓，出工出料在西梁坡上修起了一座城堡。但是好景不长，在一个阴云黯淡的日子里，从南山里突然窜出一支彪悍的人马，杀气腾腾地直扑"英格布拉克"。这些人显然是专为寻仇而来的匪徒。他们将城堡围得水泄不通，坚贞不屈的英格公主在敌我力量悬殊的情况下，仍然带领人马顽强地坚守着阵地，宁死不降。一连数日,眼看逼降不成的头目恼羞成怒,下令在城外烧杀抢掠。眼见一座座农舍燃起滚滚浓烟,一时三刻化为灰烬,英格公主怒不可遏,率领人马冲出城堡,与入侵之敌短兵相接,展开了惨烈地厮杀。激战了三天三夜,但终因实力悬殊,寡不敌众,英格公主及其属下全部壮烈牺牲,城堡也变成了一片废墟。为纪念这位美丽、善良、聪慧、勇敢的蒙古族公主,人们就把这块地方叫作"英格布拉克",后来则称其为"英格堡"。

英格堡,有着得天独厚的自然环境。

发源于雪山深处的英格堡河,千百年来,以自己清冽甘甜的河水养育着一代又一代英格堡人。它的水源主要来自南沟、东沟、柳墩子沟以及大、小石阶子。一眼眼喷涌而出的山泉,一股股潺潺流淌的雪山融水,汇成一道道微波荡漾的山涧溪流,沿着山谷顺势而下,一路欢歌汇入英格堡河。清悠悠的河水翻滚着、喧嚣着向下游奔腾,流经马场窝子、水地、街街子、王家庄子、下英格堡,到奇台八户后汇入"黄渠"。英格堡河集水面积为六十平方千米,年径流量约为八百万立方米,为沿河的百姓提供了水利之便,仅灌溉面积就可达一万亩以上。英格堡的水地主要分布于流域两岸的河谷地带和西梁缓坡区域,旱地则遍布于河谷两侧黄土丘陵的宜耕区。这里主要种植小麦、豌豆、油菜、胡麻、荞麦、玉米、鹰嘴豆、扁豆、土豆等农作物。春夏季节,满沟满坡绿浪滚滚,秋收时节,四处流金溢彩,农户们脸上洋溢着丰收的喜悦。富庶的英格堡,俨然就是大自然馈赠给当地"户儿家"的一个聚宝盆。

英格堡的富庶还缘于其优越的地理位置。

英格堡虽然地处偏远,但在清末民初,这里距繁华富饶的"老奇台"仅有十五千米的路程。老奇台便利的交通、繁荣的商业、活跃的市场、旺盛的人气,让时属奇台县辖制的英格堡尽享地利之便。1930年木垒建县后,英格堡又地处"一地跨两县"的特殊位置,借助"跌倒拾银子"的"金奇台"的历史渊源和亲情人脉，一些精明的小商小贩和手艺工匠便携家带口到这里来投亲靠友，安家落户，建屋开铺。年复一年，日复一日，在英格堡河谷中段的黄金地带，逐渐形成了一条商贾云集、店铺林立的繁华小街——英格布拉克街街子。街街子虽小，却"五业"俱全，到三十世纪四五十年代已颇具规模，形成了以"四大店铺""十大作坊"为支柱，集农工商贸于一体的闻名遐迩的"旱码头"。各行各业的能工巧匠在这里大显身手。铁匠、木匠、泥水匠、皮匠、毡匠、碗碗匠、炉匠、银匠、铁皮匠，纸匠、石匠、油漆匠、鞋匠、铧匠、成衣匠，各式工匠应有尽有。在各大作坊里，酒把式、粉把式、油把式、醋把式、车把式各显其能，与当地的庄户人联手创造了英格堡昔日的辉煌。

党的十一届三中全会以后，英格堡的经济插上了腾飞的翅膀，在乡镇企业异军突起的年代，英格堡加工厂、副业队所属的加工业和副业也相继改制为乡镇企业或以个人承包形式经营。得益于当地白石山丰富的石灰石资源，在乡镇企业中，石灰石生产占相当比重。1985年前后，就有大小石灰窑十八个，年产石灰三千多吨，成为当地的龙头产业。随着农村改革的深化，农村个体私营经济如雨后春笋般破土而出并渐成气候。仅英格布拉克街街子一处，就有各色门类齐全的商家店铺二三十家之多，店铺内各色商品琳琅满目，应有尽有，构成了一道充溢着浓郁市场经济气息的亮丽的人文景观。

美丽公主的家园——英格堡，不仅有着得天独厚的自然环境和优越的地理位置，其文化积淀也比较深厚。创建于20世纪30年代的英格堡学校，是木垒最早的农村学校之一，是英格堡人接受启蒙教育的基地和人才的摇篮。

1984年12月，英格堡、菜籽沟两个大队从原西吉尔公社剥离后成立英格堡乡，自此，英格堡的历史又翻开了新的一页。英格堡乡在县委、县政府"富民强县"的总体思路指导下,结合本地实际,谋强乡富民之策,做造福一方之事。通过改革开放四十多年的打拼,如今的英格堡已是旧貌换新颜:柏油路四通八达,农电网惠及农家;广播电视村村通,固话手机遍地花;灌溉渠道连成网,自来水流入百姓家;春种秋收机械化,种田养畜科技化;设施农业成规模,温棚蔬菜四季青;主产小麦和豌豆,还有土豆鹰嘴豆;油菜胡麻扁豆子,谷子糜子和玉米;牛羊猪鸡摇钱树,科学养殖快致富;五谷丰登六畜旺,人均收入年年涨;"两免一补"政策好,合作医疗解民忧;村村建有文化站,自娱自乐笑开颜;新农村建设绘蓝图,强乡富民谱新篇。

每逢盛夏,当你驱车驶入英格堡河谷时,满眼醉人的绿色便扑面而来。一垄垄绿油油、平展展的麦田,在微风的吹拂下荡起一道道涟漪,散发出一阵阵沁人心脾的麦香。极目远眺,在河谷两旁的丘陵坡地上,一块块种植着豌豆、小麦、油菜、胡麻、鹰嘴豆、荞麦的地块,纵横相连,黄绿红蓝白相间,洋溢着盎然的生机,如同一幅幅彩色地图张贴在两面的山坡上。在田边地头和山道路旁,一丛丛开着金灿灿的黄花、挂着红果果的野蔷薇点缀其间;一棵棵枝叶繁茂的老榆树,如同一个个饱经沧桑的护田老人不分昼夜、不畏酷暑,忠诚地坚守在丘坡之上,守护着丰收在望的庄稼。近几年种植的大片生态林、经济林如今也已绿树成荫,开始显现出独特的生态效益和经济效益。

当你行进到英格堡河谷中段时,一座喧闹繁华的小巧玲珑的集镇,便豁然呈现在你的眼前。在宽阔整洁的街道两旁,一家家生意兴隆的店铺,一处处沿街摆设的地摊,人流、车流、叫卖声、吆喝声、欢笑声与汽车的鸣笛声、拖拉机的隆隆声交织在一起,真是热闹非凡。在这里,你会更加真切地感受到英格堡人在市场经济的大潮中跳动的脉搏和前进的足音。这就是英格堡政治、经济、文化的中心——街街子,一个古老而又新兴的乡村集镇。

　　沿蜿蜒曲折的英格堡河逆流而上，在上游的高山峡谷间，镶嵌着一块晶莹剔透、微波粼粼的巨大"翡翠"，这就是木垒"十大工程"之一的英格堡水库。这座山区小（Ⅰ）型水利枢纽工程，极大地改善了英格堡河流域的灌溉条件，提高了水资源的利用率，为当地农业增产、农民增收创造了有利条件，也为英格堡的经济腾飞插上了一双有力的翅膀。富于创造力和开拓精神的英格堡人，将会抓住时代机遇乘势而上，以自己的勤劳和智慧，建设一个富裕、文明、人与自然和谐发展的英格堡。可以预料，随着生产条件和生态环境的进一步改善，美丽公主的家园——英格堡，它的明天将会更加美好。

马号巷子

陈 刚

马号巷子是我小时候生长的地方,那是一座小县城里的普通小巷,巷子口是县政府的马厩。那时候的县政府几乎没有车,无论是科长还是县长下乡都是骑马。因此,县政府养了好多马,便盖了一个占地很大的马厩,而当地人把马厩叫作马号,马号巷子因此而得名。

说它是巷子,其实并不深,北面是五十多米长的马厩高墙,南面是县医药公司的药园子,宽窄刚好能过辆汽车,再往里走分别住着七户普通人家。七户人家还不及现在的住宅楼里一个单元的户数,但在我的生命里却有着特殊的意义。这里有四户人家,我都叫奶奶家,如王奶家、俞奶家。其中三户人家的儿女都是我儿时的同学。每一家都有着千奇百怪的故事,现在写来和大家一起品味。

紧靠着马号的是金奶家。金爷精神矍铄，长得清瘦，金奶干净利索，显得富态，儿女们一个个人高马大。不知为什么，他们家儿女的年龄悬殊，金奶的小女儿和我同岁。在现在看来似乎是天方夜谭，但那时并不好奇，似乎很习惯地将同学的母亲称为奶奶。金奶家有个后门可通到另外一个巷子，离大路很近，我们常从她家的院子穿过去走后门。可我的父亲从来不走，都是中规中矩地从巷子口一直走出去，直到大路。问他为什么，他说不要打搅人家。

　　金爷不喝酒，可他的两个儿子嗜酒如命，经常喝得酩酊大醉，横卧在街道上。这个嗜好传到了下一辈，他们每早起来即喝，喝一两便烂醉如泥，最终因为酒精中毒而撒手人寰，把好端端的家给毁了。

　　俞奶家有四儿二女，儿子依次叫"文、武、双、全"。俞爷年轻时是做木活的匠人，因在一次做大梁砍木头上的节疤时，被锛给砍断了脚筋，一直瘫在炕上。

　　与俞奶家一墙之隔的是我家。我家住的是巷子里唯一的公房，是父亲单位的家属房，共有六间，能住两家。另一家的房子前后住过殷家、孙家、程家，后来他们都搬走了。

　　我们家共有兄弟姐妹七人，小时候家里很清贫，全家靠父亲的工资维持生活。一年中，我们只有两次穿新衣服的机会，一是过年，二是六一儿童节。过年的时候，每家都要炸一种名叫"油馃子"的食品，我们每次都是一炸一水缸，可是不到初十就所剩无几了。那时我们很快乐，无忧无愁。现在想来，我们小时候尽管缺吃少穿，但却有属于我们自己的童年。我们的童年真的很幸福。家里每年过年蒸馍馍、包子时，我们兄妹几个是要轮流烧火的。那时用的是风箱，烧的是煤末子。拉风箱是很枯燥的活儿，可我们却玩出了新花样，每人拉二百下，拉够次数即往下交。等每人拉够了数儿，馍馍和包子也就蒸熟了。记得那时候，除夕晚上总是下雪，我们巷子的几个男孩子提着用罐头盒子做成的能装煤火的玩具,踩着嘎吱作响的雪板从南梁边滑边甩一直到北门,再从北门边滑边甩回来,就开始"装仓"了。等吃完年夜饭,听父亲讲故事,不知不觉就睡着了。醒来的第一反应,就是摸枕头下面父母给的压岁钱。看到崭新的两毛或五毛钱时,那个美啊,别提多高兴了。

我们家在马号巷子住了十八年,小弟是在那里出生的,姐姐是在那里出嫁的,父亲是在那里离世的。如今我的兄弟姐妹都离开了那座县城,现在聚在一起大小共有二十五人。母亲也有了曾孙,可是每每聚在一起,我们谈得最多的还是马号巷子。

那时与我家相邻的是王奶家。王奶王爷是巴里坤人,王爷是吆车的,王奶最拿手的是蒸蒸饼,每到过年和农历八月十五,她都会把蒸饼分送给邻居们品尝。但在我的印象中,这老两口总是病恹恹的,他们是我们马号巷子离世最早的老人。后来他的二儿子也去世了,二儿媳另嫁了外地的男人,但仍住在那屋。

王奶家旁边住着程叔家,在整个马号巷子里我们两家走得最近。程叔两口子原来都在县秦剧团工作,后来到了农村,再之后落实政策回城,就借住在我们院里。说来好笑,我们兄妹都把他叫程叔,而他的四个女儿统统叫我母亲为奶奶。程叔在我们院子里住了几年,在王奶家旁边盖了三间房子,正式住进了马号巷子。程叔在新疆举目无亲,等住进了新家,他就从老奇台把岳父请进了自家,一住就是十几年。他的岳父是我父亲的酒友,闲暇时父亲就会把他翁婿二人叫到屋里,猜拳喝酒。前不久,程叔也离开了那座山城,与我们住在同一个城市中。在一次酒宴中,我顺便问他,将来还会回那里吗? 他说将来肯定要回的啊。我便用"哪里的黄土不埋人"之类的话劝他,可他却一脸严肃地说:"那里有我的老外父,我怎么能把他一个人扔在那里呢? 我将来一定会回去陪他的。"听得我泪水在眼眶里直打转。

马号巷子的南面住着张奶家。张奶是小脚,走路总是颤巍巍的。张爷很慈祥,他是看药园子的,每当药园里果子成熟时,他都默认我们几个小孩去摘,只要不糟蹋果实他就满意了,所以至今我都很尊敬他老人家。他有一双儿女,女儿曾是奇台县妇联主任,后调任地区妇联了;儿子曾担任计划经济时期的一个部门的科长,在当时的马号巷子算是头面人物了。

张奶家西边住着黑米提一家。黑米提很幽默,我记得小时候他来拜年,一进门就说:"今天的菜嘛,做得简单一些,有十二个菜就够了。"后来,他被提为县广电局副局长,再后来提升为县政协副主席。他是我们马号巷子走出来的领导,因此我们马号巷子的人都以他为骄傲。

离开马号巷子近三十年,离开生我养我的那座山城也近十年了。每每想起家乡,总忘不了亲切温暖的马号巷子:那里和谐的邻里关系,那慈祥善良的老人们,那天真无邪的孩童时代,令人魂牵梦萦。这种情愫随着自己年龄的增长愈来愈厚重。

忘不了的马号巷子。

水磨河印象

李永晖

愿作一抔黄土，静守水磨故乡，魂归水磨故乡，回归大地的怀抱，以一颗炽热的心滋养一片青草繁花，永远映照属于水磨故乡这片深邃而湛蓝的天空。

捧一抔乡土，寻一段乡情。上元节到了，昨天去上坟，回到了我的家乡水磨沟。望着满坡葱葱郁郁的树，看着似曾相识的人，我的思绪如秋日的风奔跑不息，极力去掠过每个角落，追寻童年的脚步！

水磨沟是生我养我的地方，因山沟有一河水，又称之为水磨河。为了防止河水泛滥成灾，充分利用水资源，人们在头道水（地名）修一水渠，将河水进行分流。这水渠打我记事起就这模样。用石头砌成的河堤，大家称之为干渠，离山沟的马路不远，河水主流也在离干渠不远的地方日夜奔腾。我想水磨沟是因在干渠上坐落很多水磨而得名。记得那时，每个生产队都有一座水磨。

冬日里当河水结了薄冰，水磨也要转动，人们砸冰、捞冰，也得确保家家推下冬面。天太冷了，水磨也得歇业。人们在厚厚的冰面上凿开一个容水桶下去的洞取水食用，或饮牲畜。孩子们则在冰面上玩耍，听着冰下流水潺潺，大家乐而忘返。河面及干渠上以及周围随处是娱乐场，成群结队的孩子在嬉戏打闹，小脸冻得通红。可什么都挡不住孩子们的欢乐，搓一搓小手，哈一口热气，抹一把鼻涕，把手缩在袖筒里暖一会儿，继续溜冰。单人滑、三五成群团体赛，即使被父母亲驱赶回来，待不上三五分钟，趁父母不留意，也还是从门缝溜之大吉。童年的那份欢乐只能在那块冰天雪地上升腾。

夏天酷热时，小河里是孩子们的避暑胜地。找个水面宽的地方，用石头、树枝堵个坝，悠悠然泡一整天，真的很惬意。记得一次我们姐妹仨，带着年幼的弟弟蹚河水，弟弟要在河里摸鱼，却被水冲倒了，我们哭喊着把他捞上来。幸好，还好！弟弟是我背着长大的，他依恋我，这次是我疏忽大意了，一回想就后怕。爷爷奶奶的怪罪、父母的责骂，成了千叮咛万嘱咐，从那以后，下河的欲望再也没有了。

小时候的我总渴望走出这个山沟，总想山那边风景独好，长大了竟对这个山沟有了无限的眷恋。毕业分配后，我回到了家乡水磨沟。知识改变命运，我想改变更多山里的孩子的命运。我依恋这里的山山水水！

我的家离小河不远，也邻近干渠，就在水渠沿上。渠沿上有一棵杏树，当成熟的杏子不声不响地脱离树枝时，它总是叮咚落入河中，和着水声奏响秋日的韵歌。一个个黄澄澄的杏子的踪迹总是逃不出我们的视线，听到叮咚声，就知道杏儿的踪迹，有时我们还会追着河水跑一段路呢！

每天放牛回家，不管日上竿头、烈日灼灼，还是腹中空空、饥肠辘辘，我总先要爬上树,捡最大个、最甜、汁最多的杏子放在口中,那甜汁沁人心脾,放牛牧羊的劳累早已抛到九霄云外。饱餐一顿,让自己惬意地坐在枝丫上,手还是不停地摘,直到塞满所有的衣袋。

我家屋子的后面就有一座磨坊,那时候对这隆隆作响的磨坊是多么向往。转动的磨盘下,饱胀的麦粒被压扁,一遍一遍,白花花的面粉从大筛箩里筛出。想着抓一把面粉能熬一顿面糊糊,抓几把面粉就能烙一张饼,心里就充满了甜蜜。

那时候的我对那神秘的磨坊总是恋恋不舍,放牛牧羊回家,一有空就去那里。在磨坊里,我要么目不转睛地看着转动的磨盘,任它带动稚嫩的思绪不停飞转;要么趴在木板地上,从地板的孔隙中看在水中飞速转动的大大的叶轮,把倾泻而下的一股股湍急的水流打得水花四溅,荡起一圈圈波纹,在那个高深莫测的水坑中翻腾。童年的梦想、童年的企盼都在这里开花。我不停地咽着口水,梦想一桌丰盛的白面佳肴,比如一个白面馍、一顿拉条子……

述说昨天的故事,感慨今天的幸福生活。今非昔比,不管身在何处,是异地他乡还是近在咫尺,谁又能忘却那浓浓的乡情?

包产到户后,其他的磨坊相继退出舞台,唯有我家屋后的这座水磨还在转动(父亲从生产队买下了这座水磨)。水轮转动、磨盘转动,但终究抵不住现代化转动的步伐、时代转动的步伐。电动磨相继登上历史的舞台,机器磨面方便快捷,磨出的面又白又细,老磨坊只能磨一点儿牲口饲料。再后来,那老磨坊累了,转不动了,只好拉下自己勤恳几十年的帷幕。

那老磨坊在历史的风雨中矗立了几多春秋,但终究还是退出了历史的舞台,可它却深深地留在人们的记忆中。家乡水磨沟,也因水磨而有了一个响亮的名字——中国水磨第一故乡。如今的家乡已是传统古村落,水磨与传统故居拔廊房让它名扬大地,走出深闺。

望着满山满坡郁郁葱葱的树,我感慨万千。现在的家乡,山更青了,水更绿了,我想到父亲在转脖子沟栽的那一沟一坡的树。父亲应该是水磨沟第一批响应号召绿化环境的人。小时候为看好这树,我没管住牛羊,父亲没少揍我。亲爱的父亲,守望一座青山时,您看到那时的期望了吗?

水磨故乡在现代化改造中发生着变化,原来的模样无处可寻,泥泞的土路早已变成柏油路,曾经消逝的水磨也在复原模样。无论岁月如何变迁,岁月的轮回带不走儿时的记忆。我努力寻找水磨沟,寻找我们留在那里的容颜。除了记忆、年轮和逝去的光阴故事,我还能找到哪些迹象?我魂牵梦绕的水磨,替我收藏了童年!

满山葱郁的树,让我找到了童年的影子:那里有我儿时放牛牧羊、追逐打闹的身影;那里群山环抱依然,山水映照着水磨沟,哗哗的河水在阳光下泛动的每个波纹都闪着儿时在河里摸鱼、嬉戏打闹的影子。那一切光影奏响起童年无忧无虑的乐章!

这个时代的脚步太快,我多想追逐童年的每一个脚印,让自己的小脚丫抚摸每一个石子、踩过每一片草地,让自己奔跑嬉戏,不再怕有什么荆棘。

捧一抔黄土,追忆一段浓情厚爱,时光如水、岁月变迁,家乡已旧貌换新颜,可水磨珍藏的记忆却成永恒!

我爷爷小的时候

孙　月

　　我爸是新疆人,我妈是新疆人,我也是新疆人,我爷爷是甘肃民勤人。六十年前,我爷爷跟着太爷靠着两条腿走到了新疆,在木垒安家落户,生儿育女,有了我们这些子孙后代,后来经过几十年的风霜雨雪,换来了承欢膝下、儿孙满堂。

　　"爷,再给我讲一遍你来新疆的故事吧。"

　　"不讲了、不讲了,讲了这么多年你们都不爱听了。"

　　"爱听,无论你讲多少遍,我们都爱听。"

　　1960年10月,大西北的冬意已经很浓了,一队长长的人马在河西走廊的戈壁滩上缓缓地向前挪动。马蹄驴蹄的拖沓声中足以听出牲畜的疲惫,此起彼伏的孩童的哭声和母亲们的叹息也在僻远荒凉的大漠上空一圈一圈地回旋着，再传回每个人的耳朵里。从民勤出发，已经走了三天三夜，不只是老人小孩，即便是青壮年也渐渐体力不支了。

"四哥，咱们还要走多久？"坐在驴背上的女孩问着，搂紧了驴的脖子。

"不知道，我只知道新疆是个很远的地方。"

"我们为什么要走？"

"活着。"

"四哥"是我爷爷，我的姑奶是太爷的第五个孩子，上头有四个哥哥。四个哥哥都很疼她。那时，太爷爷没有一个能养家糊口的手艺，庄稼也是颗粒无收，只能带着一家人到新疆。据说来到新疆的大爷爷一家勉强还吃得上一口饱饭。走西口路途遥远，没有可以代步的工具，太爷爷就去公社借驴。借来的驴是要还的，来年回民勤还要还给公社。

太爷爷牵着驴，驴双腿打着战，人和驴都是干裂的嘴唇和深陷的眼袋，歪歪斜斜地往前挪。驴背上的太奶两条腿无力地耷拉在驴腹的两边，怀里七岁的姑奶瘦小的看起来仅有五六岁的模样。驴身后跟着三个半大孩子，大的十八岁，最小的只有十四岁。没有人说话，每个人都走得很慢很慢。终于，驴不走了，蹲在路边不动弹，一家人决定在野地里将就着过夜。太爷从包袱里掏出仅剩的半个黑馍，掰成四半分给了四个孩子。二爷把馍给了姑奶，爷爷和三爷把馍给了太奶。男孩子们去找树叶和草根。有一种叫灰条的草，嚼在嘴里不那么硌牙，吃进肚子里也不会缠住肠子，那是爷爷他们最珍惜的食物。到了晚上，大西北的冬天寒气从地底一层一层往上翻，一家人挤在一起与严寒抗争着。即便如此，第二天，无论爷爷他们怎么叫，也没能叫醒那个分黑馍给他们吃的人。

路还很远，总是要走下去。三个半大的男孩子成了家里的顶梁柱，爷爷十四岁的肩膀也扛起了一个家的责任和使命。不知道走了多久，到了两省交界处，关口禁止外地人通行，大批大批的人聚着围着，人挤人人挨人。终于，关口打开了，妇女儿童们先进，男人们还留在原地，唯一的机会就是搭乘拉运货物的车辆。满满都是装满货物的车辆，一不小心摔下来连性命也难保，男人们只能尽自己所能往上挤。所幸，一家人都踏上了新疆的土地。

新疆的生活比甘肃好过一些，但初来乍到，生活条件依然艰苦。晚上，一家人头对脚地挤在一个炕上，烂了一角的炕沿硌得爷爷每夜都睡不踏实。爷爷没读过书，在自然灾害面前种地也是无能为力，只能每天跑几十里地去捡牛粪，卖掉牛粪补贴家用；身子骨还未长好，就挑起了满满一桶的清水。身体各个部位的关节，在西北风日复一日、年复一年地吹刮下，早已患病；一双手揽工包活，留下的斑驳印记，早已看不出本来的模样。但至少，每个人都可以吃到一口饭了。活着，比什么都重要。

几年后，生活一天天地好了起来。公社分给家里一头猪，就像是灰蒙蒙的生活突然亮起了一丝希望，家里的每个人都早起晚睡，精心照料这头猪。

太奶说："国家现在越来越强大了，家里也养了猪，生活会慢慢好起来的。"

姑奶就每天跑到猪跟前说话："猪，你快点长大吧，让我妈和我哥每天都能吃一顿饱饭。"

日子一天天过去，生活越过越好，因为我们的国家越来越繁荣富强。

落实家庭联产承包责任制后，爷爷分到了土地，地里的小麦长势喜人；家里的房子一间一间地盖起来，后院的猪也不再孤单；黑馍换成黄馍，黄馍又换成白馍，桌子上的饭菜渐渐丰富起来；爷爷兄弟三人也都有了家室，姑奶也背着书包踏进了学校的大门。一代代人成长起来，用自己的双手创造着更加美好的生活。

为了新疆更好更快地发展，一批批有志青年跨过山川来到新疆，而我们新一代也渐渐成长起来。

　　小学我是在县城上的,学校的教学楼是福建省援建的,我们每个学生都有一个福建的结对好朋友,之间常常会书信联系。中学我是在市里读的,学校里有从福建来的支教老师,促进了两地教育的交流与合作。等我上大学的时候,我终于来到了福建——这个十几年来一直出现在我生活中的地方,这个我做梦都想来的地方。四年又或是许多年后,我还是会背好行囊,回到新疆,就像当年。

　　"喂喂喂,让我讲故事,又睡着了?"

　　"没、没,爷,我在听呢。"

　　"记住,我们今天的好日子都是党和国家给的,要好好学习,以后报效祖国。"

　　"爷,我一定会好好学习,我一定会努力奋斗,以后报效祖国,您放心。"

　　今年暑假,我带爷爷去北京。在天安门广场前,听到《我和我的祖国》这首歌时,我和爷爷竟同时落下泪来。